Gerhard Treichel

Magdalenas Schicksal in Stalins Gulag

Die Handlung und die handelnden
Personen sind frei erfunden.
Jede Ähnlichkeit mit lebenden oder bereits
verstorbenen Personen ist zufällig.

1. Auflage 2015

ISBN 978-3-7347-9194-9

Titelfoto: Sergey Mironov / www.shutterstock.de
Skizzen im Inhalt: Jule Melter, Bad Liebenzell
Lektorat: Catrin Stankov, Bernau
Umschlaggestaltung und Satz: Julia Karl / www.juka-satzschmie.de

Herstellung und Verlag: BoD-Books on Demand, Norderstedt
Printed in Germany
Dieses Buch wurde auf chlor- und säurefreiem Papier gedruckt.

»*Wir haben hier keine bleibende Stadt,
sondern die zukünftige suchen wir.*«

(HEBR. 13.14)

Inhalt

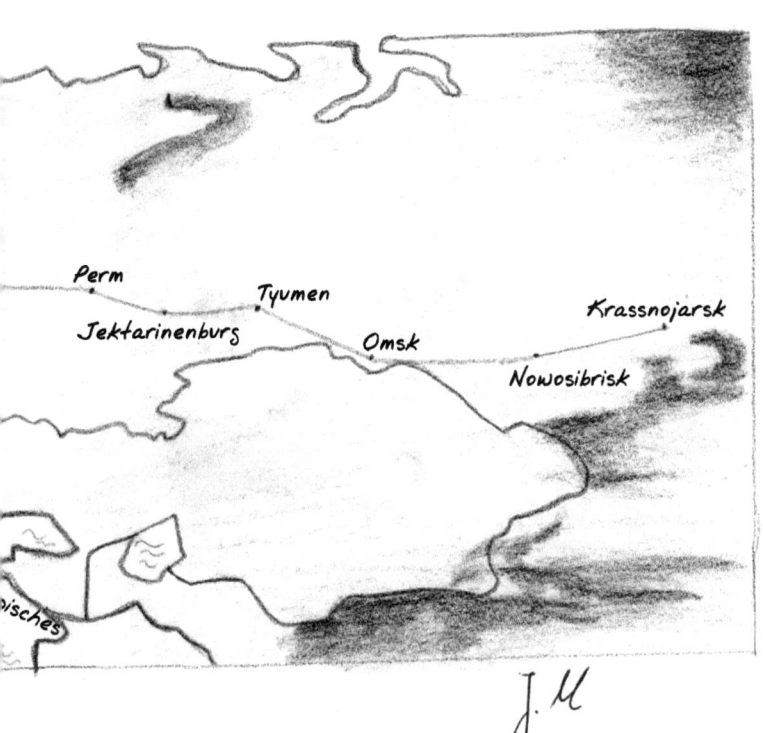

Perm

Jektarinenburg

Tyumen

Omsk

Nowosibrisk

Krassnojarsk

isches

J. M

Gulag

Abgeführt …
panische Gesichter.
Gezielte Schläge,
brutaler Richter.

Kritisch geäußert
über das System.
Wollten nur Eines:
Wandlungen sehn.

Viehwagen voll.
Menschen drängen rein.
Rattern der Räder –
ein monotoner Reim.

Hockten noch andere –
so verschieden.
Mörder und Denker
einander mieden.

Wollten überleben.
Saugten die Luft.
Verdrängten die Ahnung
von wartender Gruft.

Im kahlen Lager
endete die Fahrt.
Deportierte sortiert
hinter hohem Draht.

Marode Baracken.
Wind durchfegt.
Schauriges Pfeifen
auf Seelen sich legt.

Bewachte Türme
verstärken das Joch.
Erdrücken die Hoffnung
auf ein DOCH.

Menschen die flüchten:
wie Hasen gejagt.
Grausam gequält
bis der Schmerz versagt.

Übergossen mit Wasser –
als Strafe gedacht.
Erfrorener Körper
mit Hohn bedacht.

Unbekannt verstorben.
Der Kleidung beraubt.
Nackt vergraben.
Befehl hat's erlaubt.

Menschen verachtend
diese schlimme Zeit.
Wenig beachtet
das geschichtliche Leid.

Bernd Tunn

In Erinnerung an Magdalena, deren Schicksal für immer im Verborgenen bleibt. Diese junge Frau wurde im Frühjahr 1945 vom Warthegau nach Sibirien verschleppt.

Gewidmet sei der Roman all den Millionen Opfern, die in Stalins Gulags ums Leben kamen. All den Christen, Juden, Deutschen, die ihrer Herkunft und ihres Glaubens wegen deportiert wurden und in Stalins Lagern umkamen. Ein authentischer Roman, der Erinnerungen wach halten will an die Gräuel eines roten Tyrannen.

Vorwort

Jährlich besuchen hunderte Schulklassen die Vernichtungslager der Nationalsozialisten in Deutschland. Bücher über Bücher wurden über die Nazigräuel geschrieben, Filme gedreht, wie zum Beispiel »Schindlers Liste«. Das ist gut so, das Gewissen der nachfolgenden Generationen soll darüber aufrecht erhalten werden. Hitlers Barbarei darf nicht in Vergessenheit geraten. Nicht vergessen werden darf aber auch, dass das 20. Jahrhundert einen weiteren Verbrecher an der Menschlichkeit hervorbrachte: Stalin, der Rote Barbar. In den Jahren seiner Zwangsherrschaft in Sowjetrussland, von 1923 bis 1953, ist er für den Tod von zig Millionen Menschen verantwortlich. Sie starben in seinen Arbeitslagern. Seine heroischen Baustellen des Kommunismus verschlangen unzählige Menschen.

Ein gnadenloses System, des NKWD, lieferte immer neue Arbeitskräfte für die Arbeitslager in Sibirien, Kasachstan oder am Eismeer. Im Bewusstsein der Siegermächte wurden nach Kriegsende Tausende Russlanddeutsche in die Arbeitslager verschleppt, dort lebten sie unter unmenschlichen Bedingungen und waren der Willkür der Lagerkommandanten ausgeliefert. Männer und Frauen wurden ohne Gerichtsurteile aus Ostdeutschland nach Russland gebracht. Sie wurden zur Sklavenarbeit verdammt, Tausende starben und wurden verscharrt, irgendwo im ewigen Eis der Tundra, sie blieben namenlos.

Über Stalins Verbrechen schweigt dämonisch der Zeitgeist.

In diesem Roman wird das Schicksal einer achtzehnjährigen jungen Frau beschrieben, die nach Ende des zweiten Weltkrieges in die Mühlen von Stalins Helfern gerät und in die unwirtliche Weite nach Sibirien verschleppt wird. Dieses Schicksal hat sich tausendfach wiederholt. All die Deportierten wurden Sklaven Stalins bei dem Bau gigantischer Werke, Staudämme, beim Urbarmachen von Wüsten. Sie wurden Opfer eines satanischen Systems.

Nicht vergessen und im Gedächtnis bleiben sollen die Millionen Opfer in Stalins Gulags. Sie mahnen zugleich: Nie wieder Tyrannei!

Das Phänomen der Vertreibung und Verfolgung von Christen reicht bis in die Gegenwart, heute sind davon weltweit über 40 Millionen Menschen betroffen.

Ankunft zu Hause

Vom Wind aufgewirbelt löste sich eine Schneelawine vom Dach des Bahnhofs und fiel mit dumpfem Aufschlag vor einem Pferdegespann auf die Erde. Nur mit Mühe gelang es dem Wagenlenker, die sich aufbäumenden Zugtiere zu besänftigen.

»Es hat Einfahrt der Personenzug aus Posen«, klang es aus dem Lautsprecher. »Lentschütz, alles aussteigen, der Zug endet hier.«

Die Waggontüren öffneten sich, die Reisenden stiegen aus.

»Hallo Magdalena, da bist du ja.«

»Hallo Vater, schön dass du mich abholst.«

»Hattest du eine gute Fahrt, ja? Komm, setz dich auf den Kutschbock.«

»Lass mich die Pferde führen, Vater.«

Er gab ihr die Zügel. Sie fuhren vom Bahnhof in Richtung Kutno. Der Schlitten glitt leicht über den verschneiten Weg.

»Komm, trink einen Schluck heißen Tee!« Er reichte ihr die Thermoskanne.

»Wie gut das tut, nach stundenlanger Fahrt in einem unbeheizten Zug.« Sie trank den heißen Tee, gab ihrem Vater die Tasse, er füllte die Tasse, trank daraus, schloss die Thermosflasche und verstaute sie unter der Decke.

Er wandte sich zu ihr: »Was gibt's Neues in Posen?«

»Die Menschen werden immer nervöser«, antwortete sie, »keiner glaubt mehr an den Sieg. Jetzt ist zu hören, die Gauleitung wolle Posen zur Festung auszubauen. Lebensmittel werden rar, es wird an allem gespart, Vorrang hat die Wehrmacht, Vater.« Sie verließen die Stadt. »In Posen errichten sie ein Bollwerk, Vater, bis dorthin und nicht weiter würden die Russen kommen. ›Wir werden Posen zur Festung ausbauen!‹, brüstet sich der Stadtkommandant. Den Bewohnern wollen sie weismachen, die Russen werden sich die Zähne ausbeißen.«

»Es ist überall das Gleiche, Lene. Sie lügen, doch die Menschen wissen, der Krieg ist verloren. Die Menschen wollen nur eins, fort aus diesem verdammten Land, das sie nie gewollt haben. Allen ist klar, man hat sie zum Spielball von Hitler und Stalin gemacht.« Die Pferde trabten über den verschneiden Weg, der zur Straße führte. Sie schwiegen. Es begann wieder heftig zu schneien, die Bäume der Chaussee krächzten unter der Schneelast.

»Immer mehr Leuten wird klar, der Krieg ist längst verspielt, seit der Schlacht von Stalingrad rückt die Front immer näher nach Deutschland, Vater, jetzt stehen die Russen an der Weichsel. Keiner weiß wie lang.«

»Du hast recht, Lene, es ist wahnsinnig. Vorige Woche haben sie aus unserem Kreis alle Fünfzigjährigen zum Volkssturm eingezogen. Sie nehmen keine Rücksicht mehr, ob der Hof noch zu bewirtschaften ist. Nun sollen die polnischen Knechte den Betrieb aufrecht erhalten.«

Sie schwieg, ließ die Zügel locker, die Pferde trabten davon. Der Wind pfiff, wurde stärker, beinahe hätte der Wind ihre Mütze davon gerissen. »Vater, wie geht's Reinhard, habt ihr von ihm Nachricht?«

»Lene, soviel ich weiß, ist er an die Westfront, ich glaube in Frankreich, hörte ich von seinem Vater.«

Die Pferde zogen trabend den Schlitten, durchschnitten Schneewehen, vereiste Wege. Eingehüllt in warme Decken fuhren sie über tief verschneites Land. Magdalena war in Gedanken versunken. Vor einem halben Jahr war hier alles noch so voller Hoffnung.

Sie dachte an den Frühling im vorigen Jahr. Grün waren die Wiesen, umrahmt von fruchtbaren Feldern. Auf den Feldern begann der Weizen zu reifen, goldgelb leuchtende Ähren stachen ab vom blauen Himmelsgrund. Flach dehnte sich der Landstrich hier an der Warthe. Oft fuhr sie mit dem Vater durch die waldreiche Landschaft, überquerten sie die Warthe. Eine fruchtbare Ebene, durchzogen von Wasseradern. Wälder umsäumen das leicht hügelige Land, das bis zu einem langen, nach Osten reichenden See hinreichte. In den Ferien fuhr sie mit gleichaltrigen Freunden zum Baden.

Ihre Gedanken schweiften ab. Sie hörte Worte ihrer Mutter.

»Die Russen werden bald hier in Kutno sein. Dann wird der Krieg auch uns erreicht haben. Wo seit 1941 über 90.000 Bauern aus Bessarabien heim ins Reich geholt und zwischen Posen und Lentschütz angesiedelt wurden.«

Und doch herrschte eine trügerische Ruhe vor einem gewaltigen Sturm. Sie sah Bilder vom letzten Jahr. Auf den Feldern stand das reife Getreide. Schafe und Rinder grasten auf den grünen Weiden. Magdalena dachte an die Zeit, als sie die Rinder ihres Vaters draußen vor dem Dorf hütete.

Frühlingshauch

Flatternd stieg eine Lerche hoch hinauf, Magdalena verfolgte ihren Flug über die braunen Äcker. Sie saß im Gras am Ufer des Bachs, sprudelnd floss er sich schlängelnd durch flaches Land. Rinder grasten auf der Weide, einige lagen, ihre Mäuler wiederkäuend bewegend, im Schatten des nahen Waldes. Mild war die Luft, ein leichter Wind dämpfte die Hitze des Sommers. Angesteckt vom Zwitschern der hoch hinauf steigenden Lerche begann sie ein Lied zu singen.

>*»Frühling du holder Gesell,*
>*Machst mir das Herze schnell.*
>*Auf grüner Wiese,*
>*sich neues Leben ergieße.*

>*Du Zauber mit grünem Hut,*
>*bringst allen Menschen wieder Mut.*
>*Hast durchbrochen die Wintermacht,*
>*in einer einzigen Frühlingsnacht.*
>*Ringsum her ein blühend Meer,*
>*überall wohin ich seh.«*

Ein zarter Hauch von Frühling lag über der welligen Landschaft. Weit ab vom Schrecken des Typhons keimte Frieden, endloser Frieden. Verspielt waren Natur und Wesen ineinander verwoben, doch leise ertönten Schreckenslaute des Krieges in der finsteren Nacht.

Der kleine Bach mit seinem sprudelnd silbrigen Wasser floss in Mäanderlinien durch das Grasland. Aus der Stille rief eine Stimme:

»Magdalena, Magdalena, komm hier herüber, das Wasser ist hier köstlich.«

»Ja Reinhard, komme gleich, muss noch schnell zwei Kühe aus dem Rübenfeld treiben«, erwiderte die Angesprochene. Außer Atem kam sie angerannt. »Hmm, hast recht, Reinhard, schmecken wie, wie Küsse von dir, so süß.« Sie zog ihren Mund zusammen.

Er gab ihr einen Kuss.

»Ach, ich freue mich, nach dem anstrengenden Schuljahr und der Abi-Prüfung hier wieder Ferien auf dem elterlichen Gut zu verbringen. Abschalten von der Schule in Posen.«

»Wie lief die Abi-Prüfung?«

»Ganz gut, es war schon schwer, aber hinterher kommt dir alles leichter vor. Was machst du, Reinhard?«

»Ich bin seit paar Wochen auf dem elterlichen Hof. Mein Vater möchte, dass ich ihm auf dem Gehöft helfe, solange meine Brüder an der Front sind. Sie haben Fritz, Albert und Konrad eingezogen. Mein Vater war stinksauer, als vorige Woche mein Einberufungsbefehl für die Wehrmacht kam.«

»Kann ich mir vorstellen.«

»Doch erzähl, was hast du nach der Schule geplant?«

»Endlich frei, weg in die eigne Welt!«

»Du meinst deine Welt der Träume, Magdalena«, entgegnete er.

»Lach nur Reinhard, ich finde es schön, in die Welt der Mythen und Sagen, der Träume einzutauchen. Zu träumen, du bist in Arkadien oder in den Hainen vom Neckar oder Rhein, hörst singen die Nymphen, Elfen und Feen. Übrigens habe ich dir etwas mitgebracht.«

»Was?«, fragte Reinhard.

»Ich habe eine kleine Geschichte geschrieben.«

»Erzähl!«

»Wir hatten einen Literaturwettbewerb auf dem Gymnasium. Ich habe mitgemacht. Es hat sich gelohnt. Später bekam ich einen ersten Preis für die Geschichte.«

»Wie heißt deine Geschichte?«

Hermann und Hermine.

»Hört sich gut an, bin gespannt auf deine Geschichte. Warte, dort drüben büxt eine Kuh aus. Ich laufe schnell rüber, um sie aus dem Krautfeld zu treiben.« Es dauerte eine kurze Weile, bis er zurückkehrte. Er setzte sich neben sie ins Gras. Sie nahm ein Heft aus dem Esskorb und begann zu lesen.

Berge, die Wild hegten, Ebenen, die Weizen trugen, Hügel mit Weinreben. Umringt von Weideplätzen für Herden. Umspült war die Insel vom Bodensee, feinkörniger Sand reichte hin bis zum Grasland, das sich bis zum alten Kloster Reichenau erstreckte. Auf der grünen Ebene weidete ein Ziegenhirt seine große Herde. Eines Tages beobachtete der Hirt Anton eine seiner Ziegen, die ständig zu einem dichtbewachsenen Dorngestrüpp lief. Er ging der Ziege nach und entdeckte ein grün umranktes weiches Nest. Darin lag ein Kind, es saugte von den Zitzen der Ziege. Im weichen, efeuumrankten Nest fand er prächtige Beigaben, ein purpurnes Mäntelchen, einen goldenen Ring und einen kleinen Dolch. Ihm tat der kleine Knabe leid. So brachte er den Säugling zu seiner Frau Maria. Sie versteckten die Beigaben und nahmen das Kind an. Die Ernährung überließen sie weiterhin der Ziege. Sie gaben dem Knaben einen Hirtennamen, Hermann.

Eines Tages, es waren zwei Jahre ins Land gegangen, da machte auf der Nachbarflur ein Hirt Namens Bertel einen ähnlichen Fund. Er sah, wie ein Schaf seiner Herde ständig in eine Grotte lief. Er verfolgte das Schaf. Beim Eintreten in die Höhle sah er, wie ein winziges Wesen kräftig an der Zitze des Schafes trank. Das Schaf leckte dem kleinen Säugling liebevoll das Gesicht, wenn er sich satt getrunken hatte. Bertel versteckte sich. Als das Schaf die Grotte verlassen hatte, ging er in die Höhle. Er sah, dass dies kleine Kind ein Mädchen war, und am Rand der Lagerstätte lagen ein goldenes Stirnband und mit Gold verzierte Fußspangen. Bertel erzählte seiner Frau von diesem Fund. Sie beschlossen, das Kind als ihre Tochter anzunehmen und gaben ihr hirtengemäß den Namen Hermine. Die beiden Kinder wuchsen heran und waren von schöner Gestalt. Die Jahre gingen übers Land. Bald schon war der Knabe fünfzehn Jahre alt und das Mädchen zwei Jahre jünger. Es war Anfang Frühling, Blumen blühten auf Weiden und Waldlichtungen. Saftiges Gras bedeckte Hügel und Auen. Die beiden Jugendlichen begannen die Herden ihrer Eltern an den Wiesen und Rainen des Bodensees zu hüten. Die Luft war angefüllt vom Summen der Bienen, dem Gesang der Lerchen und Nachtigall. Die neugeborenen Lämmer hüpften lustig zwischen den Grashügeln. Ein Zauber des Frühlings lag über dem schönen Land. Hermine und Hermann taten alles gemeinsam, da sie Nachbarskinder waren. *Das Mädchen holte vom Wiesengrund Halme und flocht daraus eine Falle für Grillen, während der Junge Schilfrohr brach und eine Flöte fertigte. So saßen sie zusammen, bis in die Nacht hinein lauschte sie dem Flötenspiel. Eher hätte man Ziegen und Schafe voneinander getrennt, als die beiden Heranwachsenden zu trennen. Da begann Eros sein Spiel. Das kam so: Städter kamen aus Konstanz auf das Land. Sie wollten Rehe und Hasen jagen. Hoben zwischen den Hügeln Gruben aus. Bedeckten diese mit Ästen und Zweigen und legten Schilf darüber. Hermann hatte nichts davon bemerkt. Er trieb wie immer am frühen Morgen seine Schafe zu den Weideplätzen, in der Nähe der Grotte. Plötzlich hörte er ein jämmerliches Blöcken. Beim Nähertreten sah er, dass eins seiner Schafe in eine Grube gefallen war. Er wollte es herausziehen, der Hang gab nach, so rutschte er in die tiefe Grube. Es war die Zeit, als Hermine ihre Tiere zur Weide trieb. Sie hörte das Schreien. Als sie Hermann in der Grube sah, lief sie hinunter zum Schilf und fertigte ein Seil, an dem sich der Hirte herauszog. Er hatte einige Schürfwunden vom Sturz bekommen. Sie liefen zur Quelle, die umringt von Eichen und Linden heraussprudelte und sich in ein kleines Bächlein ergoss. Sie half Hermann beim Waschen. Da entdeckte sie seine Schönheit, fühlte die zarte Haut, die festen Muskeln seiner Schulter. Berührte seinen Nacken, strich über seinen Rücken.*

»Weißt du, mir wird ganz heiß.« Sie legte sich in den Bach und dehnte ihren Körper aus. »Siehst du mein Bett im Bach«, lachte sie mit provozierender Stimme.

»Nein, entgegnete er, weder Bach noch Bett, aber dafür Knospen und Hügel, eine reizvolle Gestalt, weich umflossen vom kühlen Wasser.« Er kniete nieder, fasste sie unter ihre Schulter, zog sie sanft an sich hoch. »Du bist schön, schön wie eine Nymphe.«

Ihr Kleid, bedeckt mit Blumen, schmiegte sich an ihren Körper an.

»Nasse Sachen schaden deinem Körper, Husten und Schnupfen sind die Folgen. Wer soll die Kühe hüten, wenn du krank im Bett liegst«, meinte er ironisch.

Sie lachte, zog ihr Kleid herunter und legte sich in das flache Gras. »Lass uns von der Sonne erwärmen«, sprach sie.

Er legte sich zu ihr, strich ihr Haar. »Weißt du, ich träumte, mit dir immer zusammen zu sein, Kinder zu haben, ein glückliches Leben mit dir zu führen. Wir wollen uns nie trennen.

Und so schwuren Hermine und Hermann einander ewige Treue.

Mild lag die Luft über dem hügeligen Land. Ziegen und Schafe weideten im verbliebenen Gras, unweit der Quellen. Bald schon sank der Abend herein. Sie trieben ihre Herden beim Mondschein nach Hause.

Kaum ertönte der erste Vogelgesang, war Hermann auf den Beinen, er wollte Hermine heute Morgen mit einem neuen Spiel auf seiner Flöte überraschen. Seine Herde graste am linken Bachufer. Bald schon würde Hermine mit ihren Ziegen den Berg herauf kommen. Er hatte noch Zeit, mit der Flöte zu üben. Da hörte er Stimmen, im Nu war er von mit Stöcken bewaffneten Männern umringt. Sie fesselten ihn und schleppten ihn samt seiner Herde hinunter zum Strand. Zerrten ihn und die Schafe auf ein Schiff und fuhren davon.

Etwas später als sonst kam an diesem Morgen Hermine mit ihren Ziegen zur Weidestelle. Sie rief nach Hermann, sie spürte eine Unruhe im Inneren. Irgendein Angstgefühl ließ sie Unheil ahnen. Unweit der Quelle entdeckte sie eine Vielzahl von Fußspuren, die sich in die Feuchtigkeit eindrückten. Da fiel ihr Blick auf die Flöte, die am Rand des Baches lag. Sie lief hastig zum Hügel, sie konnte von dort hinunter zum Meer sehen. Weit draußen erblickte sie ein Schiff, sie glaubte das Blöcken von Schafen zu hören. Sie war sich sicher, irgendwelche Räuber hatten Hermann entführt. Wie von Zauberhand geführt nahm sie die Flöte an den Mund und spielte einige Töne, die sie von Hermann abgeguckt hatte. Da vernahm sie am Horizont, wie das Schiff kenterte, die Schafe über Bord gingen und zum Ufer zu schwammen. Wo war Hermann, hoffentlich ertrank er nicht in den Meereswogen. Sie beobachtete, wie die Schafe zum Ufer kamen. Solange sie mit der Flöte spielte, kamen die Tiere näher, erreichten das Ufer und kamen zurück zur Quelle der Nymphen. Doch wo blieb Hermann? Die Sonne stand schon im Zenit, es war heiß geworden, die Schafe und Ziegen lagen im Schatten einer Pinie, zwischen Felsen und Gras. Sie saß an der Quelle und Tränen standen in ihren Augen. Da erschrak sie, sie vernahm ihren Namen. War das nicht ... Da löste sich ein Schatten von den Hügeln. »Hermann, Hermann!« Sie ließ ihren Tränen freien Lauf. Sie umarmten sich. Am Ufer des Baches erfuhr sie von Hermann, dass Viehräuber ihn und seine Herde entführt und auf ihr Schiff gebracht hätten und nach Konstanz Kurs nahmen. Da plötzlich liefen die Schafe am Bord des Schiffes hin und her und brachten das Boot zum Kentern. Er selbst lag gefesselt und wurde über Bord gespült. Es gelang ihm, die Fesseln im Wasser abzustreifen und eines der Schafe zu erreichen, er klammerte sich an seinem Fell fest und kam so glücklich wieder an Land.

»Weißt du, deine Flöte hat dich gerettet. Die Schafe haben das Spiel der Flöte gehört und wollten dort hin, woher das Gespielte kam. Dabei gerieten sie in Panik.«

»Aber ohne die Hilfe der Schafe wäre ich nicht an Land gekommen.«

»Du bist voller Schlamm, komm, ich will dich im Bach abwaschen.«

Es war sehr heiß, die Sonne brannte ihr auf dem Rücken, sie zog ihr Kleid aus, beide liefen zum Bach. Beide besprengten sich mit kühlem Wasser, dass ihnen das Wasser vom Körper lief. Hermine wusch ihm den Schlamm vom Rücken. Voller Freude kühlten sie sich im kühlen Bach.

Sie nahm einen Zweig, malte Figuren in den weichen Sand des Baches. Das Wasser perlte von ihnen herab, sie legten sich ins trockne Gras, die Sonne trocknete ihre Haut. Beide saßen am Ufer des Baches, ihre Herden grasten friedlich. Sie nahm seine Hand. Küsste ihn zärtlich auf die Wange.

»Ich wünsche mir, mit dir immer zusammenzubleiben.«

»Was hältst du von meiner Geschichte, gefällt sie dir?«

»Und ob, ich finde sie sehr schön. Deine Geschichte drückt auch meine Gefühle für dich aus, meine kleine Hermine.«

Unterm Lindenbaum

Am nächsten Tag führten sie ihre Herde in die Nähe eines Hügels, der an den Waldrand grenzte. Die Sonne stand schon gen Westen und warf lange Schatten über das wellige Grasland. Magdalena lauschte, im Gras liegend, dem Flötenspiel Reinhards. Aus dem Weg vom Dorf kamen einige Jugendliche, sie gingen hinüber in den Wald. Auf der Waldlichtung sprudelte eine Quelle aus einer kleinen Anhöhe, in deren Nähe eine Linde sich hoch hinauf in den blauen Himmel reckte. Bald schon erklangen Lieder, eine Harmonika begleitete den fröhlichen Gesang.

»Hallo Reinhard«, erklang eine Stimme vom Wald, »kommt herüber zu uns, eure Tiere werden schon nicht ausbrechen.« Es war Edwin, der auf seiner Harmonika spielte, der hinüber zu den Hirten rief. »Lass uns gemeinsam musizieren und singen.«

Reinhard und Magdalena setzten sich zur Gruppe. Von der Linde erklangen Lieder, weit über das friedliche Land, aus jungen Kehlen. Harmonika und Flöte wetteiferten, wer wohl am besten spiele. Edwin spielte auf seiner Harmonika bekannte Volkslieder, begleitet von Reinhard auf seiner Flöte, der Wald war voll von schöner Musik und Gesang.

»Das Lieben bringt viel Freud, es wissen alle Leut. Weiß mir ein schönes Schätzelein mit zwei schwarzbraunen Äugelein, das mir, das mir, mein Herz erfreut.« Voller Freude ertönten die Lieder, vermischten sich mit den goldnen Sonnenstrahlen, die die Lichtung hell erleuchteten. In den Wipfeln raunte leise der Wind. Auf der Harmonika ertönte die Melodie: »Mein Mädel hat einen Rosenmund, und wer ihn küsst, der bleibt gesund.«

»O, du, o, du, schön schwarz braunes Mägdelein, du, la,la, la, lässt mit keine Ruh.« »Mädel ruck an meine grüne Seite.«

»Tanz mit mir, tanz mit mir, hab 'ne weiße Schürz für.«

»Kommt, wir wollen tanzen um den Lindenbaum«, riefen einige Mädchen, fröhlich singend. Sie zogen die Burschen vom Grase hoch, voller Freude tanzten sie Reigen um die Linde. Im Chor sangen sie:

»Unter einer Linde, ich sie finde, ich sie finde, mein Mädel mit dem roten, roten Mund.« Singend und tanzend, rund um die Linde, erklangen Lieder voller Freud. »Wenn alle Brünnlein fließen, so muss man trinken, wenn ich mein Schatz nicht rufen darf, tu ich ihm winken.«

»Wenn ich mein Schatz nicht rufen darf, tu ich ihm winken«, das schwäbische Volkslied, gedichtet von Friedrich Schiller, klang wie Perlen aus den fröhlichen Gesichtern, die erhitzt voller Freude im Hauch des zarten Frühlings eins waren mit sich und der Natur. Ihre Lieder stiegen hinauf in die Zweige des Lindenbaums und vermischten sich mit den Lüften des Lenzes. Hin und wieder schöpften sie Wasser aus der Quelle, sich daran erfrischend. Heitere Liebeslieder singend, scherzten und neckten sie sich. Die Mädchen banden Blumenkränze, schmückten die lockigen Haare der Jungen.

»Mädele ruck, ruck, ruck, an meine grüne Seite, i hab di gar so gern, i kann di leide. Bist so lieb und gut, schön wie Milch und Blut, du musst bei mir bleibe, mir die Zeit vertreibe. Mädele ruck, ruck, ruck, an meine grüne Seite, i hab di gar so gern, i kann di leide.«

Sie wirbelten singend um die Linde, erhitzt vom Tanz und Gesang sanken sie ermüdet ins Gras. Jetzt begannen sie Geschichten zu erzählen. Wer wohl erzählt die schönste Geschichte, der erhält einen Eichenkranz. Einer nach dem anderen erzählte seine Geschichte, sie erzählten, dass ihre Ohren glühten.

Längst waren die Freunde gegangen, der fröhlichen Stimmung folgte die Stille der Natur. Rot färbte sich der Abendhimmel. Beide trieben ihre Herden zusammen und machten sich auf den Heimweg.

Kassandras Träume

»Was wird aus uns, was bringt uns der nächste Morgen? Ich möchte gern mit dir zusammenbleiben. Mutter hat, seit wir 1941 hierher kamen, immer wieder ihre Angst geäußert.

Das kann nicht gut gehen, dass wir auf den Höfen der Polen sitzen, sagt sie. Vater meint, was können wir tun, Hitler und Stalin haben uns alles eingebrockt. Nun sitzen wir auf fremden Höfen. Seit Stalingrad sind die Russen unterwegs nach Westen. Wie lange es dauert, bis sie die Weichsel überschreiten, wer weiß. Der Krieg ist verloren Reinhard, bald werden sie unsere Region erreicht haben. Es ist heller Wahnsinn, dass du an die Front musst.«

»Vater redet auch so wie du, Magdalena. Ich gehe mit gemischten Gefühlen. Nein, ich bin nicht feige, ich frage mich, wozu das alles. Seit einem Jahr ist unsere Wehrmacht auf dem Rückzug. Die Russen dringen unaufhaltsam nach Westen. Onkel Karl ist auf Genesungsurlaub in Kutno. Er erzählt, dass sie bei Dünkirchen von den Anglo-Amerikanern stark unter Beschuss gerieten, er hat beide Beine verloren. Es ist aussichtslos, seit die Amerikaner die Westfront eröffneten.«

»Reinhard, warum wird der Krieg nicht beendet. Vorige Woche erhielten wir Post von meinen Neffen Gotthilf Drews, er wurde in Ostpreußen stark verwundet, ist als Krüppel aus dem Lazarett gekommen. Er schreibt, sie hätten alle die Schnauze voll von diesem Krieg, den Hitler vom Zaune gebrochen hat. Wäre es nicht vernünftig jetzt, wo die Russen bald schon Polen erreicht haben, den Krieg zu beenden, Reinhard?«

»Magdalena, ich muss mich in wenigen Tagen bei der Einberufungsbehörde melden, habe Angst, Angst nur als Kanonenfutter verheizt zu werden, wie mein Vater meint. Drei meiner Brüder sind an der Front. Vater war beim Ortsgruppenleiter, um eine Freistellung zu erhalten. Vater meint, er kann den Hof nicht allein bewirtschaften und gleichzeitig die Auflagen zur Versorgung der Wehrmacht erfüllen. Sie haben ihn in der Kreisstadt mit den Worten ›Angst vor dem Feind‹ förmlich hinausgeworfen und gedroht, ihn wegen Hochverrats anzuzeigen. Im Nachbardorf hat die SS einen Bauern erschossen, der sich weigerte, seinen Sohn zur Wehrmacht gehen zu lassen. Ich will nicht das Leben meines Vaters aufs Spiel setzen, und geh an die Front. Und du, was hast du vor, nach dem Abitur?«

»Ich weiß noch nicht, abwarten. Gern würde ich Geschichte und Germanistik in Berlin studieren.«

Reinhard stand auf, er ging hinunter zum Bach, pflückte einige Blumen und gab sie Magdalena mit den Worten: »Auch ich möchte immer mit dir zusammen sein.«

»Danke für die schönen Blumen.« Magdalena erhob sich. Sie nahm seine Hand und sprach: »Wir wollen immer zusammen bleiben.«

Sie umarmten sich. Es wurde dunkel, sie trieben ihre Herden zurück Richtung Gehöfte.

***

»Wir müssen uns beeilen.«

Sie erreichten den Weg zu ihrem Dorf. Es wurde dunkel, als sie den Ort erreichten. Rot leuchtete die untergehende Sonne. »Es ist, als ob der Himmel in Brand gesteckt ist«, sprach Magdalena. »Beim Anblick des blutroten Himmels muss ich unweigerlich an Kassandra denken. Schon drei Jahre währt der Krieg. In Posen zeigte die Wochenschau Bilder der Zerstörung, sie erinnern mich an das brennende Troja. Warum diese Kriege, diese wahnsinnige Zerstörung, warum glaubt keiner den Prophezeiungen der Rufer in der Nacht. Keiner hat geglaubt, dass der Krieg mit Russland der reine Wahnsinn ist, und jetzt, als Stalingrad unsere Wehrmacht besiegte, jetzt kann die Russen keiner mehr aufhalten. Ich habe Angst, einfach Angst, was morgen sein wird.«

»Du siehst zu schwarz, wir haben noch längst nicht verloren«, entgegnete er.

»Das sagen die SS-Leute auch immer, meine Eltern haben eine ganz andere Meinung. Bereits als wir vor zwei Jahren hier angesiedelt wurden, kamen bange Gefühle auf. Was wird, wenn eines Tages die Polen auf ihre Höfe zurückkommen.«

»Magdalena, verscheuche deine schwarzen Gedanken.«

»Reinhard, ich kann sie nicht wegwischen, nicht abtun, sie kommen immer wieder.« »Magdalena, deine Griechen haben dir den Kopf verdreht, doch erzähl, wer war Kassandra, du hast mich neugierig gemacht.«

Wo heute die Küste der Dardanellen den Nordwesten der Türkei begrenzt, lag eine berühmte Stadt, die die Griechen Troja nannten. König Priamos, so hieß der König, hatte mehrere Töchter, eine davon namens Kassandra. Und Söhne, unter anderem Hektor und Paris. Ersterer war ein gefürchteter Krieger, während Paris sich lieber mit seinen Schafen auf den weiten Ebenen Trojas aufhielt. Eines Tages erschienen auf dem Weideland drei Göttinnen. Sie gerieten in Streit, wer wohl die Schönste sei von ihnen. Dabei fanden sie keine Antwort. Da entdeckten sie den Hirten Paris und sprachen zu ihm:

»Hier diesen goldenen Apfel, gib diesen der Schönsten von uns.«

Paris, der Hirte, war überrascht und antwortete: »Was für Lohn erwartet mich?«

»Nun, du kannst wählen: Klugheit, Reichtum oder Liebe. Wählst du mich«, sprach Aphrodite, »dann gebe ich dir die schönste Frau der Welt, Helena von Sparta.«

»Gut, ich will mich entscheiden.«

Nach kurzem Zögern warf er den Apfel hin zu Aphrodite. Die Göttin der Liebe führte ihn bald nach Sparta, an den Hof des Königs Menelaos. Helena erwiderte die Liebe Paris', beiden gelang die Flucht über die Ägäis nach Troja. Doch das Glück war nur von kurzer Dauer. Abgesandte des Königs forderten die Rückkehr Helenas nach Sparta, was König Priamos, trotz Warnung, nicht erfüllte. Kassandra warnte den König, er möge Paris befehlen, Helena zurück zu geleiten nach Sparta. Jedoch weigerte sich Paris, diesem Befehl zu gehorchen. Die Gesandten überbrachten dies König Menelaos, der daraufhin alle Griechen mobilisierte, gemeinsam gegen Troja in den Krieg zu ziehen. Verzweifelt drang Kassandra auf Priamos ein.

»Sende sie zurück nach Sparta, sonst riskiert ihr, dass Troja brennen wird. Ich sehe Flammen am Himmel von Troja, die Griechen werden

nicht eher ruhen, bis sie unsere Stadt völlig zerstört haben werden. Bedenkt dies bei eurer Entscheidung«, rief Kassandra und warf sich zu Füßen des Königs.

»Steht auf, geht in euren Tempel, die Würfel sind gefallen. Es ist die Entscheidung Paris', dass Helena in Troja bleibt, was soll ich tun gegen die Liebe, und nun geht.« »Troja brennt, oh seht ihr nicht, was ihr da tut, ist der Wille des Einzelnen stärker und gewichtiger, als der Wille des ganzen Volkes, o König, warum, warum, seid ihr alle blind?«

So geschah das Furchtbare, die Griechen zogen gen Troja. Es begann ein furchtbarer Krieg, auf beiden Seiten kämpften die Heere unerbittlich, der Kampf tobte fast zehn Jahre hin und her. Auch bei den Griechen herrschte Verzweiflung und der Kampf ermüdete die Krieger, sie wollten beenden den Krieg, zurückkehren in ihre Heimat. Da erschien Odysseus, dem Held aus Ithaka, im Traum Pallas Athene. Sie riet ihm zur List. »Lass bauen ein hölzernes Pferd von deinen Mannen, zieht es in der Nacht vor die Tore Trojas«, sprach Athene. »Lass zwanzig eurer Krieger hinein in den Bauch des hölzernen Pferdes klettern. Dann steigt auf eure Schiffe, segelt heimwärts. Die Trojaner werden das Pferd wie eine Siegesbeute hinein in die Stadt ziehen und ein großes Fest feiern. Im Rausch werden sie wie Fliegen betäubt auf Plätzen und Straßen liegen, der Geist des Diyonysos wird sie stark benebeln. Nach Mitternacht, klettert aus dem Bauch des Pferdes. Gebt Feuersignale zum Strand. Lasst öffnen die ehernen Tore. Inzwischen werden eure Schiffe im Schutze der Dunkelheit zurückkehren, zu dem Gestade Trojas zurückkehren. Dann wirst du, listiger Odysseus, hinein brechen in die feste Stadt, sie wird dir als Beute vor den Füßen liegen.«

Sie entschwand auf leisen Füßen. Odysseus erwachte, langsam begriff er die Worte Pallas Athenes. Zugleich ließ er Vorbereitungen treffen, um den Plan der Göttin auszuführen.

»Und was weiter, wie verlief der Plan, Magdalena?«

»Nun, alles verlief dann wie es Athene voraussagte. Die Stadt fiel wie eine reife Frucht, Odysseus nahm die Stadt ein.«

»Und was geschah mit Helena?«

»König Menelaos nahm furchtbare Rache. Legte die Stadt in Schutt und Asche. Troja brannte lichterloh in der schwarzen Nacht, eine ruhmreiche Stadt versank. Menelaos führte Helena auf sein Schiff, mit reicher Beute kehrten die Griechen zurück. Kassandras Prophezeiungen erfüllten sich.«

»Warum hören die Menschen nicht die warnenden Worte von damals. Auch unser Land wird in Schutt und Asche untergehen. Warum glaubte keiner, ›Wer Hitler wählt, wählt den Krieg‹. Hitler hat die Menschen eingelullt, mit dem Versprechen, Arbeit und Brot für Jedermann zu schaffen.«

»Hat er doch auch, indem er Autobahnen und Panzer bauen ließ. Es merkte doch bald ein jeder, Hitler hat nur ein Ziel: einen neuen Krieg vom Zaun zu brechen, um die Schmach des Ersten Weltkriegs zu tilgen. Und mit Russland hat er sich die Finger gehörig verbrannt. Warum sind Menschen so blind und taub, wenn sich blutrot der Schein des Krieges am Horizont zeigt, Reinhard?«

Er nahm ihre Hand, sie liefen mit ihren Herden durch das nächtliche Dorf.

»Magdalena, ich frage mich auch, wie können die Leute so sorglos schlafen, wenn das Ungeheuer Typhon vor den Toren steht. Vielleicht trügt der Schein, aber vielleicht Magdalena, spricht mein Vater offen aus, was die Menschen denken: Die Flucht naht.«

J.M

In den Fängen Ares'

»Auf was warten wir noch, der Iwan hat längst die Weichsel überschritten. Und noch immer zögern sie von der Gauleitung, den Befehl
zur Flucht zu geben, Anton.«

Auf dem Marktplatz von Lentschütz hatten sich Hunderte Menschen eingefunden. Schneeflocken wirbelten, die Luft war eisig.

»Ja, du hast recht, sie halten uns hin, und doch ist alles entschieden,
Konrad, der Krieg ist verloren.«

»Pst, sei leise, die Wände haben Ohren. Sieh, dort drüben stehen sie
in ihren schwarzen Uniformen.«

Murren breitete sich aus. Zwei Männer in SS-Uniform näherten sich
den Versammelten. Sie blieben einige Schritte vor einer Gruppe stehen.

»Geht in eure Gehöfte, der Führer hat befohlen, Ruhe zu bewahren«.

»Wie lang noch Ruhe bewahren, wenn die Russen schon die Weichsel überschritten haben und bald hier sein werden!«

»Geht auseinander«, erwiderte einer der SS-Männer, »geht auseinander.«

Heftiger Schneesturm setzte ein.

»Komm Konrad, lass uns zurückfahren, wir erfahren hier nichts
Neues.«

Sie gingen zu ihren Pferden. Setzten sich auf den Kutschbock. »Hui
Lise«, Anton knallte mit der Peitsche, die beiden Braunen liefen los.

»Verdammte Kälte, hier, nimm Konrad, ein Schluck Walnussschnaps wird dir gut tun, er wird dich durchwärmen.«

»O verdammt gut«, Konrad schüttelte sich, »brennt wie Feuer.«

Der Atem gefror aus seinem Mund. Sie hatten sich in Decken gewi-
ckelt. Die Sonne brach durch die Wolken.

»Sieh dieses Inferno an!«

Gleißende Strahlen der Sonne blendeten sie, schemenhaft lag die
hügelige Landschaft vor ihnen. Hier und da kam ein Baum zum Vor-
schein. Der Schlitten glitt knisternd über die Schneedecke dahin. Die
beiden Pferde trabten im Galopp durch die weiße Landschaft, sie erreichten die Chaussee, bogen ab in Richtung Kutno.

»Verdammte Kälte, Konrad, als ob Wölfe in der Steppe heulen würden, hier nimm noch einen Schluck von dem Feuerwasser.«

»Danke dir! Was glaubst du, wann sie hier sein werden?«

»Schwer zu sagen. Wenn man den polnischen Knechten glauben kann, ein, zwei Wochen. Kommt darauf an, was unsere Wehrmacht noch entgegensetzen kann, Anton.«

»Es ist doch nicht auszuhalten, was sich Gauleiter Greiser einfallen lässt, er lässt überall verkünden, dass eine neue Wunderwaffe dem Iwan das Rückgrat brechen wird. Die einzigen Wunderwaffen, die sie jetzt anwenden, sind der Volkssturm und die Hitlerjugend. In der Kreisstadt haben sie eine Truppe Hitlerjugend zusammengestellt. Die reinsten Kinder, sie wurden mit Panzerfäusten ausgerüstet.«

Die Sonne brach durch die Wolken. Die Bäume waren vereist, geisterhaft ragten ihre Äste in den blau erstarrten eisigen Januarhimmel. Der Schlitten knirschte vor Kälte. Weißer Dampf stieg von den Mäulern der Rosse, sie schwitzten unter der Decke. Leicht stieg das Gelände an, glitzernd blendete der Schnee Mensch und Tier.

»Es riecht nach Polarschnee, Anton. Hier, nimm noch einen Schluck.«

»Danke. Ach ist das gut, es schüttelt einen richtig durch, dass einem die Brust brennt, verdammt gut dein Schnaps.«

Sie erreichten das Gutsgehöft.

»Ich geh morgen hinüber zu meinem Oheim. Wenn sich bis nächste Woche nichts tut, werden wir uns auf den langen Marsch machen. Ich habe mit meinen Knechten alles besprochen.«

»Wie du meinst, Anton, es hat keinen Zweck, länger hier zu bleiben. Sag mir Bescheid, wenn ihr loszieht. Ich bin dabei. Je früher wir dieses unheilvolle Land verlassen, desto besser für uns.«

Es vergingen einige Tage. Gegen Morgen kam ein Bote in den Hof geritten.

»Anton, Anton, wir müssen weg, die Gauleitung hat sofortige Flucht angeordnet. Uns bleibt nicht mehr viel Zeit. Heute, am 18. Januar 45, sollen sich alle deutschen Bauern zur Flucht bereit machen. Nehmt nur die lebensnotwendigen Sachen mit. Jakob, reite du hinüber zu Konrad, sie sollen sich fertig machen, wir starten noch heute.«

Anton ging zurück zum Wohnhaus. Janusz, sein Großknecht, kam aus dem Stall.

»Es ist so weit. Wir Alten müssen den Karren aus dem Dreck ziehen, den uns Hitler eingebrockt hat, Janusz. Jetzt ist es so weit, wir haben es gefühlt, als wir 1942 in diese Gehöfte einzogen. Die Öfen der Polen waren noch warm, als wir hier her beordert wurden. ›Volksdeutsche Bauern produzieren für die ruhmreiche Wehrmacht, die bald die ganze Welt erobern wird, ihr könnt stolz sein, dass euch unser Führer mit dieser Aufgabe eine Zukunft gegeben hat. Heil Hitler‹, mit diesem Gruß beendete damals der SS-Mann aus Lentschütz seine Begrüßungsrede.«

»Ja, Pan, ihr wart nicht überzeugt, habt Bedenken gehabt, dass dies nicht gutgehen wird. Wir bedauern sehr, dass ihr fortgehen wollt.«

»Janusz, was sollen all die Reden noch, geh ins Haus und hilf meiner Frau zu packen, die anderen Knechte sollen den Wagen anspannen.«

»Welche Pferde wollt ihr einspannen?«

»Nehmt die Rappen, es sind meine Lieblingspferde. Sie sollen nicht in die Hände der Russen fallen. Ladet den Wagen mit dem Nötigen für die Flucht. Nun an die Arbeit, uns bleibt nicht mehr viel Zeit, Janusz.«

Am Vormittag setzte heftiges Schneetreiben ein. »Auch das noch, bei dieser Hundekälte müssen wir unser warmes Nest verlassen. Auch der polnische Winter will uns vertreiben, Konrad«, rief Anton hinüber zu seinem Nachbarn.

»Janusz, wir ziehen los.«

»Pan, wir danken euch, ihr wart gut zu uns, möge Gott euch beschützen.«

»Hui, Hui, dann mal los.« Der Wagen setzte sich in Bewegung. Zwei Familien fuhren in eine ungewisse Zeit. Weit im Osten hörten sie das Donnern der Geschütze. Nur langsam kamen sie vorwärts. Heftiges Schneetreiben nahm ihnen die Sicht, bis sie den Wald erreichten. Der Sturm fegte über die Straße. Sie fuhren, der nächtliche Himmel war aufgerissen, die verschneite Straße war nur durch die Pappeln rechts und links zu erkennen. Nur langsam kamen die Fuhrwerke voran. Sie fuhren die Nacht durch, bis sie in einen Ort kamen und in die Hauptstraße nach Posen einbogen. An der Kreuzung sahen sie, dass sich Fahrzeug an Fahrzeug reihte. Ihnen wurde klar, sie waren nicht die Einzigen auf der Flucht vor den Russen. Nur mit Mühe gelang es Anton und Konrad, in den langen Treck nach Westen einzufahren. Im Schritttempo zogen die Pferdegespanne, einer hinter dem anderen, auf der festgefahrenen Wagenspur entlang. Ab und zu wurde der Treck unterbrochen, wenn ein Rad der Vorderleute zerbrach. Eine unendlich lange Karawane hatte sich gebildet. In den frühen Morgenstunden hörten sie das Heranrücken von Militärfahrzeugen.

»Gottlob, die Wehrmacht, Konrad.« Ein Jeep kam herangefahren. Ein Offizier in SS-Uniform sprang heraus. Er hielt ein Megaphon vor sich. Im Befehlston forderte er die Flüchtlinge auf:

»Räumen Sie die Straße, sofort, die Straße räumen.«

Militärjeeps kamen heran, sie preschten in den Treck, zwangen die Fahrzeuge in den Straßengraben.

»Das kann doch nicht wahr sein. Anton, unsere eigne Wehrmacht hindert uns an der Flucht.«

»Hören Sie auf hier zu diskutieren«, schrie der SS-Mann Anton an, »noch ein Wort und ich lass sie wegen Wehrkraftzersetzung sofort hinrichten. Räumen Sie sofort die Straße, unsere Panzer sind auf dem Weg nach Posen, dort werden wir die Russen stoppen. Noch ist der Krieg nicht verloren, Heil Hitler.«

Die Panzer hatten den Flüchtlingstreck eingeholt.

»Albert, halt die Pferde fest, wir müssen in den Graben.« Es krachte hinter Konrad, Holz zersplitterte, er hörte das Schreien der Kinder. Er sah, wie sie voller Angst vom Wagen heruntersprangen, der Pferdewagen geriet unter die Ketten des Panzers.

»Albert, die Panzer der eignen Wehrmacht zermalmen unseren Wagen!«

Sie hörten noch immer den SS-Offizier, der wie wild zwischen den Fahrzeugen herumfuhr.

»Gehen Sie von der Straße, oder wir schießen. Sie behindern den Durchzug einer Panzerbrigade.«

Inferno der Flucht

Der Offizier hatte seine Pistole gezogen.

»Gehen Sie von der Straße, räumen Sie sofort die Straße«, befahl er mit Nachdruck. Er stieg in den Jeep, die Militärkolonne setzte sich wieder in Bewegung.

»Wir müssen die Pferde beruhigen, Anton.«

»Hast Recht, lassen wir sie erst mal vorbei. Dort vorn herrscht das reine Chaos, einige Wagen sind in den Graben gerutscht, die Wagenräder gebrochen. Wir müssen jetzt vorsichtig sein.«

Im Schritttempo zogen die Pferdegespanne weiter, einer hinter dem anderen. Ab und an mussten sie anhalten, wenn ein Rad der Vorderleute zerbrach. Dann packten alle mit an, der Wagen wurde mit einem Pfosten abgestützt, das kaputte Rad heruntergezogen und ein neues Rad aufgesteckt. Schon nach kurzer Zeit konnte sich der Wagen wieder in Bewegung setzen. Stadel ließ nach der schnellen Reparatur eine Flasche Walnussschnaps umgehen.

»Verdammt gut Albert, dein Feuerwasser ist stärker als Väterchen Frost«, rief lachend Konrad, nahm einen kräftigen Schluck und gab die Flasche zurück zum Stadel. Die Pferde dampften, stampften durch den tiefen Schnee. Die Männer liefen neben den Wagen her. Ihr Atem quoll in weißem Hauch aus ihren frostig weißen Bärten. Ein unendlich langer Treck hatte sich gebildet.

»Wenn wir Glück haben, Anton, sind wir in zwei Tagen in Posen.«

»Sieht gut aus, unser Wagenzug kommt gut voran«, entgegnete Konrad, »zum Glück hat das Schneetreiben nachgelassen.« Er nahm eine Handvoll Stroh, lief nach vorn zu seinem Pferdegespann, fuhr mit dem Bündel unter die Pferdedecke und wischte seinen Pferden über den Rücken.

»Lange können wir nicht mehr fahren, die Tiere brauchen eine Verschnaufpause.« Er lief nach vorn, zu den vorderen Wagen, um sich mit den Bauern zu beratschlagen. »In zwei Stunden machen wir eine Rast«, wandte er sich, als er zurückkehrte, zu den anderen in der Kolonne. Der Flüchtlingstreck bewegte sich in der einsetzenden Dämmerung wieder westwärts, entlang der Chaussee Richtung Posen.

»Albert, hörst du das Dröhnen, was ist das?«

»Ja, ich höre das Dröhnen auch.«

Das Geräusch kam immer näher.

»Es ist eine Jagdstaffel, die Russen kommen, Albert. Los alle in den Graben, nehmt Deckung.«

Er sah, wie die ersten Flugzeuge den Treck erreichten, MG knatterten, Verwundete schrien. Sie töteten erbarmungslos Alte und Säuglinge, die auf den Wagen blieben. Pferde rissen sich los, stoben wie wild zwischen den zerschossenen Fuhrwerken. Die Flieger kehrten um, aufs Neue kam der Tod zurück zu den Flüchtlingen, sie mähten mit den MG alles Leben nieder. Ein Inferno brach herein, die Luft war gefüllt von Blut und Rauch. Als es dunkel wurde, entfernte sich die Staffel so schnell, wie sie herangeflogen kam, Hunderte Tote und Verwundete hinter sich lassend.

Der Mond leuchtete über die flache Landschaft. Staub lag über dem Flüchtlingszug, langsam kehrte das Leben wieder zurück. Konrad gelang es, eines seiner Pferde einzufangen, das beim Angriff weit in den Acker hinaus gelaufen war. Auf dem Feld sah er seinen Rappen liegen, sein Kopf war zerfetzt und lag in einer Blutlache. Die Bäume der Chaussee hatten sie geschützt. Konrad lief auf die Straße, er sah Magdalena.

»Wo ist Mutter?«

»Sie ist hier unter den Bäumen.«

»Gott sei Dank, ihr lebt. Bist du verletzt Lydia?«

»Nein Konrad. Der Schreck sitzt noch in meinen Gliedern.«

»Bleibt hier, ich will zum Wagen, vielleicht ist noch einiges brauchbar.«

Er sah, wie Konrad auf ihn zu kam.

»Gott sei dank, wir leben. Doch bleibt uns wenig Zeit, wir müssen so schnell wie möglich weg von der Straße.«

Es gelang ihnen, ein Fuhrwerk wieder fahrbereit zu machen. In der anbrechenden Nacht fuhren sie weiter nach Westen.

Sie hatten eine windgeschützte Stelle in der Nähe von Weiden gefunden. Menschen und Tiere nutzten die Pause, sich zu stärken. Die Pferde erhielten Hafer und Heu. Auf den Wagen stärkten sich die Männer, einige hatten sich eine warme Decke über den Kopf gezogen, um eine Mütze voll Schlaf zu nehmen. Nach Mitternacht zog der Treck weiter, irgendwohin nach Westen.

Am anderen Morgen erreichten sie einen See, ein Schild an der Straße zeigte ihnen an: zwanzig Kilometer bis Posen. Der Treck hielt an.

»He Albert, sag den Vorderen, wir machen hier für einige Stunden Rast, sind gut vorwärts gekommen. Heute Abend werden wir in Posen sein.«

Albert nahm ein kleine Flasche aus seiner Westentasche. »Trinken wir auf den heutigen Tag, Konrad, wir haben den Schluck mehr als verdient. Ich werde zum See laufen, um frisches Wasser zu holen. Ihr könnt inzwischen versuchen, Feuer zu machen.«

Schon nach kurzer Zeit hingen Kessel über den Feuern, die Frauen hatten Tee gebrüht, aus den dampfenden Tassen tranken sie, stärkten sich mit Brot und gebratenem Fleisch.

Da dröhnte es heran, Tiefflieger schossen über die Köpfe, Frauen und Kinder krochen Schutz suchend unter die Decke. Schreie Getroffener vermischten sich mit dem Krachen zerbrochener Wagen. Panzer rollten heran. Der Iwan kommt! Das Rattern der Panzer kam immer näher.

»Es sind unsere Panzer, los, runter von der Straße, sonst zermalmen die eignen Leute uns.«

Die Wagen rutschten in den Straßengraben und verharrten, bis der letzte Panzer durch war. Die Wagen saßen fest. Zwei Pferde waren zu schwach, die beladenen Wagen herauszuziehen. Sie wurden gemeinsam herausgezogen. Von hinten rückten immer neue Gespanne auf die Straße. Bald schon war die Straße übervoll, dass kein Wagen mehr vorwärts kam.

»Wir sitzen fest, Anton, dort vorn sind von den Fliegern in Brand geschossene Wagen, Pferde gehen durch, verkeilen sich mit anderen, in der Nähe stehenden Gespannen. Vor und hinter uns die Fluchtstraße ist verstopft.«

»Die eigne Wehrmacht hat uns in die Falle manövriert, Konrad. Vorn ist die Straße verstopft. Hinter uns die Russen.«

In der Nacht gelangten Anton und Konrad mit ihren Fuhrwerken weiter nach vorn. Bis sie an ein Wäldchen kamen, war es bereits Mitternacht. Seine Frau und Kinder und Enkel schliefen unter Decken. Er wickelte sich in Decken und legte sich auf den Kutschbock.

»Eine Mütze voll Schlaf kann uns nicht schaden«, meinte er zu Konrad.

Sterne leuchteten am Himmel, er zog die Decke über den Kopf, um der Kälte zu entgehen. Wie lange er geschlafen hatte, wusste er nicht. Von einer plötzlichen Detonation schrak er auf. Vor ihm standen zerfetzte Wagen. Er hörte das Rattern von Panzern, zu sehen war von den Russen nichts. Die Pferde wurden unruhig, einige rissen die Vorderläufe hoch, die Wagen kippten um. Plötzlich tönte ein Schrei über die Straße, ein Schrei der Verzweiflung lag in der eiskalten Morgenröte:

»Die Russen, Russen!« Der Schrei erstarb in der Kälte.

Maria wandte sich an Adele: »Bringt die Kinder herunter, Magdalena nimm die Kleine, wir müssen fort, lasst alles liegen!«

Hellwach sprangen sie in den tiefen Schnee.

»Dort hinüber zum Wald, lauft zum Wald.«

Schatten glitten über die verschneite Waldschneise. Sie hörten hinter sich Schüsse aus Maschinenpistolen und Gewehren. Sie hatten den Wald erreicht.

»Dort drüben ist ein Bunker«, rief Maria. Die Flüchtigen erreichten den Bunker. Sie krochen hinein. Da hörten sie schon die Verfolger, sie kamen immer näher.

»Großer Gott, beschütze uns«, betete Maria leise. Sie hörten Wortfetzen.

»Es sind Russen!« Schritte kamen näher. Ein Soldat trat zum Bunker heran. Mit der Kalaschnikow feuerte er in den Bunker hinein. Kein Geräusch.

»Njet«, hörten sie. Die Schritte entfernten sich. Maria war die Erste, die aus dem Bunker hinaus trat. Sie spähte nach allen Seiten, konnte nichts sehen.

»Kommt raus, wir müssen weiter.«

Sie waren noch nicht weit vom Bunker entfernt, da hörten sie Schüsse vom Wald. Sie duckten sich hinter Bäume. Stille trat ein. Es raschelte, Schnee fiel von den Bäumen. Sie hörten Schritte, sie erkannten Gotthilf. Anton warf einen Schneeball zu ihm, er traf. Sie sahen, wie er erschrak. Konrad trat vom Baum weg, jetzt vernahm ihn auch Gotthilf. Er kam auf sie zu.

»Was war los, wir hörten Schüsse!«

»Als wir den Wald erreichten«, sprach er hastig, »sahen wir plötzlich Männer in deutschen Uniformen. Sie riefen uns zu, wir sollten herkommen. Wir spürten in diesem Moment Hoffnung in uns, liefen schnell zu ihnen, dachten es seien unsere Landser, sie hätten uns nicht verlassen. Voller Freude blickten wir zu unseren Soldaten. Etwa zwanzig Meter vor ihnen riefen sie plötzlich:

»Hände hoch! Hände hoch!«

Wir stoppten verwirrt. Plötzlich hoben sie ihre Gewehre, schossen auf uns, wir liefen wie die Hasen davon. Ich erkannte noch, wie Kelm getroffen zu Boden sank. Ich sah seinen Sohn, er konnte in den Wald entkommen.

»Wo sind die anderen?«

»Sie haben sie alle niedergemacht. Es ist ein Wunder, dass ich noch lebe.

Die Flüchtlinge liefen durch den tiefen Schnee, bald erreichten sie ein Dorf. Stille lag über der Siedlung. Sie wollten an einem etwas seitlich gelegenen Haus anklopfen. Da sahen sie einen Jeep auf sie zu fahren.

»Versteckt euch, dort drüben in der Scheune!«

Doch es war zu spät, der Jeep machte vor der Scheune halt, Soldaten sprangen heraus. »Stoi, stoi!«

»Hebt eure Hände hoch«, flüsterte Anton.

»Nemetski?«

»Da, Nemetski Bessarabski«, antwortete Konrad auf Russisch. »Bessarabski«, wiederholte er.

Die Soldaten wiesen die Flüchtlinge zur Straße.

»Dawei, dawei!« Zwei Soldaten mit schussbereiten MPs stießen die Gruppe vorwärts.

An einer Scheune machten sie halt. Die Tore wurden aufgestoßen. »Dawei, dawei«, mit ihren Gewehrkolben schlugen die Russen auf die Flüchtlinge ein, mit blutigen Köpfen stürzten die unbewaffneten Männer und Frauen in die Scheune. Die Soldaten sperrten die Tore zu. Sie waren gefangen, wie das Vieh eingesperrt, dem kalten Frost ausgesetzt, der sich in der Nacht in die Körper der Menschen schlich.

»Magdalena, Magdalena!«

»Ja, was ist, Mutter?«

»Mädel, da nimm mein Tuch, schnurre es um deine Brust!«

»Warum?«

»Du wirst es noch früh genug erfahren«, flüsterte Lydia.

»Ja, Mutter hat Recht«, meinte Konrad, »die Russen sind wie brünstige Hirsche, sie sind heiß auf jedes weibliche Wesen, sie nehmen sich das Recht der Sieger.« Magdalena hatte sich das Tuch eng um ihre Brust geschlungen, darüber die dicke Winterjacke.

»Anton, du musst dem Mädel die Haare stutzen, ihre schönen langen Haare, auch sie sind Blickfang für die Russen.«

»Hast Recht, Lydia.« Mit dem Küchenmesser schnitt er Strähne um Strähne aus den seidenen schwarzen Haaren. Tränen standen Magdalena in ihren Augen. Die Mutter nahm die Haare.

»Lass mir wenigsten eine Locke von meinen Haaren, Mutter.« Sie nahm eine Locke und vergrub sie in der Innentasche ihrer Jacke. Lydia nahm den Knäuel und vergrub die Haare in der Erde. Sie legten sich auf den hartgefrorenen Boden, versuchten zu schlafen, bald schon übermannte sie der Schlaf.

Mit jähem Poltern öffnete sich das Scheunentor, aufgerissen von Soldaten, die hereinstürzten. Die Gefangenen waren aus dem Schlaf gerissen und von der plötzlichen Helligkeit der Morgensonne geblendet. Mehrere Soldaten kamen herein, der Geruch von Wodka und Knoblauch machte sich breit. Sie liefen wahllos in die Menge der Gefangenen hinein, rissen Frauen hoch, die sich kreischend wehrten. Ein Mann stand auf und stellte sich den Soldaten in den Weg, er fasste die Hand der Frau und entriss sie dem Uniformierten. Der Soldat nahm seine Kalaschnikow, schlug sie dem Mann über den Schädel, das Blut spritzte vom Kopf. Die Frau wehrte sich heftig, kniete nieder vor ihrem Mann. Der Soldat schlug ihr mit der Faust heftig ins Gesicht. Getroffen von der Brutalität sank die Frau auf die Erde. Der Soldat zog sie mit sich hinaus. Ein Soldat näherte sich Magdalena und blieb vor ihr stehen. Magdalena erfror zu Eis, Schreck erfasste sie, als der Soldat vor ihr stand. Doch er blickte zur Seite, zu einer Frau, die ihr Kind auf dem Arm trug. Er nahm den Säugling hoch und warf ihn gegen die Wand. Er griff die Mutter des Kindes und schleppte sie aus der Scheune, gefolgt von den anderen Uniformierten, die lachend ihre Beute mit sich führten. Entsetzen lag in der Luft.

»Sie sind wie Tiere, wir sind ihnen ausgeliefert«, flüsterte Anton leise zu seinen Leuten. »Ich will zum Tor gehen und den Posten fragen, ob wir den Toten bestatten dürfen.«

In der Scheune war es dunkel.

»Onkel Anton, bleib hier, sie werden mit dir kurzen Prozess machen.«

»Ach was, was wollen sie mit einem alten Mann. Ich will russisch mit ihnen sprechen.« Er ging hin zum Tor, der Posten öffnete das Tor, Anton trat hinaus, er unterhielt sich mit den Russen. Sie gaben ihm einen Feldspaten. Anton ging zurück in die Scheune.

»Kommt, helft mir, den Toten hinauszutragen. Wir wollen ihn dort unter der Eiche begraben.« Zurück in der Scheune wandte er sich an die Anderen. »Sie zeigen uns deutlich, wer die Herren sind. Und doch müssen wir versuchen, Ruhe zu bewahren. Man entehrt unsere Frauen, erschlägt jeden Widerstand. Wir sollten daran denken, dass Krieg furchtbar ist, wer ihn schon mal erlebt hat, weiß ein Lied davon zu singen. Wie steht es in der Bibel bei Lukas 6,27 geschrieben: ›Liebt eure Feinde, tut wohl denen, die euch hassen, segnet, die euch fluchen; bittet für die, die euch beleidigen.‹«

»Bist du wahnsinnig geworden, Anton? Was du da quatschst, ist doch völlig hirnrissig! Sollen wir uns abschlachten lassen, zusehen, wie sie unsere Frauen vergewaltigen, Anton?«

»Was meinst du, hilft es dir und deiner Familie, wenn du der Nächste bist, den sie brutal zusammenschlagen? Der Nächste, wer wird es sein, den wir, wie Gottlieb, draußen begraben. Ist das dein Wille, Albert?«

»Anton hat Recht, was sollen wir tun? Uns bleibt nur das Gebet, beten, das Einzige was uns bleibt, in der Hoffnung auf die Gnade Gottes.«

Gefangene im Hühnerstall

Vom Posten vor dem Scheunentor erfuhr Konrad, dass sie in ihre Dörfer zurückgebracht werden. Wenige Tage später geschah es auch. Sie packten ihre wenigen Sachen und machten sich auf zum langen Marsch, zu Fuß in ihre Dörfer. Die Russen übergaben die Flüchtlinge den Polen. Schon eingangs des Dorfes spürten sie den Hass der Polen, der ihnen entgegengebracht wurde. »Nemetski banja, deutsche Schweine.« Kelm drehte sich um, leise sprach er zu Konrad: »Jetzt lassen sie uns ihren Hass spüren, lassen uns Spießruten laufen im heimischen Dorf.« Kaum waren seine Worte verklungen, mussten sie sich ducken, Steine flogen durch die Luft. Mit Stöcken bewaffnet stürzten einige Polen auf die Gefangen. Sie begannen auf die Deutschen einzuschlagen. »Verdammte Nemetskis!« Mit Knüppeln und Steinen wurden sie begrüßt. Die Russen mussten sie vor dem Mob schützen. Stimmen wurden laut. »Sperrt sie in die Hühnerställe, dort mögen sie verfaulen«, riefen einige Polen, die am Straßenrand standen. Dass sie nicht von dem polnischen Mob erschlagen wurden, verdankten die Heimkehrer den Russen, die den Gefangenentransport bewachten. Und nur durch Abfeuern von Schüssen aus ihren MPs hielten sie die polnische Meute zurück. Die Gefangenen wurden in Hühnerställe gesperrt, bewacht von den Russen, später übernahmen Polen die Wache.

Lydia hatte die Hände gefaltet, sie betete: »Lieber Vater im Himmel, gelobt sei dein Name, lass dein Angesicht auf uns ruhen, behüte und beschütze uns. Konrad«, sprach sie zu ihren Mann, »Konrad, was haben wir ihnen getan, dass sie solchen Hass gegen uns haben?«

»Lydia, sie sind verblendet, verblendet vom Hass. Noch gestern waren sie froh, bei uns zu arbeiten. Wir haben sie gut behandelt, heute toben sie ihre Wut aus. Du hast Recht mit deiner Frage danach, was wir ihnen getan haben.«

»Es sind Rachegefühle, Rache für die Gräuel, die wir Deutschen ihnen angetan haben. Hast du ihnen etwas getan, Konrad?«

»Nein, genauso wenig, wie du ihnen etwas Schlimmes angetan hast. Sie haben sich verrannt. Hass hat ihre Herzen ergriffen«, antwortete

Konrad. »Wir können nur in Demut zu Gott beten, das er die Herzen der Polen erreicht, ihnen bewusst macht, dass wir nicht schuld sind an diesem furchtbaren Krieg, dass wir ebenfalls Opfer Hitlers sind, der Hass unter den Völkern geschürt hat.«

Der Schnee war abgetaut, der Wind trocknete die Erde, die Ende März zu blühen begann, was langsam die Spuren des Krieges verwischte. Auf den Feldern begannen die polnischen Bauern mit der Aussaat. Männer und Frauen aus dem Gefangenenlager wurden ihnen als Helfer zugewiesen. Der bittre Kelch schien an seiner Familie vorübergegangen zu sein, dachte Konrad. Frau und Kinder, seine Familie war zusammengeblieben. Sie hatten sich im Hühnerstall eingerichtet, den Boden mit Werg und Brettern ausgelegt. Hin und wieder ließ sich ein ehemaliger Knecht bei ihm blicken, brachte Brot oder Material für die Behausung. Viele Wochen gingen ins Land, die Arbeit auf den Feldern brachte Abwechslung in den Alltag der Gefangen. Brachte ihnen Brot, nach getaner Arbeit. Die immer höher steigende Sonne ließ die Saat aufgehen, bald lag ein grüner Teppich auf braunem Boden. Es war Mai geworden. Es kam die Nachricht, Deutschland hatte kapituliert, die Russen hatten ihre Rote Fahne auf dem Reichstag gehisst. Der Krieg war zu Ende, die Menschen waren voller Hoffnung, dass der Schrecken des Krieges endlich vorbei sei. Doch es war ein verhängnisvoller Irrtum, der Tausenden Menschen die Hoffnung raubte, nach Deutschland zu gelangen.

Russische Selektion

Regen fiel wie aus Gießkannen vom Himmel, es war Ende Mai 1945. Seit knapp einem halben Jahr waren sie im Hühnerstall eingepfercht, ihre Lage war hoffnungslos. Die Menschen saßen in ihren Behausungen, seit Tagen öffneten sich die Schleusen des Himmels, die Arbeit auf den Feldern ruhte. Ein Lichtschein schien anzubrechen, als gegen Nachmittag die Sonne hinter den Wolken hervorkam. Ein Fahrzeug der Roten Armee näherte sich dem Hühnerstall. Die Bewohner wurden aufgefordert, sich sofort vor dem Gebäude aufzustellen. Zwei Uniformierte und ein Mann in Zivil traten vor die Bewohner. Der Mann in Zivil trat zu den Gefangenen, musterte sie und schritt die Reihe ab.

»Odin«, zeigte er auf eine Person. Die Uniformierten ergriffen sie, führten sie zum Militärwagen, zwei weitere Soldaten stießen die Person auf die Ladefläche.

»Twa«, er zeigte auf Magdalena.

»Nein, wir sind keine Russlanddeutschen«, rief Konrad auf Russisch, »ihr dürft sie nicht fortschleppen, was hat sie euch getan?«

Die zwei Uniformierten stießen Konrad und seine Frau zur Seite.

Lydia klammerte sich fest an ihre Tochter und schrie: »Nicht ohne meine Tochter!« Der Soldat stieß sie zur Seite.

»Lassen Sie mich los«, schrie Magdalena.

Ein Soldat riss das Mädchen los, er schlug ihr mit dem Gewehrkolben auf den Hintern.

»Mutter!«, schrie sie. »Vater, warum nehmen sie mich mit?«

Man stieß sie nach vorn. Der Mann in Zivil zählte weiter: »Tri, schest, desiat.« Die Soldaten packten einen Siebzehnjährigen.

»Lasst meinen Jakob, er ist kein Soldat. Hände weg von meinem Sohn!« Ludwig stellte sich vor seinen Jungen.

Der Soldat zog seine Pistole und schoss. Blut spritzte aus dem Kopf des Vaters, der tot niedersackte.

»Dawei, dawei!«

Es hatte sich ein Gewitter zusammengezogen. Grelle Blitze durchzuckten die Wolken, ein Bild des Grauens widerspiegelte diesen Tag.

Es fing an heftig zu regnen. Die Soldaten schleppten die Gefangenen zum bereitstehenden Wagen. Völlig durchnässt wurden sie auf die Ladefläche gestoßen. Die Plane wurde heruntergelassen und festgezurrt. Ein Soldat nahm mit seiner Maschinenpistole Platz auf der Ladefläche. Die Gefangenen hockten verstört auf den Holzplanken, der Wagen bog in Lentschütz ab auf die Chaussee Richtung Lodz.

***

»Verflucht sollen sie sein, wir sind unschuldig, warum, warum tun sie uns das an, Menschen zu entführen? Das kann nicht wahr sein, wir sind Zivilisten und kein Freiwild«, schrie Konrad. »Ich gehe zur Kommandantur, um zu erfahren, warum man die fünf Personen entführt hat, wir sind Bessarabier!«

»Konrad, ich werde dich begleiten«, sprach Albert. »Du hast recht, wir sind keine Flüchtlinge aus Russland.«

Sie gingen zur Kommandantur. Der Kommandant zuckte nur mit den Schultern. »Es sind Sonderbefehle des NKWD und nicht Sache der Armeeführung. Sie sagten Bessarabien. Mir ist nicht bekannt, dass es eine Sonderreglung für Bessarabien-Deutsche gibt.«

»Doch, es gab ein Regierungsabkommen zwischen Hitler und Stalin, dass alle Deutschen aus Bessarabien bis Oktober 1940 auszusiedeln sind. Darauf wurden wir 1941 in den Warthegau angesiedelt. Mein Großvater kam aus Odessa, wo er geboren wurde.«

»In Odessa? Ich komme auch aus Odessa!«, antwortete der Kommandant, ein mittelgroßer Mann. »Ich weiß, dort lebten viele Deutsche. Später ging mein Großvater nach Bessarabien, genauer gesagt nach Brienne, wo ich zur Welt kam. Wir werden sehen, was sich machen lässt. Warten Sie hier«, sprach er zu Konrad. »Ich will versuchen euch zu helfen, versprechen aber kann ich nichts. Wie ist der Name Ihrer Tochter?«

»Magdalena G.«

Er ging hinaus. Konrad blieb auf dem Stuhl sitzen, er wartete. Der Offizier kam nach kurzer Zeit zurück.

»Die vom NKWD verhafteten Leute wurden in das Lager Lentschütz gebracht, von dort sind sie seit heute Morgen mit einem Sondertransport nach Warschau unterwegs. Das ist alles, was ich in Erfahrung bringen konnte. Es tut mir leid, Ihnen nicht weiterhelfen zu können. Es ist eine Aktion des NKWD. Das steht außerhalb unserer Befugnis, tut mir leid«, sprach er zu Konrad.

»Warum, warum? Meine Tochter hat nichts mit dem Militär zu tun, wir sind keine Verbrecher, warum wurden sie verhaftet?«

»Es tut mir schrecklich leid«, er zuckte mit den Schultern. »Kann man schwer sagen«, meinte er im versöhnlichen Ton. Er rief nach seinem Adjutanten, sprach leise mit ihm, dann wandte er sich an Konrad. »Die Festnahmen wurden durch das NKWD, den sowjetischen Geheimdienst, organisiert. Einige Transporte gingen nach Kutno, dort hat der NKWD eine Sammelstelle eingerichtet. Von höchster Stelle, so der Offizier, sei angeordnet, alle Russlanddeutschen zurück in die Sowjetunion zu bringen.«

»Das gilt aber nicht für uns aus Bessarabien, wir wurden innerhalb eines Regierungsabkommens ins Reich umgesiedelt«, antworteten Konrad.

»Ja, ich weiß, doch ändern kann ich es auch nicht, wenn Sie ihre Tochter nicht mehr hier antreffen. Eine Möglichkeit wäre, im Sammellager nachzuforschen. Kommen Sie mit«, winkte er Konrad. Sie gingen hinaus. Ein Jeep kam heran.

»Steigen Sie ein. Fahren Sie zum Sammellager des NKWD«, befahl der Kommandant.

Der Fahrer lenkte den Jeep durch die Stadt, außerhalb lag das Sonderlager für die Deportierten. Der Jeep hielt vor dem Tor des Lagers.

»Bleiben Sie sitzen!«

Der Offizier stieg mit seinem Adjutanten aus. Konrad sah, wie der Offizier mit der Wache sprach. Sie gingen ins Lager. Nach wenigen Schritten kamen sie an eine Baracke und gingen hinein. Es war für Konrad eine Ewigkeit, bis sie wieder herauskamen.

Sie kamen zurück zum Jeep. »Ich wollte Ihnen helfen, doch leider muss ich Sie enttäuschen, Ihre Tochter ist nicht im Lager.« Sie fuhren zurück. »Es gab mehrere Sonderaktionen, die völlig voneinander getrennt verliefen«, meinte der Leiter des Sammellagers, »möglicherweise sind ihre Angehörigen bereits auf dem Weg in die Sowjetunion. Mehr kann ich nicht für Sie tun, es tut mir leid.«

Konrad verließ die Kommandantur in Kutno. Wie sollte er seine Tochter wiederfinden? Verzweifelt lief er zu seiner Frau, von seiner Tochter keine Spur.

Deportation im Viehwagen

Schwarzer Rabe

Eine Staubwolke hinter sich lassend entfernte sich der dunkelgrüne Militärwagen immer weiter vom Hühnerstall. Geschockt, fassungslos hockten sie auf den harten Bohlen. Tränenverschmiertes Gesicht, die Haare zerzaust, rutschte Magdalena hin zur Wand, die das Führerhaus von der Ladefläche trennte. Sie hämmerte mit beiden Fäusten wild gegen die Trennwand. Der Wagen hielt plötzlich, sie hörten ein Fluchen, die Plane wurde zurückgeworfen. Drohend hob ein Soldat sein Gewehr.

»Geben Sie Ruhe oder Sie tot«, er zeigte auf seine Kalaschnikow.

»Wohin, wohin bringen Sie uns?«, fragten sie den Soldaten.

»Woksal Lodz.« Er stieg wieder ein, das Fahrzeug fuhr weiter, durch die Ritzen der Plane sahen sie zerbombte Straßen und Häuser, ein Wegweiser zeigte ein Schild, Lodz. Sie erreichten den Bahnhof. Ein Soldat befahl den Gefangenen auszusteigen. Eskortiert von zwei Soldaten, mit ihren schussbereiten Gewehren, wurden die Gefangenen zu einem Güterzug geführt. Die Waggons waren geöffnet, drinnen hockten bereits Gefangene. Der Posten befahl ihnen in den Waggon zu steigen, dawei, dawei, wurden sie hineingestoßen. Die Tür wurde zugeschlagen. Sie stolperten im Dunkel über Beine. Noch völlig geschockt von den schrecklichen Ereignissen suchten sie Platz in dem engen Raum zu finden. Ganz benommen saß Magdalena in einer dunklen Ecke. Sie spürte heftige Schmerzen am ganzen Körper. Beine und Schultern waren steif geworden von der Fahrt auf dem Lastwagen, bei der sie heftig durchgeschüttelt wurden. Sie hatte jedes Loch wahrgenommen, der Transporter fuhr mit hohem Tempo über die zerstörten Straßen. Die Gefangenen wurden regelrecht durcheinander geworfen, wenn der Wagen über Schlaglöcher oder Bodenwellen fuhr. Jetzt im Viehwagen war es nicht anders.

Ringsumher sah sie Gefangene auf dem blanken Holzboden, eng wie die Heringe. Einige Jugendliche hatten blutende Nasen, Verletzungen an Kopf und Armen. Sie lagen und starrten zur Decke oder blickten teilnahmslos. Schweigen, bedrückendes Schweigen. Nacht breitete sich aus und kroch auch in das Innere des Waggons. Draußen waren Stimmen zu hören, fremde Laute, Kupplungen wurden betätigt. Ein starkes Rucken, schlagartig schoben sich die Wagen rückwärts. Von vorn war das Pfeifen einer Lokomotive vernehmbar. Bremsen lösten sich. Noch einmal war ein schriller Ton zu hören. Die Waggons bewegten sich. Der Zug fuhr langsam über quietschende Weichen. Von draußen wich der Lärm, die Stadt hinter sich lassend geriet der Zug allmählich in Fahrt. Stockdunkel, leise wimmernde Töne, Schluchzen breitete sich aus. Die Nacht begrub den Schmerz, langsam übermannte sie der Schlaf, nahm die Tränen fort.

Erschreckt fuhren sie hoch, die Waggontür wurde jäh aufgerissen. Soldatenworte waren zu hören. Menschliche Leiber wurden in den Waggon geschoben. Der Zug war auf einem großen Bahnhof angelangt. Auf großen Lettern war zu lesen: Warschau – Moskau

Magdalena erhob sich, schlaftrunken rutschte sie zur Waggontür. Sie sah eine Wasserpumpe zwischen den Gleisen, kletterte aus dem Waggon, lief zur Pumpe, betätigte den Hebel, ein Wasserschwall ergoss sich. Sie nahm eine Handvoll Wasser und wusch ihr Gesicht. Sie fühlte sich erfrischt. Von den Sträuchern an den Gleisen hörte sie ein Zwitschern. Schwalben flogen mit Futter im Schnabel zu ihren Nestern, aus denen emsiges Rufen der Jungen kreischend zu hören war. »Jupp fuja mat«, jäh wurde sie aus ihren Gedanken gerissen. Ein Soldat in dreckigverschmierter Uniform hatte sie am Arm gefasst. Er zog sie weg von der Zisterne, schleppte sie zu einem offenen Waggon, stieß sie mit seinem Gewehrkolben in das Innere. »Nemetski«, drohte er mit der Faust und schob die Waggontür zu. Es war ein fremder Waggon. Sie spürte, wie sie von Augen gemustert wurde. In einer Ecke fand sie Platz. Sie konnte durch einen Spalt ins Freie sehen. Ein Lichtstrahl durchschnitt die Finsternis, ließ das Innere kurz erhellen. Sie erblickte Gesichter, geprägt von Angst und Verzweiflung. Schweigen, ohnmächtiges Schweigen, gegen diese rohe Gewalt, die man ihnen antat. Die Stille wurde unterbrochen durch das harte Ankoppeln von Waggons. Später vernahm sie, dass auf der anderen Seite eine zweite Lok ankoppelte.

Draußen liefen Arbeiter entlang. Bremsen zischten, an Gestängen gekurbelt. Durch den Spalt sah sie, wie zwei Soldaten am Zug entlang Kontrolle liefen. Die Luft im Inneren wurde stickig. Übler Geruch nach Ausdünstung und Fäulnis nahm ihr den Atem. Die Menschen dösten vor sich hin. Die Sonne versank hinter dem Bahnhofsgebäude. Eintönigkeit, drückende Hitze betäubte die Sinne. Sie war eingeschlafen. Im Unterbewusstsein vernahm sie, wie der Zug sich in Bewegung setzte. »Warschau – Moskau, wohin, wohin bringen sie uns?«, mit dieser verzweifelten Frage auf den Lippen schlief sie durch das gleichmäßige Ruckeln der Schienen ein. Erst als die ersten Sonnenstrahlen durch die Ritzen in das Innere des Waggons krochen, wachte sie auf. Sie spürte einen heftigen Drang in ihrer Blase aufsteigen. Was sollte sie tun? Es gab keine Toilette, wie sollte sie den immer größer werdenden Drang loswerden, sie musste dringend auf Toilette. Im Halbdunkel des Raumes sah sie, wie eine Frau zum anderen Ende des Waggons ging, sich auf einen Eimer setzte, sich erhob und den Eimer in ein Rohr schüttete. Nachdem die Frau ihren Platz wieder eingenommen hatte, stand Magdalena auf, ging zur Wand, wo der Eimer stand, und schuf sich Erleichterung. Tat es wie die Frau vorher, ergoss den Eimer in den Abfluss. Sie musste ihr Schamgefühl unterdrücken, der natürliche Drang war stärker als das anerzogene Verhaltensritual. Sie spürte unendliche Erleichterung, als der Darm und die Blase sich entleerten und alles über die »Scheißröhre«, wie man den Abfluss nannte, ins Freie rutschte. Hier im Waggon reduzierte sich das Leben auf niedriger sozialer Stufe, entmenschlichter Gefühle.

Geruch nach Schweiß und Ausscheidung vermischte sich mit der stickigen Luft. Eine Frau neben ihr stöhnte vor Schmerzen, umfasste ihren Bauch. Ihre fiebrigen Lippen waren ausgetrocknet, sie schrie: »Wasser, Wasser!« Mit aller Kraft klopften einige Gefangene an die vordere Wagenwand. Doch das Rattern des Zuges übertönte all die Hilferufe. Verzweifelt bemühten sich die Menschen, der Kranken zu helfen. Doch ohne Wasser war alles ausweglos. Magdalena konnte sehen, wie die Stirn der Frau voller Schweiß stand. Ihre Lippen ausgetrocknet nach Wasser verlangten. Der Zug fuhr, gleichmäßig ratterten die Räder auf den Schienen. Kein Essen, kein Wasser, so fuhr der Transport mit Menschen im Viehwagen immer weiter in Richtung Osten.

Nach zwei Tagen hielt der Transportzug auf einem Bahnhof. Magdalena las auf einem Schild »Brest Litowsk«. In kyrillischer Schrift las sie den Namen der Stadt an dem östlichen Bug. Aufgewachsen in Bessarabien, hatte sie von den Mägden und Knechten, die auf dem elterlichen Hof arbeiteten, frühzeitig Russisch gelernt. Später in Poznan, auf dem Gymnasium, kamen Latein und Griechisch hinzu. Sie sah, wie der Zug auf russische Spurweite umrangiert wurde. Hier begann Russland. Sie erinnerte sich, dass hier in Brest der Friedensvertrag zwischen Russland und dem Deutschen Reich nach Ende des Ersten Weltkrieges unterzeichnet wurde. Doch was interessierte sie jetzt Geschichte, jetzt ging es um Leben oder Tod. Sie rutschte zur Außenwand und begann an die Tür zu klopfen. Einige Frauen unterstützten sie dabei. Schritte näherten sich. Die Tür wurde aufgerissen. Soldaten mit schussbereiten Gewehren kamen zum Waggon.

»Kogda?« Sie drohten mit den Waffen. »Nemetski-Faschist.« Sie wollten die Türe wieder zuschieben. Doch einige Frauen hielten die Tür fest. »Wasser, Wasser, Brot, Hunger, Hunger«, schrien sie. Ein Soldat entfernte sich, lief über die Gleise, in eine Baracke. Nach einer Weile kamen Männer heraus, sie trugen einen Behälter mit Wasser und einen Korb mit Brot. Eine Frau rief: »Wir haben eine Todkranke, wir brauchen einen Arzt!« Ein Offizier kam in den Waggon, er trat zu der Kranken, fühlte ihren Puls. Er sprang vom Waggon, lief zur Baracke und kam von zwei Sanitätern mit einer Bahre begleitet zurück. Sie legten die Kranke auf die Bahre und gingen zur Baracke.

Nachdem die Kranke weggetragen war, verteilte ein Soldat Wasser. Jeder durfte eine Kelle voll trinken und erhielt eine Scheibe Brot. Magdalena sah, wie auch die anderen Gefangen zum ersten Mal seit dem Abtransport mit Wasser und Brot versorgt wurden.

Sie blieben einen ganzen Tag in Brest, die Waggons mussten erst auf russische Spur umgestellt werden, gegen Abend rollten sie auf der breiteren Spur wieder Richtung Osten. Trotz mehrmaligen Nachfragens hatte sie keine Antwort erhalten, wohin sie gebracht werden.

Seit Tagen rollten sie durch das weite russische Land. Wie viele Tage sie seit Brest unterwegs waren, war ihr nicht mehr bewusst. Der Zug hielt in Smolensk. Zerschossene Häuser und Brücken und tiefe Gräben verdeutlichten Magdalena, dass hier im Sommer 1941 eine große Schlacht stattgefunden hatte. Sie hatte in Beiträgen der Wochenschau Bilder von diesem für den Russlandfeldzug wichtigen Sieg bei Smolensk gesehen. Die Hauptstadt Moskau, das nächste Ziel, lag 400 km entfernt.

Sie hatte deutlich Bilder eines verhängnisvollen Krieges vor Augen. Smolensk war bereits wenige Wochen nach Kriegsbeginn gegen die Russen 1941 in deutscher Hand. Heute, im Sommer 1946, dachte sie, sind wir als Opfer einer grausamen Deportation des Siegers unterwegs nach Nirgendwo. Damals waren die Deutschen berauscht von Hitler und seinen Plänen. Doch ein Jahr später brach mit der verlorenen Schlacht von Stalingrad die Wende an. Sie dachte daran, dass sie diese Wende mit ihrem Leben bezahlen muss. Nicht die Soldaten, nicht die Kriegstreiber trinken diesen bitteren Kelch, es sind die Tausenden Männer und Frauen, Kinder, die die Zeche bezahlen. Dieses Gespür begleitet sie seit ihrer Gefangennahme. Was kann sie von den Russen mehr verlangen als Hass und Zerstörung? Sie rächen sich für das Unheil, das wir ihnen durch einen wahnsinnigen Krieg brachten.

Soldaten verteilten Brot und Wasser, es war die erste Nahrung, seit sie von Lodz Richtung Osten fuhren. Von nun an erhielten sie einmal täglich Nahrung und durften trinken. Das gemeinsame Trinken aus der Kelle hatte furchtbare Auswirkungen. Durchfall breitete sich rasch aus. Es herrschte unglaublicher Gestank, es roch nach Erbrochenem und Exkrementen. Fliegen summten Tag und Nacht über den Köpfen. Magdalena half jetzt den Kranken, so gut sie konnte, doch was sollte sie ohne Hygiene tun?

Im Waggon starben die Menschen wie die Fliegen. Die Leichen begannen sich zu färben, nur leicht bedeckt lagen sie an der Seite. An den Bahnhöfen hielt der Zug kurz, um die Toten und Schwerkranken herauszunehmen. Magdalena überlief ein Schauer, wenn sie hörte, was die Frauen erzählten. Im Waggon waren zum größten Teil russlanddeutsche Frauen. Sie erfuhr von ihnen, dass sie vor allem aus Litauen, der Ukraine und Estland vor den Russen in den Warthegau geflüchtet waren. Nun waren sie seit drei Tagen wieder in Richtung Russland unterwegs. Als die Rote Armee die Flüchtlinge im Warthegau einholte, hatte man sie zum Sammellager in Kutno gebracht und von dort aus zurück in die Sowjetunion geschickt. Keine der Frauen wusste, warum sie damals geflüchtet waren, um dem sicheren Tod zu entgehen, und nun zurück in die Hölle mussten. Von einer Frau erfuhr sie, dass ihre Angehörigen damals an der Wolga lebten, dort eine eigene Republik bildeten, die der Wolgadeutschen. Ihre Städte und Dörfer erblühten. Engels, ihre Hauptstadt, galt als geistiges Zentrum. Nachdem Hitler die Sowjetunion überfallen hatte, wurden die Deutschen auf Befehl Stalins nach Sibirien verschleppt. Ihnen wurde Sabotage vorgeworfen, was nie bewiesen wurde.

Sie erreichten Moskau, der Zug hielt draußen vor der Stadt, Magdalena las in russischen Lettern: Moskwa. Es war früher Morgen. Sie sah, wie Sperlinge zwischen den Schienen flogen, in den mit Gras überwuchernden Gleisanlagen pickten. Es nahten Schritte, die Vögel schwirrten in die Lüfte, sie hörte Stimmen. Die Waggontüren wurden aufgeschoben, kurze Kommandos, dann wurden die Türen wieder zugeschoben. Die Schritte näherten sich, ihre Tür wurde aufgeschoben, grelles Licht erfasste das Innere, sie musste ihre Augen mit der Hand abdecken. Ein Mann in Zivil trat heran, begleitet von zwei Soldaten. Er zeigte auf Magdalena und zwei weitere Gefangene, winkte sie heran. In gebrochenem Deutsch befahl er: »Kommen Sie!« Als sie auf dem Gleisboden stand, bemerkte sie, dass eine Anzahl junger Frauen und Männer vor den Waggons stand. Man befahl ihnen, sich zu den zwischen den Gleisen stehenden Gefangenen zu stellen. Der Mann in Zivil zeigte in Richtung einiger Baracken. Bewacht von zwei Soldaten liefen die Gefangenen über die Gleise. Man führte sie in eine Baracke. Sie mussten sich in einem langen Gang aufstellen. Angstvolle Gesichter, dreckige und zerlumpte Gestalten, man sah ihnen an, dass sie sich tagelang nicht waschen konnten. Die Kleidung hing ihnen am Leib, ausgemergelt, trostlose Augen blickten ins Leere. Was erwartete sie hier in Moskau?

Verhör – Urteil – Umschulung

Wie lange sie stehen musste, war ihr nicht mehr bewusst. Magdalena sah, wie ein Soldat an einen Gefangenen herantrat, ihn am Ärmel fasste und mit ihm den Gang entlang lief, an einer Tür stehen blieb, den Gefangen hineinschob. Immer mehr Gefangene wurden abgeführt und nach ihrer Rückkehr mussten sie sich auf der anderen Seite des Ganges aufstellen. Jetzt trat der Soldat zu ihr, sie wurde wie die anderen zum Büro geführt. Ein Mann in Zivil bat sie Platz zu nehmen. Er sprach deutsch.

»Ihr Name?«

»Magdalena G.«

»Geboren?«

»16. März 1927.«

»Geburtsort?«

»Brienne, Bessarabien.«

»Nationalität?«

»Deutsch.«

»Schulbildung?«

»Abitur.«

»Sie waren bei der Hitlerjugend?«

»Nein.«

»Unser Land«, begann er, »unser Land hat sehr großen Schaden genommen. Hitler hat große Teile des Landes zerstört und Millionen von Toten hinterlassen. Unserem Land fehlt es an Fachleuten und ausgebildeten jungen Menschen. Unsere Aufklärungs- und Sicherheitskräfte haben Beweise, dass die deutsche Jugend als letzte Division im Krieg gegen die Sowjetunion eingesetzt wurde, tausende Jugendliche sich freiwillig an die Front gemeldet haben. Unsere Regierung hat deshalb beschlossen, diese Jugendlichen in Internierungslagern umzuerziehen. Wo und wann, werden sie auf der Fahrt rechtzeitig erfahren. Sie werden zur Umschulung in ein Arbeitslager eingewiesen«, erklärte ihr der Vernehmungsoffizier. Sie musste das Protokoll unterschreiben und auf dem Gang sich zu den anderen bereits verhörten Gefangenen stellen. Vor der Tür stand ein Behälter mit Wasser, ein Soldat gab jedem eine Kelle und danach ein Paket Brot.

Es waren 52 junge Männer und Frauen, hatte Magdalena gezählt, die jetzt von Wachsoldaten über die Gleise zum wartenden Zug geführt wurden. Sie hielten an zwei offenen Viehwagen. Der Soldat zeigte ins Innere, dawei, dawei. Sie kletterten in den leeren Waggon. Auf den nackten Fußboden hockten sich die Frauen. Magdalena hatte in einer Ecke Platz gefunden. Die Waggontür wurde zugesperrt. Sie saßen im Halbdunkel. Von außen drangen Lichtstrahlen in das Innere des Viehwagens.

Gegen Abend setzte der Zug seine Fahrt in Richtung Osten fort, für immer weit von der Heimat, verlassen, allein, ging es ihr durch den Kopf. Sie hörte, wie einige Soldaten von Nowosibirsk sprachen. Nun war es ihr klar, nun wusste sie, wohin die Reise geht, nach Sibirien, mit dem Ziel »Umschulung«. Vor ihnen lag eine Fahrt von mehreren Tausend Kilometern. Welch ein nichtssagender Begriff, Umschulung, durchfuhr es sie. Ihre Eltern waren gegen den Krieg, sie wusste, dass nicht alle Deutschen Nazis waren. Mit Gewalt und Terror wurde die Bevölkerung mundtot gemacht. Furcht vor Gestapo und SS herrschte. Wer gegen die Nazibarbarei auftrat, wurde verhaftet und kam ins KZ. Ihre Eltern sahen in den Nazis eine Clique, die ein ganzes Volk in den Abgrund führte. Spätestens in Polen begriffen die Menschen, welche Ziele Hitler verfolgte: Krieg mit Russland. Die neu angesiedelten Bauern an der Warthe waren Teil dieses strategischen Spiels. Sie sollten die Wehrmacht mit Lebensmitteln versorgen. Dem widersprach die frühzeitige Einberufung der Männer, mit Beginn des Planes »Barbarossa«. Zwei ihrer Brüder wurden im Herbst 1942 eingezogen und waren in der Schlacht von Smolensk gefallen. Ihr Vater hatte vergeblich gebeten, einen ihrer Brüder vom Wehrdienst zu befreien, um die Felder zu bearbeiten. Es blieb zwecklos.

Hier in diesem Waggon saßen junge Frauen, denen man die gleiche Antwort, Umschulung, gab, erfuhr sie im Gespräch. Es waren deutsche Frauen aus Litauen, der Ukraine, Polen, Flüchtlinge wie sie, die in Moskau neu selektiert wurden. Sie ahnten nicht, was ihnen bevorstand, auf dieser Reise nach Sibirien.

Russland – weites Land

Die Millionenstadt verlassend, verschluckte die Dunkelheit Häuser und Straßen Moskaus. Nur selten sah Magdalena durch die Spalten der blechverschlagenen Wand schemenhafte Ruinen, zerbombte Fabriken ragten in den grauen Himmel. Gleichmäßig rollten die Waggons über die Schienen, Monotonie, sie schlief ein.

Sie erwachte am frühen Morgen durch leises Wimmern einer jungen Frau, die neben ihr lag. Von den Ritzen der Wände schimmerte Licht in den Waggon. Ihre Nachbarin hatte Magenkrämpfe, seit der Abfahrt von Moskau vor zwei Tagen hatte man ihnen weder Brot noch Wasser gegeben. Sie blickte um sich. Sah abgezehrte Gesichter, tief liegende Augen, schwarze Augenränder prägten die geisterhaften Gesichtszüge. Nein, das waren keine Menschen mehr, die sie hier im Waggon sah. Abgemagert zu Skeletten, wie lang sie noch am Leben blieben, keiner weiß es, dachte Magdalena.

Magdalena erhob sich, ging zur Verbindungstür, die zum anderen Waggon führte, in dem die Wachmannschaft war. Sie klopfte heftig gegen die Tür. Nach einer Weile hörte sie Schritte, ein Schloss wurde geöffnet. Ein Soldat kam herein, in der Hand sein schussbereites Gewehr. »Hunger, Hunger, Wasser.« Er ging zurück, das Schloss knackte zu. Die Frauen schrien vor Hunger. Nach einigen Stunden wurde erneut die Tür geöffnet. Zwei Soldaten kamen in den Waggon der Gefangenen, eine Kiste mit Brot tragend, jede Frau bekam drei Scheiben trockenes Brot. Dann brachten die Soldaten einen Behälter Wasser, jede der Frauen bekam eine Schöpfkelle Wasser zu trinken.

Magdalena schaute durch die Ritzen des Waggons. Im Morgenlicht war es ihr, als würde die Landschaft wie ein Film an ihr vorüberziehen. Es kam ihr sarkastisch vor, das Land der Dichter Puschkin, Tolstoi, Dostojewski hier im Viehwagen kennen zu lernen. Bereits als kleines Mädchen war sie vom Märchenballett »Der Nussknacker« des Komponisten Tschaikowski berauscht, wenn sie zu Weihnachten die Musik hören konnte. Sie hatte einmal zum Christfest in Ackermann, sie war vielleicht acht Jahre alt, mit ihren Eltern die Aufführung des Balletts erlebt. Das Programm mit den einzelnen Szenen, den Mäusen, dem Nussknacker, hatte sie noch viele Jahre in ihrem Zimmer an der Wand befestigt. Es war nicht nur die Musik, die sie bereits frühzeitig anzog, es war vor allem die Literatur. Gern ging sie mit ihrem Vater ins Theater, wenn Gogols Komödien, »Der Revisor« oder »Der Mantel« gezeigt wurden. In diesen Stücken hielt der Dichter dem russischen Adel den Spiegel vor die Augen, prangerte ihre korrupte Lebensart an, ihren Hang zum Absolutismus, das Festhalten an Leibeigenschaft. Begeistert las sie den Roman »Die toten Seelen«. Ein Scharlatan kauft Besitzurkunden über Leibeigene, die bereits gestorben waren.

Besonders an den langen Wintertagen stöberte sie in der Bibliothek ihres Vaters. Sie entdeckte darin einen russischen Dichter, der sie für immer fesseln sollte: Lew Tolstoi. Er stammt aus einer russischen Adelsfamilie. Wurde mit neun Jahren Vollwaise. Er brach sein Studium ab, um auf seinem geerbten Stammgut die Lage der 350 Leibeigenen zu verbessern. In seiner Erzählung »Der Morgen eines Gutsbesitzers« beschreibt Tolstoi diesen Prozess. Tolstoi wollte aus dieser düsteren Gesellschaft herausbrechen, er unternahm eine mehrjährige Reise, die ihn auch nach Deutschland führte. So besuchte er u.a. den deutschen Pädagogen Friedrich Fröbel. Was für ein Mensch, dachte Magdalena, was für ein guter Mensch musste Tolstoi gewesen sein, als er diese Worte schrieb:

»Wenn ich eine Schule betrete, diese Menge zerlumpter, schmutziger, ausgemergelter Kinder mit ihren leuchtenden Augen sehe, befallen mich Unruhe und Entsetzen, ähnlich wie ich es mehrmals beim Anblick Ertrinkender empfand. Großer Gott – wie kann ich sie nur herausziehen? Wen zuerst, wen später? Ich will Bildung für das Volk einzig und allein, um die dort Ertrinkenden zu retten. Und es wimmelt von ihnen an jeder Schule.«

Tolstoi, so erinnerte sie sich, wollte keine Elite heranzüchten, sondern Bildung zur Entwicklung der Persönlichkeit, ihre Talente entwickeln. Dies zu unterstützen schrieb er Erzählungen zur Geschichte, schrieb Lehrbücher, im Jahr 1875 erschien sein Schulbuch: Alphabet.

Sein dichterisches Schaffen wurde durch seine Romane »Krieg und Frieden« und »Anna Karenina« gekrönt. Von ihrem Vater erfuhr sie, dass Tolstoi sich auch politisch einmischte. Einmal, er war in Moskau, sah er das Elend der Menschen, das er in folgenden Worten festhielt:

»Es gibt Menschen, die ein Stück Land ›mein‹ nennen, und dieses Land nie gesehen und betreten haben. Die Menschen trachten im Leben nicht danach zu tun, was sie für gut halten, sondern danach, möglichst viele Dinge ›mein‹ zu nennen.«

Es war die Ungerechtigkeit des Zarenreiches. Maßloser Adel und darbendes Volk. Ihr Vater erklärte ihr, dass Tolstoi eine Diktatur des Proletariats mit der Begründung ablehnte, erst herrschten Kapitalisten, dann Arbeiterfunktionäre. Immer mehr sah Tolstoi die Nächstenliebe und Gewaltlosigkeit als Ausweg aus den gesellschaftlichen Konflikten.

Magdalena schaute hinaus, der Zug fuhr langsam vorbei an einer Siedlung. Sie sah Katen, die sich schmutzig aus dem Grün der Wiesen hervorhoben. Wege, aus Brettern, Wäsche flatterte in den kleinen Gärten, ein Mann in abgerissenen Kleidern humpelte auf der Straße, gefolgt von einer Meute von Hunden. Waren das Bilder aus der Zeit Tolstois, fragte sich Magdalena beim Anblick dieser vorbeihuschenden Szenen. Wladimir, eine Stadt reicher Kaufleute. Sie erinnerte sich an eine Erzählung von Tolstoi. In dieser Geschichte geriet ein Kaufmann, Iwan Dimitri, der Zuname war ihr entfallen, in die Fänge der Justiz.

Wie gewöhnlich fuhr der Kaufmann im Sommer nach Nischni Nowgorod, eine alte russische Handelsstadt. Seine Frau hatte in der Nacht vor seine Abreise einen Traum. In diesem Traum sah sie, wie ihr Mann von seiner Reise zurückkam. Als er das Haus betrat, seine Mütze abnahm, waren sein Haar und sein Bart tief ergraut. »Fahrt nicht«, warnte sie ihren Mann, Unglück ahnend. Doch der Mann stieß die Warnungen von sich. Er fuhr mit der Pferdekutsche davon. Nach einer Tagesfahrt machte er in einer Herberge Rast. In diesem Rasthaus traf er einen bekannten Kaufmann, der ebenfalls zur Messe nach Nowgorod unterwegs war. Nach dem Essen ging jeder in sein

Zimmer. Während seiner Reisen schlief Iwan wenig, so auch in dieser Nacht. Es war noch nicht der Morgen angebrochen, als er aufstand, seine Kutsche anspannen ließ und losfuhr. Gegen Mittag machte er Rast, aß zu Mittag, nahm seine Gitarre und spielte darauf los. Da näherte sich eine Troika, ein Beamter und zwei Soldaten stiegen aus. Der Beamte, er stellte sich als Richter vor, fragte Iwan, wo er die letzte Nacht verbracht hätte.

»In einer Herberge.«

Ob er von einem Mord wüsste.

»Nein«, antwortete er.

»Öffnen Sie ihr Reisegepäck.«

Iwan musste seinen Kleidersack öffnen, darin fand der Richter ein blutiges Messer. »Woher stammt das Blut?«

Iwan zuckte mit den Schultern, er fand keine Antwort. »Ich habe niemanden getötet«, antwortete er.

»Sie kommen vor ein Gericht.« Die Soldaten nahmen Iwan gefangen, man brachte ihn in die Stadt, ein Gericht verurteilte ihn zu 26 Jahren Zwangsarbeit in Sibirien. In einem Zwangsarbeitslager ergraute er mit den Jahren. Eines Tages, er hatte fast seine ganze Strafe abgebüßt, kam eine neue Gruppe von Zwangsarbeitern, die in das Gefängnis verlegt wurde. In Gesprächen mit diesen neuen Gefangenen erfuhr Iwan, dass einer von ihnen wegen angeblichen Pferdediebstahls verurteilt wurde, aber diese Tat nie begangen hatte. Dabei stellte sich heraus, dass es der gesuchte Mörder des Kaufmanns war, der vor 26 Jahren erstochen wurde. Die Gefängnisbehörde stellte darauf eine Heimkehrerlaubnis aus, doch da war Iwan bereits verstorben.

Nun sitzt sie auch in einem Transport, der sie unschuldig nach Sibirien bringt. Welche Ironie, dort war es eine Erzählung, hier erlebt sie Wirklichkeit.

Tag und Nacht fuhr der Zug Richtung Osten. Magdalena erinnerte sich einiger Orte, Nischni, Viothka, Perm, bis sie den Ural erreichten. Hier also beginnt Asien, dachte sie, doch, was war das Besondere daran? Die Berge, die Wälder, die grünen Täler, sie wiesen keine Besonderheiten auf, ob europäisch oder asiatisch. Es war eine von Menschenhand erdachte imaginäre Trennungslinie, eine künstliche Grenze, wie viele von Menschenhand geschaffene Abgrenzungen, dachte sie bei der Überquerung des Ural Gebirges. In Jekaterina wurde der Zug umrangiert, Wagen wurden abgekoppelt. Sie sah zu, wie Rangierarbeiter ihre Waggons abtrennten und auf ein anderes Gleis bugsierten, an einen anderen Zug ankoppelten. Das Ziel ihrer Fahrt kannte sie: Sibirien. Doch Sibirien begann hinterm Ural und endete am Pazifik, dachte sie, als der Zug am späten Nachmittag sich in Bewegung setzte.

Sie fuhren durch das südliche Sibirien. Durch die Spalten sah sie zahlreiche Flüsse und Seen schimmern.

Sie sah vor ihrem geistigen Auge die große Karte Russlands ihres Vaters, die in seinem Arbeitszimmer hing. Herausragend die gewaltigen Flüsse Dnjepr und Wolga, der Don im europäischen Teil getrennt durch den sich von Norden nach Süden streckenden Ural, die mächtigen Ströme Irtysch, Ob, Jenissei, Lena und Amur. Ein Land voller Geheimnisse, aber auch der Schrecken. Sibirien, das Land der Verbannung. Das zaristische Gefängnis, wie es Tolstoi benannte. Ihre Gedanken entflohen der grausamen Wirklichkeit. Sie hatte viel über Russland gelesen. Nur hin und wieder holte sie die Realität ein. Wenn sie hörte, wie die Gefangenen neben ihr vor Hunger und Durst stöhnten. Wenn sich jemand vor lauter Schmerzen im Bauch hin und her wälzte. Eine Frau lag seit drei Tagen im Fieber, sie hatte die Ruhr. Magdalena war zu ihr hinüber gerobbt, hatte ihre Stirn vom Schweiß getrocknet. Sie war ratlos, kein Wasser, keine Waschmöglichkeiten in der brütenden Hitze. Seit drei Tagen hatten sie kein Brot und Wasser erhalten. Hin und wieder kam ein Wachsoldat, schaute in den Waggon. Die Rufe nach Brot, nach Wasser, nach ärztlicher Hilfe, verhallten ungehört. Teilnahmslos blickte er sich um, nach einigen Schritten zog er sich zurück und verschloss die Verbindungstür. In der Nacht wurde sie aufgeweckt, ein Schrei durchzuckte das gleichmäßige Ruckeln der Räder, gefolgt von einer gespenstigen Stille. Es war stockdunkel im Wagen, erst am Morgen erkannte sie die Ursache des Geschreis. Die Frau war gestorben, erlöst von ihren Schmerzen. Die Tote lag am Rand des Waggons, nur leicht zugedeckt. Magdalena klopfte an die Verbindungstür, doch ohne dass sich etwas auf der anderen Seite regte. Nach wiederholtem Klopften ertönten Schritte, das Schloss wurde aufgemacht. Die Wache trat herein, man zeigte auf die Tote, der Soldat trat näher, hob das Tuch etwas an, schob die Tote mit dem Fuß zur Seite, ohne ein Wort verließ er den Ort. Ging zurück, schloss die Tür hinter sich. Erst am Nachmittag hielt der Zug, Magdalena konnte die Station erkennen, Tomsk. Die Waggontür wurde aufgerissen. Zwei Soldaten nahmen die Tote und legten sie auf die Erde. Gleichzeitig hoben sie einen Behälter mit Wasser in den Wagen. Mit einer Kelle erhielt jeder Gefangene Wasser. Aus einer Holzkiste wurde Brot verteilt. Die ersten Scheiben Brot seit der Abfahrt von Jekaterina. Auf die Frage, wie lange man noch unterwegs sei, sprach ein Wachsoldat, dass man bald Nowosibirsk erreichen werde, ein, zwei Tage. Er hob die Schulter nichtssagend und ging. Wie viele Tage sie seit Kutno unterwegs waren wusste Magdalena nicht mehr, eine Ewigkeit, voller Qualen, Hunger und Krankheit und Tod.

Eine Frau schrie zum Wachsoldaten: »Gebt mir Brot, ich verhungere!«

Zwei Soldaten kamen, nahmen die Frau mit hinaus. Nach einer Weile hielt der Zug, eine Tür wurde aufgetan, später waren Schüsse zu hören, der Zug fuhr weiter. Der Tod hatte reichliche Ernte, von den über 25 Frauen, die seit Moskau im Viehwagen transportiert wurden und in Krasnojarsk ankamen, lebten nur noch 14 Frauen. 14 menschliche Fracks, die in einem stinkigen, dreckigen Waggon dahinvegetierten, nicht einmal Tiere mussten solche Qualen erleiden, wie die Menschen im Schwarzen Raben, wie die Viehwagen spöttisch genannt wurden. Magdalena blickte durch den Spalt des Waggons, der Zug hielt auf dem Bahnhof Nowosibirsk. Auf dem Bahnhofsgelände herrschte Ruhe, sie konnte niemanden erblicken, die Gebäude warfen lange Schatten, es musste früh am Morgen sein. Die Stadt schien zu schlafen. Sie erinnerte sich an die Worte, die der Vernehmungsoffizier in Moskau zu ihr sprach: »Wir werden sie umerziehen, umerziehen durch Arbeit.« Welche Bedeutung lag in diesen Worten? Sie konnte sich keine konkreten Erklärungen machen. Sie sah hinaus, draußen liefen Arbeiter umher, sie entkuppelten Waggons, das harte Aufschlagen der Kupplung unterbrach die Stille. Sie hörte das Rangieren der Wagen, das Aneinanderkoppeln, hin und her bugsieren. Sie konnte erkennen, dass man weit außerhalb des Bahnhofs stand. Sie hörte einen Lastwagen heranrollen. Er hielt vor ihrem Zug. Nach einer Weile wurde die Tür des Waggons aufgerissen. Soldaten kamen mit einem Korb heran. Jeder bekam ein Stück Brot. Aus einem Kanister verteilten sie Wasser. Die Türen wurden wieder zugeschoben. Magdalena sah in den Gesichtern der Gefangenen ihre angstvollen Augen, abgemagert saßen sie da und kauten das harte Brot. Es wurde Nacht, der Zug setzte sich in Bewegung. Keiner der Gefangenen wusste, wann die Reise zu Ende ging. Das gleichmäßige Ruckeln der Räder schläferte ein. Sie fuhren die ganze Nacht hindurch. Licht brach herein, Magdalena wachte auf, draußen schien die Sonne, der Zug stand vor einer Waldlichtung, sie sah weiße Birken, Kiefern, sich weithin streckende grasbedeckte Ebene. Die Gefangenen dösten vor sich hin. Nowosibirsk, erinnerte sich Magdalena, war im zaristischen Russland ein Verbannungsort hunderter Russen. Doch wohin brachte man sie? Wo wird die Endstation ihrer Reise sein? Bei diesen Gedanken schlief sie ein. Schlafen und Wachen, vor sich hin dösen, willenlose Augen in den Gesichtern. Tage folgten, Nächte vergingen, sie verlor das Zeitgefühl.

Draußen schien die Sonne. In einem Wald blieb der Zug stehen, Magdalena sah durch die Ritzen, Kraniche wateten in einem kleinen See, von der Lok ertönte ein Pfeifsignal, die Vögel erhoben sich in die Luft. Der Zug fuhr weiter. Die Sonne warf lange Schatten, rötlich färbten sich die Wolken, Dämmerung setzte ein. Nach stundenlanger Fahrt hielt der Zug an, draußen erklangen Stimmen, Magdalena sah Soldaten, sie standen vor einem Bahngebäude. Ein Offizier der Wachmannschaft ging mit den Soldaten ins Bahnhofsgebäude.

Nach einer Weile ertönten Stimmen draußen, sie hörte das Aufschieben der Waggontüren, das immer näher kam. Jetzt wurde auch ihre Tür aufgerissen. Soldaten erschienen. Man forderte die Gefangenen auf, den Waggon zu verlassen. Sie mussten sich in einer Reihe aufstellen. Dann wurden sie abgezählt. Sie entdeckte ein schwarz verschmiertes Schild am Bahnhof. In kyrillischer Schrift las sie: Atschinsk. Zwei Soldaten führten eine Gruppe von 14 Frauen entlang der Gleise, bis zum Bahnhofsplatz. Dort standen bereits Lkw, der Wachsoldat wies sie an, darauf Platz zu nehmen. Nach kurzer Dauer startete der Lkw, sie verließen den Bahnhof. Auf dem Boden des Fahrzeugs sitzend spürten sie jede Unebenheit der Straße, Magdalena legte sich auf den Bauch, um die holpernde Fahrt zu ertragen. Endlich, nach einer mehrstündigen Fahrt, hielt der Laster am Rande der Stadt.

Im Straflager Krassnojarsk

Magdalena blickte durch die Ritzen der Plane, der Lkw stand am Eingangstor, vor einem mit Stacheldraht umzäunten Lager. Der Laster durfte weiterfahren. Sie hielten auf einem freien Platz. Die Plane wurde hochgerafft, die Bordwand heruntergelassen, runter, dawai, dawai, forderten die Begleitsoldaten. Ringsum erblickte Magdalena eine Anzahl von Baracken, durch Stacheldraht von Birkenwäldchen abgegrenzt. Am Eingangsbereich standen zwei Wachtürme, auf denen sie Uniformierte ausmachte. Sie mussten antreten. Die Sonne stach unbarmherzig an diesen Mittag auf die wandelnden Gestalten, die zu Skeletten abgemagert waren und sich kaum auf den Beinen halten konnten. Vierzehn armselige menschliche Wracks, vor ihnen stand eine stämmige Russin, einen roten Stern auf der Armeebluse. Eine Frau in Sträflingskluft, eine Deutsche aus Litauen, übersetzte die Anweisungen der Lagerleiterin. »Ihr seid hier, um zu arbeiten, Hitler hat unserem Land viel Schaden zugefügt. Ihr werdet dafür mit eurer Hände Arbeit zahlen.« Zunächst wurden sie auf der Lagerliste eingetragen. Von der Deutschen begleitet, wurde die Gruppe zu einem niedrigen Ziegelbau geführt. Auf der einen Seite befand sich ein Baderaum, die Gefangenen mussten ihre zerrissenen Kleidungsstücke ausziehen und durch einen Duschraum laufen. In der anschließenden Kleiderkammer erhielten sie Häftlingskleidung, eine Decke, Essgeschirr. Danach wurden sie zu den einzelnen Baracken geführt. Magdalena betrat die Baracke, vor der Tür las sie die Nummer 19. Sie trat ein, übler Geruch nahm ihr fast den Atem. Eine Frau lag auf einer Pritsche, sie hatte den Fuß gebrochen und konnte nicht zur Arbeit. »Ich bin Elvira, komme aus Tallin.« Von der Estin erfuhr sie, dass die Insassen zur Arbeit waren und erst am späten Nachmittag in ihre Unterkunft zurückkehrten. Sie sah zu ihr und sprach:

»Einstweilen leg dich unters Fenster, dort richte dir einen Schlafplatz ein. Die Barackenälteste wird nichts dagegen haben, es ist weiter kein Platz frei.«

Erschöpft legte sich Magdalena auf den hölzernen Fußboden und deckte sich mit der filzigen Decke zu. Wie lang sie geschlafen hatte wusste sie nicht mehr, geweckt wurde sie vom Getrampel der Gefangenen, die von der Arbeit kamen. Sie richtete sich schläfrig auf. Eine Frau mittleren Alters sprach sie an.

»Wie heißt du? Ich heiße Sonja, man hat mich als Barackenälteste eingesetzt. Hast du schon etwas gegessen?«

»Nein.«

»In einer Stunde gibt es Abendessen für unsere Baracke. Kannst mitkommen. Wenn sie dich fragen, zu welcher Arbeitskolonne du gehörst, sag einfach, dass man dich morgen einteilen wird. In der Regel werden die Neuen in die Bautrupps eingeteilt.«

»Wo kann ich meine Schlafstelle einrichten? Ich sehe die Pritschen sind alle belegt.«

»Such dir einen Platz dort drüben unterm Fenster, einstweilen wirst du auf dem Fußboden schlafen müssen. Doch du wirst sehen, hier verschwindet schnell einmal ein Sträfling und ein Platz wird frei.«

Sie gingen in den Speisesaal. Der Raum war voller Häftlinge, sie stellten sich in einer Reihe vor der Essensausgabe an.

»Dein Name?«

»Magdalena G.«

»Deine Brigade?«

»Bin erst heute angekommen.«

»Na, dann nimm die Suppe und da ein paar Scheiben Brot, unser Väterchen in Moskau lässt keinen verhungern, übrigens, ich heiße Irena, such dir einen freien Platz.« Magdalena nahm die Schüssel und setzte sich zu einer Gruppe Frauen, die stumm ihre Suppe auslöffelten.

»Bist du die Neue?« Eine Frau kam auf sie zu.

Magdalena nickte.

»Du gehörst zu meiner Brigade, wir treffen uns morgen nach dem Zählappell drüben am Haupteingang.«

Die Frau entfernte sich, es herrschte Schweigen im Essraum. Die Arbeiterinnen an ihrem Tisch standen auf, nahmen ihr Geschirr und verließen die Baracke. Magdalena fühlte sich unsicher, man mied sie. Sie wartete, bis die Frauen von ihrer Baracke aufstanden, ging mit ihnen hinaus, in zweiter Reihe liefen sie zu ihrer Baracke.

Am anderen Morgen wurde sie geweckt, Sonja stand bei ihr.

»Aufstehen, 6.30 Uhr ist täglicher Zählappell, beeil dich!«

Es war noch dunkel. Magdalena zog ihre Sachen an, schlaftrunken ging sie zur Tür. Dort stand eine Tonne Wasser, sie nahm eine Handvoll und wusch ihr Gesicht. Die Frauen verließen die Baracke. Rechts von dem Haupttor stand bereits eine Anzahl von Häftlingen. Magdalena stellte sich zu den Frauen, in Reih und Glied standen sie auf dem Appellplatz. Eine Frau in Uniform kam von zwei Soldaten bewacht zum Appellplatz, eine rote Fahne mit dem Bild Stalins wurde gehisst. »Unser großer Führer Stalin«, übersetzte eine Dolmetscherin, »arbeitet Tag und Nacht für das Wohl unseres Volkes. Nehmt euch ein Vorbild an seinem nimmer müden Schaffen. Geht zur Arbeit und erbringt eure Norm, zum Ruhme der Sowjetunion.«

Der Appell wurde aufgelöst, die Frauen gingen in Gruppen zur Essbaracke, dort erhielten sie ein paar Scheiben Brot. Magdalena lief zur Sammelstelle des Bautrupps. Eine rothaarige Frau kam auf sie zu. »Ich heiße Katharina, du bist in meine Brigade eingeteilt. Wir laufen zur Baustelle, etwa eine Stunde, dort werde ich dir alles Weitere erklären.«

Bewacht von zwei Uniformierten verließen sie das Lager. Entlang des Waldsaums liefen sie bis zu einem kleinen See. Nach einer Stunde erreichte der Trupp die Baustelle. Am Ufer des Sees war bereits ein Schotterstreifen ausgebreitet. Vor einem Holzschuppen machte der Arbeitstrupp halt.

»Du bist erst neu hier«, sprach Katharina sie an, »wir haben eine tägliche Norm, davon hängt unsere Brotration ab. Komm mit!«

Beide liefen in den Schuppen.

»Nimm eine Schubkarre, gemeinsam mit Erika wirst du Splitt und Sand transportieren. Achte was ich dir sage: Während der Arbeit ist es verboten zu sprechen. Du siehst, wir werden bewacht. Die Russen sind nicht zimperlich, sie sind schnell mit der Peitsche, wenn sie jemanden beim Sprechen erwischen.«

»Ich habe verstanden«, nickte Magdalena, nahm eine Schubkarre und fuhr zum Bauplatz, auf dem mehrere große Haufen von Splitt, Sand und Schotter lagerten. Mit einer alten Schaufel, der Stiel war aufgerissen, belud sie ihre Schubkarre und fuhr damit zur Baustelle. Irina, die Straßenarbeiterin, zeigte ihr die Stelle, wo sie den Splitt abkippen sollte. Es war eine ungewöhnliche Arbeit, bald spürte sie nicht mehr ihre Hände, ihre Beine schmerzten, die lange Fahrt in den Viehwagen hatte ihre Kräfte aufgezehrt. Sie fühlte, dass ihre Kräfte gegen Mittag schwanden. Sie spürte die Blicke der Gefangenen auf sich ruhen, als sie während der Mittagspause im Schatten der Birken ihr Brot verzehrte. Mit Hacke und Schaufel errichteten die Frauen ein Schotterbett aus feinem Splitt. Mit Schubkarren brachten Frauen Bitumenmischung, heißer Dampf quoll hervor. Die Frauen atmeten die Dämpfe ein. Magdalena brachte ein Fuhre heran. Der giftige Geruch nahm ihr den Atem, sie erlitt einen Hustenanfall. »Du wirst dich schon an die Luft gewöhnen«, sprach Erika zu ihr. Sie zog den Bitumensplitt mit einem Rechen breit. Blaugrauer Nebel versperrte die Sicht. Darin zogen mehrere Frauen den Belag flach. Magdalena kippte den heißen Splitt ab, sah schemenhaft, wie eine Dampfwalze laut tuckernd sich näherte. Eine Frau steuerte die Walze. Im Schritttempo fuhr sie auf den ausgezogenen Bitumensplitt, bis er mit dem Schotter verbunden einen festen Belag formte.

Die Sonne versank langsam hinter dem Birkenwäldchen, als die Baugruppe sich auf den Heimweg machte. Lange Schatten hinter sich bildend erreichten sie das Lager. Magdalena spürte nur noch tauben Schmerz in Armen und Beinen. Sie suchte in der Baracke ihre Schlafecke und streckte sich auf dem Holzfußboden aus, sie war eingeschlafen. Plötzlich wurde sie am Arm geschüttelt, die Barackenälteste stand vor ihr.

»Magdalena, nimm deine Sachen, du kannst auf einer Pritsche schlafen.«

»Wo ist ...«

»Sie ist den Heldentod für Stalin gestorben und liegt draußen in der Taiga, wartet bis ein Wolf sich ihrer erbarmt. Frag nicht so viel, geh zur Pritsche unter dem Fenster.« Ihre Stimme klang brüchig. »Es ist unser Los, du wirst alles noch kennen lernen.«

Freiwild gieriger Wölfe

Magdalena begab sich gewöhnlich nach dem Frühstück zum Stellplatz ihrer Arbeitsbrigade. Auch an diesem Spätsommertag ging sie dorthin. An diesem Morgen erhielt sie von Katharina die Order, sich in der Verwaltung zu melden. Angeblich um ihre Personalien zu klären. Magdalena hatte keine Ahnung, weshalb man ihre Personalien feststellen wollte, diese waren doch bei ihrer Ankunft überprüft worden. Sie lief zur Baracke, in der sich die Verwaltung befand. Sie betrat die Baracke und wurde auf Russisch angesprochen.

»Nichts verstehen, ich nichts verstehen.«

»Stoi, stoi!«, schrie sie ein Russe an.

Magdalena wollte zurück zur Tür.

»Stoi!«, rief der Russe energisch und hielt sie am Arm fest. Er packte sie und schob sie in ein Zimmer. Es war dunkel, sie erkannte die Umrisse einer Pritsche, davor standen ein Tisch und zwei Stühle. Er drückte sie auf den Stuhl, nahm eine der Flaschen, die auf dem Tisch standen und füllte ein Glas.

»Wodka, karascho«, sprach er zu ihr, »trink!«, und hielt ihr das Glas hin.

Sie zuckte ängstlich mit der Schulter. »Nichts verstehen«, antwortete sie, »nicht verstehen russisch.«

Er trank in einem Zug das Glas leer und füllte es wieder. »Du verstehen«, er hielt ihr wieder das Glas hin, »du schönes Mädchen, du verstehen.« Er kam näher zu ihr, sie spürte den Atem, den Geruch nach Wodka und Knoblauch. »Ich will dir helfen.« Er berührte ihr Haar, strich über den Nacken, zog sie am Arm, stieß sie zur Pritsche. »Du schönes Mädchen«, lachte er, ergriff ihre Jacke und mit einem gewaltigen Ruck riss er die Jacke auf, fasste ihren Unterrock und wollte ihn herunterziehen.

»Lassen Sie los«, schrie sie auf Russisch. Schon fasste er ihre Brüste. Mit letzter Kraft stieß sie ihn von sich, mit einem Schritt war sie am Tisch. Er zog sie von hinten zurück zur Pritsche, sie ergriff eine Flasche vom Tisch, beim Fallen nach hinten zerschlug sie die Flasche auf dem Kopf des Russen. Die Flasche zersprang, sie hörte wie der Russe zur Seite fiel und liegen blieb. Sie hörte von draußen Stimmen. Die Tür wurde aufgerissen, zwei Russen kamen herein, machten Licht.

»Wer sind Sie, was haben Sie hier zu suchen?« Sie entdeckten den am Boden Liegenden, von seinen Kopf rann Blut. Sie drehten ihn zur Seite, er regte sich nicht.

»Wer sind Sie?«, wollte der Russe wissen.

»Heute nach dem Appell wurde ich von der Stubenältesten aufgefordert, zur Verwaltung zu kommen. Warum wusste ich nicht. Ich ging zur Baracke, auf dem Korridor wurde ich von diesem Mann aufgefordert, in den Raum zu gehen«, antwortete Magdalena.

»Ziehen Sie sich an, kommen Sie mit«, entgegnete der Russe.

Magdalena streifte ihre Arbeitsbluse über und zog ihre Jacke an. Sie folgte den beiden Russen den Gang entlang.

»Kommen Sie rein!«

Sie betrat das Büro. Wortlos nahm sie Platz.

»Jewgeni Lutschenko mein Name«, er zeigte ihr einen kleinen Ausweis, »Offizier des NKWD, verantwortlich für die deutschen Insassen.«

»Er versuchte mich zu vergewaltigen«, erwiderte Magdalena.

»Um dies aufzuklären, müssen wir Sie einem Verhör unterziehen. Sagen Sie die Wahrheit. Nichts als die Wahrheit. Sie wurden im Ruheraum der Lagerverwaltung entdeckte, darin lag ein Toter. Es ist ein Mitarbeiter der Lagerleitung, den sie getötet haben. Wir machen jetzt ein Protokoll, das sie dann unterschreiben.« Der Offizier spannte einen Bogen auf seine Schreibmaschine.

»Ihr Name?«

»Magdalena G.«

»Welche Baracke?«

»Nummer 19.«

»Wann wurden Sie geboren:?«

»13. Mai 1927, in Bessarabien.«

»Wo genau?«

»Brienne.«

»Schulbildung?«

»Abitur.«

»Zuletzt wohnhaft?«

»Kutno, im Hühnerstall.«

»Wo wurden sie verhaftet?«

»Vor Posen .«

»Abtransport?«

»23. Mai 1945.«

»Auf welchem Transport kamen Sie nach Krasnojarsk?«

»Mit dem ›Schwarzer Raben‹, einem Viehwagen.«

»Sie sind Deutsche?«

»Ja.«

»Waren Sie in der Hitlerjugend oder im Bund Deutscher Mädchen?«

»Ja, im BDM.«

»Warum wurden Sie verhaftet?«

»Keine Ahnung.«

»Das werden wir gleich wissen.« Er winkte den anderen Russen zu sich und sprach kurz auf Russisch zu ihm. Der verließ das Büro, kam nach einer Weile zurück und gab dem Offizier eine Mappe. Er blätterte darin. »Da haben wir es, sie wurden verhaftet wegen Diebstahls.«

»Nein, ich habe keinen Diebstahl begangen. Warum ich verhaftet wurde, ist mit völlig unklar.«

»Hier steht aber eindeutig vermerkt, dass Sie in Kutno wegen Diebstahls verurteilt und zur Umerziehung in ein Arbeitslager eingewiesen wurden. Nun gut, ich kann das hier nicht beurteilen. Wichtig ist, diesen Mordfall aufzuklären.«

»Es war Notwehr«, antwortete sie, als sie gefragt wurde.

»Ich werde einen Arzt holen lassen, der wird feststellen, ob Gewalt auf Sie ausgeübt wurde.« Er griff zum Telefon, wählte, sprach einige Sätze, legte auf. Nach wenigen Minuten klopfte es an der Tür, ein Mann in weißem Arztmantel kam herein. Der Offizier wandte sich an den Arzt.

»Ziehen Sie sich aus, der Arzt wird sie untersuchen.«

»Nein, nicht hier«, erwiderte sie, »vor dem Arzt ja, aber nicht vor Ihnen.«

Der Offizier sprach mit dem Arzt.

»Gehen Sie mit dem Arzt in den Ruheraum, dort wird man Sie untersuchen.« Magdalena folgte dem Arzt. Im Ruheraum wurde sie untersucht. Danach ging sie, begleitet vom Arzt, zurück. Der Arzt gab an, dass keine Zeichen von Gewalt bei der Frau zu erkennen sind. Nachdem der Arzt gegangen war, wurde das Verhör fortgesetzt. »Sie lügen uns an, Sie haben den Mann getötet. Ich werde Sie der Justizbehörde übergeben, dort wird man Ihre Schuld beweisen. Unterschreiben Sie hier das Protokoll.«

»Er wollte mich vergewaltigen, es war Notwehr, wo steht dies im Protokoll? Ich unterschreibe dieses Protokoll nicht. Ich bin unschuldig.«

»Unterschreiben Sie«, schrie der Offizier und stand vom Schreibtisch auf, »unterschreiben Sie, oder wir werden nachhelfen, euch Faschisten kriegen wir klein.«

Am nächsten Tag musste sie zur Lagerleitung. Dort erfuhr Magdalena, dass sie mit sofortiger Wirkung zu zehn Jahren Haft wegen Mordes verurteilt und in das Umerziehungslager nach Smertui Prigovar, Rayon Krassnojarsk, eingewiesen wird. Wie betäubt stand sie auf dem Appellplatz, nachdem sie die Baracke der Lagerleitung verlassen hatte. Ohne sie anzuhören, ohne Gericht, wurde sie als Mörderin abgestempelt. Es begann zu regnen, sie lief zu ihrer Baracke. Weinkrämpfe schüttelten sie. Warum, warum nur diese Boshaftigkeit, dieses Unrecht. Sie spürte, dass sie ohne Recht war. Sie fühlte sich wie Freiwild, ohne Schutz brutaler Gewalt ausgeliefert.

Der Motor heulte auf, bahnte sich einen Weg durch den aufgeweichten Grund zum Tor des Lagers. Der Posten hob die Schranke, der Ford heulte nochmals auf, bog rechts ab in Richtung der Chaussee, die entlang dem Wald nach Osten führte. Magdalena saß hinten, an die Wand zum Führerhaus gelehnt. Neben sich das Bündel, ihr einziges Hab und Gut. Mit ihr waren noch fünf weitere Gefangene im

Wagen. Nach einer Stunde erreichte der Ford eine Bahnstation. Zwei Soldaten öffneten die Bordwand, zeigten, dass alle herunter vom Wagen steigen sollten, dawei, dawei. Mit ihren Gewehrkolben nachhelfend zerrten sie die Gefangenen vom Wagen. Man stellte die Gruppe in einer Reihe auf, dawei. Eskortiert von den Soldaten liefen sie zum Bahnhofsgebäude. Drinnen nahmen sie auf einer Bank Platz. Sie durften sich nicht austauschen, nicht sprechen. Stumm saßen sie da, ihre Gedanken kreisten um die Frage, was mit ihnen geschehen wird, was der nächste Tag wohl bringt. Wie lang sie in dem kleinen Bahnhofsraum hockten, wussten sie nicht.

Längst war der Abend angebrochen, nur spärlich hell war der Raum. Sie vernahmen Geräusche, draußen fuhr ein Zug ein. Nach einer Weile wurden sie von den Soldaten aus der Bahnhofshalle hinaus zum wartenden Zug geführt. Ein Offizier übergab sie der Zugbegleitung. Magdalena wurde in einen Waggon geschoben. Sie sah, dass über zwanzig Frauen auf dem Boden hockten. Sie suchte sich einen Platz, wo sie ihren Wäscheknäul ablegen konnte. Hunger und Durst spürte sie quälend aufsteigen. Seit dem Morgen hatte sie nichts mehr zu sich genommen. Wieder begannen die Strapazen, wie bei ihrem Transport nach Sibirien. Der Zug ratterte durch die Nacht. Wohin, wohin, wohin, schien der Takt von den Schienen ihre Ohren zu betäuben. Wohin werden sie mich bringen, mit diesen Gedanken schlief sie ein.

Geweckt wurde sie vom Geklirr der Kannen und Becher. Zwei Soldaten trugen einen Kanister in das Abteil, schöpften daraus Wasser. Schläfrig trank Magdalena aus einer schwarzen Blechtasse. Sie erhielt drei Scheiben trockenes Brot. Es waren harte, verkrümmte Scheiben, leicht mit Schimmel bezogen. Ekel ergriff sie beim Anblick der Brotscheiben. Sie fühlte, wie ihr Magen vor Hunger krampfte. Der Hunger wurde stärker, überwand den Ekel. Mit den Fingernägeln entfernte sie den Schimmelbelag. Sie hatte während der Deportation gelernt, sich vom Hungergefühl nicht hinreisen zu lassen und so machte sie kleine Bissen. So langsam spürte sie ein sättigendes Gefühl. Sie aß nur zwei Scheiben, legte die übrige zwischen die Wäschestücke ihres Kleiderbeutels. Sie lehnte ihren Kopf an die Bretterwand des Waggons, eine schmale Öffnung an der gegenüberliegenden Wand ließ sie nach draußen blicken.

Weiße Wolken zogen wie Watte vorbei über ebenes Land, kleine Birkenwäldchen wichen endlos scheinendem Grasland zwischen Wäldern und Seen. Einer Filmkulisse gleichend breitete sich Sibirien vor ihren Augen aus. Unberührt und voller Wildheit. Anders als im Warthegau, wo sich Wiesen und Felder anschmiegten an die welligen Hügel. Sie vernahm schmerzlich, dass ihr Zuhause nun in weiter Ferne lag. Sie hatte die Augen geschlossen, der Zug ratterte gleichförmig, er wirkte beruhigend, sie schlief ein. »Wir werden dich schon noch klein bekommen, ihr Faschisten sollt uns kennen lernen, dir wird man im Erziehungslager deinen Stolz schon brechen«, hörte sie noch immer diese Drohung, als der Zug an einem Bahnhof anhielt. Ein Offizier betrat den Waggon. »Sofort aussteigen, dawei, anstellen zum Abzählen.« Ein Mannschaftswagen fuhr heran. Soldaten trieben die Gefangenen zum Wagen, sie wurden in das dunkelgrüne Militärfahrzeug gestoßen, die Soldaten halfen mit ihren Gewehrkolben nach. Magdalena konnte den Schlägen ausweichen, sprang hinauf und kroch in eine Ecke am Fahrerhaus. Der Ford fuhr vom Bahnhof entlang einer Chaussee zum Gulag Smertui Prigovar. Später erfuhr sie, dass es ein berüchtigtes Besserungslager des NKWD war, die Russen bezeichnetes es als Hölle Stalins.

Blutiges sibirisches Holz

Nebelschwaden stiegen hoch, wie weiße Schleier umhüllten sie das Lager. Es war Spätherbst geworden. Die Arbeitskolonnen passierten das Haupttor. Raureif lag auf dem Gras. Magdalena zog ihren Mantel fest um ihre Schultern, sie fror. Sie lief neben dem Pferdegespann, das nach kurzer Zeit in den nahe am Lager gelegenen Wald einbog. Die Lagerleitung hatte sie der Holzbrigade zugeteilt. Im Wald angekommen, trat eine Frau zu Magdalena.

»Ich heiße Irene, bin die Vorarbeiterin, sie haben dich zu einer Sägegruppe eingeteilt. Hast du schon mal mit einer Schrotsäge gearbeitet?«, fragte sie.

»Nein.«

»Dann gehst du mit Lore, der Frau drüben, mit dem roten Kopftuch, Bäume sägen.« Mit einfachen Bügelsägen ausgerüstet machten sie sich daran, die von der Brigadeleiterin angezeigten Bäume zu fällen. Jeweils zu zweit führten die Frauen das Sägeblatt in die Rinde der mannstarken Laubbäume, krachend fielen die Bäume auf die Erde. Andere Gruppen hatte die Aufgabe, die Äste abzutrennen. Die kahlen Stämme wurden mit dem Pferdegespann aus dem Dickicht in eine Lichtung gezogen. Gegen Mittag wurde eine Pause eingelegt, die Frauen bekamen Brot und eine Kelle Wasser, anschließend wurde die Arbeit bis zum späten Nachmittag fortgesetzt. So verging eine Woche um die andere. Der Winter hielt Einzug im Lager, erste Schneeflocken fielen.

Der Tag begann wie jeder andere, Magdalena hatte sich an die Knochenarbeit gewöhnt, ihr Rücken schmerzte nach wie vor, wenn sie abends todmüde auf ihr Lager fiel. Wie immer fuhr sie mit ihrer Brigade in den Wald. Sie hatten bereits mehrere Bäume gefällt, als plötzlich Tumult ausbrach. Die Pferde waren durchgegangen. Sie stürmten direkt auf Magdalena zu, hinter sich die Wagenführerin schleifend. Die Pferde stürmten über Steine und Baumstämme. Magdalena sah, wie die Frau immer wieder mit Kopf und Körper an Ästen und Felsen anschlug. Sie lief auf eines der Pferde zu, fasste das Zaumzeug und mit einen Ruck zog sie die Trense nach unten. Die Pferde kamen zum Stehen. Schnell stürzten die Frauen heran. Zwei Frauen liefen zur auf dem Boden liegenden Frau. Sie blutete stark am Kopf. Sie banden die Frau los und legten sie auf eine Decke. Magdalena hatte ein Bündel Gras vom schneebedeckten Waldboden gerissen, die Pferde nahmen es gierig auf, sie kamen zur Ruhe. Magdalena streichelte langsam über ihren Hals, da entdeckte sie, was die Pferde so wild machte. An einem der Hufe hatte sich das Eisen gelöst und Dornen einer Hecke staken im linken Fuß. Die Pferde waren an einem Baum festgemacht. Magdalena gelang es, den Dorn zu entfernen. Sie gab den Pferden frisches Heu und führte sie zurück zum Wagen. Die Verletzte wurde auf den Wagen gelegt.

»Verflucht gut gemacht, Magdalena«, sprach die Brigadeleiterin sie an. »Kannst gut mit Pferden umgehen. Ab morgen wirst du das Pferdegespann übernehmen.«

In der Kantine erfuhr sie, dass die Pferdeführerin ins Lazarett eingeliefert wurde. Nach dem Essen ging Magdalena zur Krankenstation, sie wollte die Verletzte besuchen. Man sagte ihr, dass heute niemand zu ihr könne, man habe ihr Betäubungsmittel gegeben, sie solle später wiederkommen.

Es schneite am anderen Morgen. Magdalena wurde nach dem Appell von der Brigadeleiterin angesprochen, das Pferdegespann fertig zu machen und die Arbeit der bisherigen Pferdeführerin beim Holzfällen zu übernehmen. Nachdem sie Futter und Wasser für die Pferde auf den Wagen geladen hatte, setzte sie sich auf den Kutschbock und fuhr mit dem Gespann in den Wald. Bald schon fielen die ersten Baumstämme, die Äste wurden entfernt. Nachdem die Vorarbeiterin allen die Arbeit eingeteilt hatte, wandte sie sich an Magdalena.

»Du bekommst zwei Helferinnen und versuchst, die gefällten Bäume dort drüben zur Lichtung zu bringen und zu stapeln.«

Magdalena hatte vom Wagen Zugketten und Krallen und eine Axt geholt, sie gab die Dinge den beiden Frauen. Sie führte die beiden Braunen mit dem Zuggeschirr zu einem auf dem mit Moos bedeckten Waldboden liegenden Baum. Beide Helferinnen hoben den Baum mit

Brecheisen hoch und legten die Zugketten um den Baumstamm. Mit einem Seil wurde der Stamm festgezurrt. Nachdem dies erledigt war, hängte sie beide Seile an den Ortscheid. Sie führte das Gespann heran, langsam zog sie die Zügel an, das Zuggeschirr straffte sich, die Pferde bewegten sich langsam, den Baum hinter sich herziehend, nach vorn. Magdalena führte die Pferde durch eine Waldschneise. Sie suchte einen Weg zwischen den hochragenden Eichen und Buchen. Die Pferde zogen den Stamm langsam hinter sich her. Sie kam gut voran. Magdalena hatte die Zügel leicht entspannt, nur ganz leicht zog sie rechts oder links, die Pferde folgten ihrem Kommando. Der Baumstamm glitt langsam in Richtung Stapelplatz. Dort angekommen, trat Magdalena zu den Pferden, wischte ihnen den Schweiß von Kopf und Hals, strich über ihren Kopf und gab ihnen etwas frisches Heu. Die Brigadeleiterin trat zu ihr.

»Magdalena, wo hast du gelernt mit den Pferden umzugehen, das hast du gut gemacht.«

»Es ist für mich auch das erste Mal, mit den Pferden zu arbeiten. Bisher hatte ich nur Erfahrung beim Reiten. Meine Eltern besaßen mehrere Pferde. Mit Pferden spielen, ja, das konnte ich schon als Kind, aber Arbeit mit ihnen verrichten, war bisher neu für mich.«

»Die Pferde fühlen, dass du sie gut führen kannst, du bist wirklich gut drauf. Übrigens, ich heiße Wanja«, sie gab Magdalena ihre Hand, die sie annahm.

»Danke, Wanja, doch wäre ich froh, wenn Maria bald wieder gesund wird. Es tut mir leid, dass sie sich so schwer verletzte.«

»Verstehe, doch was hilft es uns, wir müssen unsere Norm erfüllen. Also mach weiter so.« Die Brigadeleiterin entfernte sich. Magdalena lenkte die Pferde zu einem weiteren Baum, der bereits entastet auf dem glitschigen Waldboden lag. Bald schon war Magdalena so richtig in ihrem Element, die Arbeit ging ihr ziemlich leicht von der Hand, zu dritt hatten sie bereits am Vormittag über 20 Bäume zum Stapelplatz transportiert. Gegen Mittag kamen Raupenkran und Tieflader, sie luden die Stämme auf, um sie zum Sägewerk nach Krasnojarsk zu bringen.

Über Nacht hatte es heftig geschneit. Trotz tiefen Schnees ging die Arbeit für Magdalena immer besser voran, der Schlitten glitt leicht über den verschneiten Waldboden, gegen Nachmittag hatte die Brigade ihre Norm erfüllt, als Wanja rief: »Schluss für heute, aufräumen.« Es begann bereits zu dämmern, als die Kolonne ins Lager zurück fuhr.

An diesem Abend konnte Magdalena die Verletzte besuchen. Sie lag auf einer Pritsche, war allein im Krankenzimmer. Sie hatte die Augen aufgeschlagen. Magdalena trat an die Pritsche heran. Die Verletzte reichte ihr die Hand. »Danke, du hast mir das Leben gerettet. Ich heiße Maria. Ich freue mich, dass du mich besuchen kommst.«

»Wie geht es dir, ich bin Magdalena.«

»Hab nochmal Glück gehabt, außer Gehirnerschütterung, paar Schürfwunden und Schulterquetschungen und Rippenprellungen ist nichts weiter. Ich danke dir, was wäre geworden, wenn die Pferde noch weiter durchgegangen wären. Gott mög es dir vergelten, Magdalena.«

»Schon gut, ich freue mich, dass du lebst. Es sah wirklich nicht gut aus, wie du an Felsen und Bäumen vorbei gestreift bist. Die Pferde waren wie wild, es waren Dornen, die sie plötzlich aufstachelten und durchgehen ließen.«

»Wie konntest du die Pferde auffangen?«

»Von meinem Vater habe ich gesehen, wenn im Dorf mal Pferde durchgingen, wie er auf sie gerade zuging, mit einem Griff die Trense ergriff und kurz zog. Dann blieben sie sofort stehen. Das hab ich auch versucht, obwohl ich nicht wusste, wie alles ausgeht.«

»Du bist sehr mutig Magdalena, ich danke dir dafür.«

»Schon gut, ich muss jetzt gehen, ich komme morgen wieder.«

»Ich freue mich, dass du mich besuchst.«

Bald schon hatte sich Magdalena eingewöhnt in Arbeit und Lager. Maria war nach drei Wochen wieder gesund, doch konnte sie die Arbeit mit den Pferden nicht wieder aufnehmen, ihr Arm blieb gelähmt. Sie wurde als Helferin Magdalena zugewiesen. Eines Tages, es war der 7. November, die Arbeit ruhte wegen des Feiertages zu Ehren der Oktoberrevolution, waren Maria und Magdalena allein in der Baracke geblieben, die anderen waren in der Kulturbaracke, dort lief ein Musikprogramm.

In den Krallen des NKWD

Maria wandte sich an Magdalena. »Du bist eine Deutsche?«

»Ja.«

»Woher?«

»Meine Eltern wohnten in Bessarabien, ihre Vorfahren sind Schwaben. Im Herbst 1941 kamen sie nach Polen, in den Warthegau.«

»Warum hat man dich nach Sibirien deportiert?«

»Die Frage kann ich dir nicht beantworten, Maria, weil ich es selbst nicht weiß. Angeblich zur Umerziehung. Weiß nicht was dahinter steckt. Die Russen behandeln uns, Maria, wie Dreck, als hätten wir den Krieg verursacht.«

»Im Lager wird erzählt, Magdalena, dass es Stalins Plan war, Deutsche als Entschädigung zum Wiederaufbau nach Russland zu holen. Sie sagen, er habe sich gegen die Alliierten durchgesetzt und konnte so die Russlanddeutschen zurückzuholen. Der NKWD, die Geheimpolizei der Sowjets, war mit der Ausführung betraut.«

»Was hat das für einen Sinn, die Menschen wie Sklaven zu behandeln, sie verhungern zu lassen. Ich sah, wie Hunderte auf dem Transport und in den Lagern starben, Maria, es ist nicht zu verstehen. Doch erzähl, seit wann bist du hier im Lager?«

»Es ist fast neun Jahre her«, erzählte Maria. »Mein Mann und ich lebten in Tiflis in Georgien. Eines Nachts, es war gegen zwei Uhr, schrillte die Klingel laut. Eine Männerstimme rief vor der Tür: ›Öffnen Sie, Polizei.‹ Dann heftiges Klopfen.

Mein Mann stand auf, er ging zur Wohnungstür, die Kette war eingelegt, er öffnete einen Spalt breit. ›Zeigen Sie Ihren Ausweis‹, sprach er.

Einer der Männer zeigte einen Ausweis des NKWD. ›Machen Sie auf.‹

Mein Mann nahm die Kette heraus. Beide traten herein. ›Wir haben den Befehl, Ihre Wohnung zu durchsuchen‹, er zeigte einen Hausdurchsuchungsbefehl. Einer der Männer ging in mein Arbeitszimmer, durchwühlte Schreibtisch und Regale. ›Sie sind verhaftet, ziehen Sie sich sofort an.‹

›Warum, warum wollen sie uns verhaften?‹

›Das wird man Ihnen bei der Vernehmung schon sagen, los ziehen Sie sich beide an.‹

Im Morgenmantel betrat ich das Wohnzimmer. ›Warum wecken Sie uns mitten in der Nacht, haben Sie einen Haftbefehl?‹, wandte ich mich an einen der Männer.

›Lassen Sie das Gerede und ziehen Sie sich sofort an.‹

Mein Mann hatte bereits seinen Anzug angezogen, er packte einige Kleidungsstücke, legte sie in eine Reisetasche. Im Schlafzimmer packte ich einiges in einen kleinen Koffer, immer noch in der Hoffnung, bald schon wieder zurück zu sein. Sie drängten uns aufzubrechen. ›Besser du nimmst auch ein paar Sachen mehr mit‹, meinte mein Mann. ›Es wird alles nur ein Irrtum sein, meinte er lächelnd zu mir.‹

Uns blieben nur fünf Minuten, um uns halbwegs anzukleiden und einige Sachen zu packen. Wie Kriminelle wurden wir abgeführt. Unten wartete eine schwarze Limousine. Sie schoben uns in den wartenden Tschaika. Im rasenden Tempo fuhren sie uns ins Haus des NKWD. Sie sperrten uns in Einzelzellen. Etwa nach drei Tagen wurde ich verhört.

Zunächst wurde es mir nicht klar, warum sie mich verhörten und letztlich zur Zwangsarbeit in den Gulag einwiesen. Ich saß einem jungen Offizier beim Verhör gegenüber, er war schlank. Er mag so um die Mitte 20 gewesen sein. Sein rötliches, blondes Haar war kurz geschnitten. Vor ihm auf dem Schreibtisch lag ein Verhörprotokoll. Er schaute mich flüchtig an. Ich erkannte seine blauen Augen. Von meiner Großmutter hörte ich, man erkenne einen Menschen an seinen Augen. In dem Augenblick erkannte ich, wie Recht sie hatte. Es waren kalte Augen. Hinterhältig, skrupellos musste er sein. Ohne weiter zu mir aufzuschauen, begann er mit dem Verhör.

›Ihr Name?‹

›Maria Iwanowa, geborene Aichholz.‹

›Nationalität?‹

›Deutsch.‹

Ich sah, wie der junge Offizier Eintragungen in das Formular schrieb. Akribisch füllte er die vorgedruckten Spalten aus.

›Staatsangehörigkeit?‹

›Sowjetunion.‹

›Geboren?‹

›1910 in Tiflis.‹

Die Fragen kamen wie aus der Pistole geschossen, kurz und knapp.

›Beruf?‹

›Lehrerin.‹

›Familienstand?‹

›Verheiratet.‹

Ich dachte in mir, was muss in den Köpfen der jungen Männer vor sich gehen. Ich hatte den Eindruck, dass er keinerlei Gefühle zeigte, als ob er ein technisches Protokoll auszufüllen hätte kamen die Fragen. Keine Reaktion an Mitgefühl, keine Emotionen waren aus dem Gesichtsausdruck zu verspüren.

›Name Ihres Mannes?‹

›Andre Iwanow.‹

›Beruf des Mannes?‹

›Chemiker.‹

›Kennen Sie Nadeschda Dschugaschwili?‹

›Ja.‹

›Waren Sie mit ihr verwandt?‹

Ich antwortet mit ›Ja, im weitläufigen Sinne‹.

›Was bedeutet im weitläufigen Sinne?‹, hakte er nach.

Ich war verblüfft, warum er diese Fragen über Stalins Frau stellte. Sie war die Frau Stalin. ›Sie war meine Cousine‹, antwortete ich.

›Sie haben deutsche Vorfahren?‹

›Ja.‹

Ohne aufzublicken sagte er: ›Es ist bekannt, dass Nadeschda D. staatsfeindliche Elemente unterstützte.‹

›Davon ist mir nichts bekannt‹, antwortete ich.

›Wir haben Informationen, dass Sie enge Kontakte zu Russlanddeutschen und Mennoniten pflegte, was wissen Sie darüber?‹

›Darüber ist mir nichts bekannt.‹

›Hatten sie Kontakt mit Stalins Frau?‹

Es war mir unklar, warum sie solche Fragen stellten. In mir wurde der Verdacht immer stärker, dass es Stalin selbst war, der diese Fragen vorgab. Mit dem Ziel, in seiner eignen Familie aufzuräumen. Er musste seine Frau sehr gehasst haben.

›Nur wenn sie einmal im Jahr zu Besuch zu ihrer Großmutter kam‹, antwortete ich. ›Was hat das alles mit mir zu tun?‹

›Die Fragen stellen wir, sie haben nur zu antworten‹, gab er grob zurück.

›Hatten Sie Kontakt zu ihr?‹

›So gut wie nicht, nur wenn sie in Tiflis ihre Verwandten besuchte, dies war aber selten.‹

Die Fragen wechselten.

›Sie sind Christin?‹

›Ja‹, gab ich an.

›Welcher Konfession?‹

In mir kochte es, so antwortete ich. ›Ich lehne weitere Antworten ohne Anwalt ab.‹

Bei dieser Antwort sah ich, wie sein Kopf rot anlief. Er stand auf, rückte den Stuhl nach hinten. ›Sie haben hier keine Forderungen zu stellen!‹ Sein Gesicht war voller Wut, Speichel floss aus seinem Mund, Tropfen fielen auf meine Stirn, ganz nah an meinem Gesicht presste er hervor: ›Sie haben hier nur unsere Fragen zu beantworten, verstanden?‹ Er setzte sich.

›Uns ist bekannt, dass Sie in der Schule ihre religiösen Ansichten verbreiten. Dazu liegen uns einige Anzeigen vor, dass sie Kinder stark mit ihrem Glauben beeinflussen.‹

›Während meines Unterrichts spreche ich nicht vom Glauben, höchstens von sozialen Aspekten wie Freiheit, Gerechtigkeit und Frieden untereinander‹, gab ich zur Antwort, ›ich denke das steht nicht im Widerspruch zur Lehre von Marx, Engels, Lenin und Stalin.‹

›Aus ihren Bemerkungen ist unschwer ihre deutsche Herkunft abzuleiten, der Kulaken und Baptisten und Mennoniten. Sie haben wie eine Pest unser Land verseucht. Es ist der Verdienst unseres großen Staatslenkers und geistigen Hauptes, Josef W. Stalin, alle Feinde unseres Landes auszurotten.

Sie unterwandern unsere Erziehung zu Menschen Neuen Typus. Mit ihrer Religion gefährden Sie die von unserer Partei und Stalin vorgegebenen Wege zur Entwicklung unseres Landes zum Kommunismus. Also geben Sie zu, konterrevolutionäre Propaganda zu betreiben und unseren Staat zu unterwandern, das ist Sabotage an unserer Erziehung.‹

In mir wuchs Wut, wie konnte solch ein junger Mann, noch grün hinter den Ohren, solche Fragen stellen. Meine Antworten wurden zynisch. Je weiter das Verhör fortschritt, je mehr erkannte ich, dass der NKWD ein Staat im Staat war. Und von Stalin zum Instrument seiner Machtpolitik wurde. Mir wurde im Lager immer mehr bewusst, dass Stalin die Hölle auf Erden brachte. Der Rote Zar kannte keine Grenzen seiner Gewalt. Tausende fielen seinen Säuberungsaktionen zum Opfer. Mein Mann erzählte mir eines Abends, lange bevor wir verhaftet wurden, dass eine großangelegte Säuberungsaktion im Busche sei. Erst jetzt erkannten die Menschen, dass Stalin ein psychopatischer Despot war, doch da war es zu spät.«

»Konntet ihr euch nicht wehren, Maria?«

»Von wem sollten wir Hilfe erwarten. Stalin war Urheber und Regisseur des Roten Terrors, er perfektionierte das System des Denunziantentums und Misstrauens.

›Ich bin Bürgerin der Sowjetunion, erfülle meine Pflichten, Kinder zu unterrichten, sie auf das Leben vorzubereiten‹, gab ich zur Antwort. Mir kam der Gedanke, nicht alles von diesem Zyniker hinzunehmen.

›Ist es ein Verbrechen, wenn man Kindern von der Liebe Gottes, dem Evangelium von Jesus Christus, der Nächstenliebe erzählt? Ist es ein Verbrechen, wenn Menschen von der Gnade und Barmherzigkeit Gottes erfahren?‹, entgegnete ich.

Er nahm meine Worte scheinbar nicht wahr, abrupt beendete er das Thema.

›Bei der Hausdurchsuchung fand man Briefe von Nadeschda Dschugaschwili, in denen die Frau Stalins Sie aufforderte, ihr über die Versorgung der Bevölkerung zu berichten und Übergriffe der Partei in Tiflis aufzulisten und ihr mitzuteilen.‹

›Das ist lächerlich, was Sie mir da vorwerfen‹, erwiderte ich. ›Nadeschda wollte nur in den Briefen wissen, wie es uns geht. Und keine politischen Informationen von uns haben.‹

›Das werden wir schon herausfinden.‹ Er klingelte, ein Soldat trat heran. ›Abführen!‹

Der Wachsoldat führte mich zurück in meine Zelle, verschloss die Tür. Ich hörte die harten Schritte im Kellergang. Spürte die Ohnmacht, die Hilflosigkeit gegenüber der Rechtlosigkeit.«

»Hattest du keine Möglichkeit, einen Anwalt in Anspruch zu nehmen?«

»Ich erhielt nur höhnisches Gelächter zur Antwort.«

»Hat man dir nicht gesagt, warum du verhaftest wurdest?«

»Man warf mir vor, Sabotage und sowjetfeindliche Propaganda betrieben zu haben. Gemeinsam mit ausländischen Agenten eine Unterwanderung der Sowjetunion betrieben zu haben und dem Ansehen Stalins geschadet zu haben. Stalin, so wurde mir immer deutlicher gesagt, würde all das Ungeziefer mit Strunk und Stiel ausrotten.

Nach zwei Wochen musste ich erneut zum Verhör. Es war ein sehr kurzes Verhör, es war eher eine Verurteilung. Ein älterer Offizier saß am Schreibtisch, bat mich Platz zu nehmen.

Es ging schnell, dauerte nur ein paar Minuten. Der Offizier las mir das Urteil vor, dass ich wegen Sabotage und staatsfeindlicher Hetze zu zehn Jahren Arbeitslager verurteilt wurde, das Urteil sei rechtskräftig und sofort zu vollziehen. Der Offizier schob mir das schriftliche Urteil zu: ›Ich rate Ihnen zu unterschreiben! Sie können wählen: unterschreiben oder wir werden nachhelfen.‹

›Sie können mich nicht ohne Gerichtsverhandlung verurteilen‹, protestierte ich, ›ich bin Bürgerin der Sowjetunion.‹

›Sie werden noch am eigenen Leibe spüren, was wir alles können. Unterschreiben Sie das Urteil!‹

Ich weigerte mich. ›Das ist Willkür, was Sie da machen. Wir haben eine Verfassung, wonach jeder Bürger …‹, der Satz erstarb mir im Mund, er hatte mich zu Boden geschlagen. Als ich wieder zu mir kam, befahl er mir erneut, zu unterschreiben. Ich weigerte mich. Er griff zum Telefon, nach ein paar Minuten kamen zwei Männer herein. ›Die Frau braucht Nachhilfeunterricht. Helfen Sie ihr etwas nach.‹ Sie packten mich grob am Ärmel, führten mich durch den Flur in den untersten Keller. Vor einer Tür blieben sie stehen. Ich las ein Schild – Labor. Ich wurde in einen dunklen Raum geführt. Eine Frau in einem weißen Mantel, ich vermutete eine Ärztin, forderte mich auf, in einen abgeschirmten Raum zu gehen und mich vollständig zu entkleiden. ›Legen Sie sich auf die Pritsche‹, forderte sie mich auf. Eine Schwester band meine Hände fest, legte Gummibänder um meinen Körper, befestigte Kontakte an meinen Brüsten und meinem Geschlechtsteil. Dann begannen die Höllenqualen. Ein Stromstoß durchzuckte meinen Unterleib, mir wurde schwarz vor Augen. Als ich wieder zu mir kam, beugte die Ärztin sich zu mir herab und sprach leise: ›Na, so gut macht es Ihr Mann im Bett wohl nicht? Kitzelt gewaltig!‹ Aus ihrem Mund kam mir ein widerlicher Geruch nach Wodka entgegen.

Sie zeigte das Urteilsprotokoll. ›Unterschreiben Sie!‹

Ich weigerte mich.

›Wie Sie wollen, dann eben die zweite Nummer‹, sie lachte zynisch.

In mir zuckte der Stromstoß, als ob es meinen Unterleib und die Brüste zerreißen würde. Ich wurde ohnmächtig. Sie schütteten einen Eimer kaltes Wasser über meinen Kopf, eiskalt lief das Wasser am Körper herab. Ich weiß nicht mehr, wie viele Male sie diese Folter wiederholten. Meine Abwehrkräfte sanken immer mehr, nach Stunden der Qualen war ich wie benebelt. Ich unterschrieb, ich konnte dieses Leiden nicht mehr aushalten.

Am nächsten Morgen wurde ich mit einem Auto zum Bahnhof gebracht und einem Sonderkommando übergeben.«

»Was sind das für Bestien, Maria?«

»Ja, das sind Bestien.«

»Und dein Mann, hast du ihn wiedergesehen?«

»Nein, seit unserer Verhaftung habe ich kein Lebenszeichen, habe meinen Mann nie wiedergesehen. Ich weiß nicht, ob er noch lebt. Warum, warum quälen sie die Menschen, ihre eigenen Bürger. Später, als ich schon im Gulag war, erfuhr ich, dass Stalin eine große Säuberungswelle 1937/38 auslöste. Meine Schreiben an die Regierung und an Behörden blieben bis heute unbeantwortet. Von anderen Häftlingen, Russlanddeutsche, Gefangene aus dem Baltikum, die in diesem Jahr ebenfalls verhaftet und nach Sibirien verbannt wurden, erfuhr ich, dass in den Jahren 1937/38 in einer unglaublichen Terrorwelle Tausende Menschen willkürlich verhaftet wurden, sie alle gerieten in die Gulags.«

»Konntest du erfahren, warum das alles geschah?«

»Langsam sickerte es auch in den Lagern durch, dass Stalin vor allem drei Ziele verfolgte: Er brauchte dringend ein Heer von Arbeitssklaven für seine Industrialisierung. Ethnische Säuberung, das heißt Vernichtung Deutscher, Christen und Juden. Säuberung im Machtapparat, selbst Altbolschewiki wie Kamenew, Sonjonow, später Bucharin fielen in ›Ungnade‹ und wurden nach kurzem Prozess hingerichtet.

Wenige Wochen nach der Urteilsverkündigung kam ich hier in das Gulag von Krassnojarsk.

So langsam begriff ich, dass die Sowjetunion unter Stalin jede Spur von Menschlichkeit mit eiserner Faust zertrat. Er hasste Juden und Christen gleichermaßen, weil sie nach seiner Meinung mit ihrem Glauben die Menschen verwirrten, er nannte sie Schädlinge und Volksfeinde, die man ausrotten müsse. Dazu zählte er auch die Deutschen, ihnen warf er vor, sein Volk mit allerlei Hirngespinsten und Flausen den Kopf zun verdrehen. Man müsse sie alle wie Ungeziefer vertilgen. Nicht mal vor der eigenen Familie schreckte er zurück. Swetlana erzählte mir, wenn sie bei ihrer Großmutter in Tiflis weilte, dass Stalin seinen Sohn Jascha hasste, er ihn quälte.«

»Warum Maria, wie kann ein Vater seinen Sohn hassen?«

»Swetlana meinte, dass es hauptsächlich seine Abstammung war. Jakob war Georgier wie sein Vater. Stalin empfand diesen Umstand als Makel. Oft bezeichnete Swetlana ihren Vater als Tyrannen.«

»Kann ein einzelner Mensch all dies allein ausführen, Maria? Die Menschen zu unterdrücken, braucht er nicht dazu einen gewaltigen Apparat von Spitzeln und Vollzugsgehilfen, wer sind die Helfer Stalins? In Deutschland hatte Hitler seine NSDAP, Gestapo, SS, willfährige Helfer der braunen Tyrannei, wie mein Vater das Hitlerregime nannte.«

»Im Prinzip hast du Recht, auch Stalin hatte seine Helfer, um das Volk zu unterdrücken und mundtot zu machen. Der NKWD wurde ein Staat im Staat. So errichtete Stalin in weniger als zehn Jahren mehr als 100 Gulags, weit verstreut, von Moskau bis Kamtschatka, dorthin deportierte er Millionen von Menschen. Ein weiteres Ziel war die Säuberung der Partei und Armee von unzuverlässigen Elementen, und drittens Vernichtung ethnischer Minderheiten, hier besonders russlanddeutsche Siedler, die als Kulaken vogelfrei wurden.«

»Was bedeutet Gulag, Maria?«

»Ein Jahr nach der Oktoberrevolution befahl Lenin in der Zeit des Bürgerkrieges die Gründung der Gulags, mit dem Ziel der Umerziehung. Den eigentlichen Charakter der Gulags prägte Stalin. Er unterstellte die Lager der Hauptverwaltung der Straflager beim NKWD.«

»Wie kam es dazu?«

»Nach Lenins Tod riss Stalin die Macht an sich. Seine ehrgeizigen Pläne waren darauf ausgerichtet, aus dem rückständigen Russland in kürzester Zeit ein Industrieland zu machen. Die Lager dienten zur Vernichtung von Menschen durch Arbeit, im Besonderen der Angehörigen der deutschen Minderheit, an der Wolga oder Südrußlands.«

»Du sagst, Maria, deine Vorfahren kamen aus Deutschland? Woher genau?«

»So viel wie ich weiß, kamen sie aus der Gegend Backnang, Schwaben, und wanderten nach Georgien. Und woher kamen deine Vorfahren, Magdalena?«

»Sie sind auch Schwaben, aus Waiblingen in der Nähe von Stuttgart«, erzählte Magdalena.

»Da haben wir fast die gleichen Wurzeln, sind gewissermaßen Schwaben. Sprichst du noch schwäbisch?«

»Nein, aber meine Mutter konnte nur schwäbisch, sie sprach kein Russisch, hat es auch nie gelernt. Wann kamen deine Vorfahren nach Russland, Maria?«

»Soviel ich weiß, wanderten sie 1843 von Süddeutschland nach Georgien ein. Später heiratete meine Cousine Nadeschda einen Georgier namens Josef Dschugaschwili, den späteren Stalin.«

Draußen vor der Baracke kamen Schritte näher. »Die Feier scheint zu Ende zu sein, Magdalena, sie kommen zurück. Ich werd dir ein andermal weiter davon erzählen, du musst jetzt gehen.«

Die Tür ging auf. Die Frauen gingen zu ihren Schlafstellen, bald brach die Nacht herein, die Gefangenen schliefen. Es war noch dunkel, als am frühen Morgen die Sirene zum Aufstehen rief. Es war kurz nach 6 Uhr. Zwei Frauen trugen den Fäkalienkübel hinaus. Die frische Luft, die durch die Tür drang, verbreitete Gestank nach Urin und Schweiß. Von der Nachbarpritsche hörte sie ein Stöhnen. Sie blickte hinüber und sah, wie eine Gefangene ihren Bauch festhielt, ihr Gesicht war leichenfahl. Die Stubenälteste trat heran.

»Aufstehen, los aufstehen, sonst kommst du in den Bunker.«

Zwei Gefangene traten herein, sie trugen zwei Körbe Brot. »Die elenden Schweine«, hörte man sie schimpfen, »sie haben uns heute ein Kilo weniger Brot gegeben«, wandten sie sich an die Stubenälteste. »Wie sollen wir das aufteilen, es wird immer weniger.«

»Hat nicht Stalin gesagt, wer nicht arbeitet, soll auch nicht essen? Also machen wir es so, die Kranken ab in den Bunker, ihre Rationen teilen wir auf.« Sie trat zu der Kranken ans Bett: »Melde dich bei der Kommandantur!«

»Schon gut, schrei nicht so herum, ich geh zu meiner Arbeitsgruppe.«

Stalins Dekret:

Wer nicht arbeiten kann, braucht nicht zu essen!

Magdalena zog ihre Arbeitskleider an. Vor der Tür stand eine Tonne mit Wasser, eine dünne Eishaut hatte sich in der Nacht gebildet. Eisfäden, die wie ein Spinnennetz an der Decke hingen, zeigten an, dass der Winter in Sibirien Einzug gehalten hatte. Es hatte die ganze Nacht über geschneit. Sie wusch sich, trocknete mit ihrem Ärmel der Wattejacke ihr Gesicht ab und lief zum Appellplatz. Der Appell verlief kurz, die Brigaden wurden aufgerufen, heute am Geburtstag unseres großen Väterchens Stalin besonders hohe Normerfüllung zu Ehren unseres geliebten Führers der Sowjetunion zu erbringen. Nach kräftigem »Hurra Hurra, es lebe unser großer Stalin« ging sie mit den anderen zum Frühstück. Sie stellte sich mit ihrer Blechtasse an, Tee abzufassen, der heute Morgen zu Ehren Stalins jedem ausgeschenkt wurde. Sie blickte nach oben, über der Tür las sie: »Ehret durch eure tägliche Arbeit Väterchen Stalin!« Darunter stand: »Wer nicht arbeitet, soll auch nicht essen.«

Wie sollen diese bis auf die Knochen ausgemergelte Gestalten diese Normen erfüllen, dachte Magdalena. »Schau dir diese Skelette an, Maria.« Sie gingen zum Pferdestall. »Maria, nimm die beiden Decken mit, die dort unter der Traufe liegen. Es ist ratsam, sie mit einer Decke gegen den Wind zu schützen.«

Magdalena hatte Heu und Wasser auf den Schlitten geladen, die Pferde gefüttert. Sie führte die Pferde an den Schlitten, spannte sie an das Ortscheid. »Hurra, 20 Grad, heute werden wir nicht schwitzen«, rief eine Gefangene, »Väterchen Frost ist zu Besuch. Es lebe Stalin.«

»Sei still!«

»Es lebe Stalin!«, lallte die Gefangene. Die Arbeitskolonne brach auf, bewacht von zwei Soldaten, über ihren Schultern hingen bedrohlich Kalaschnikows. In der klirrenden Kälte waren Äxte und Beile mit Raureif überzogen, der Schnee knisterte unter den Füssen. Sie waren die halbe Strecke gegangen, als eine Gefangene sich aus der Gruppe entfernte, sich in den Schnee warf und wie wild um sich schlug. Die Soldaten kamen, nahmen sie in die Mitte, gingen ins Gebüsch, ein Schuss fiel, die Wachsoldaten traten wieder zur Kolonne. Aus der Mündung sah man eine kleine blaue Fahne in die Luft steigen. Sie griffen in die Wattejacke, nahmen Machorka und Papyros, drehten jeder eine Zigarette, zündeten sie an, blaue Kringel stiegen auf. »Jupp fuia matt, dawei, dawei, ihr Faschisten, dawei«, sie trieben die Gefangenen vorwärts. Bald schon hörte man das Schlagen der Äxte und Beile, die Bäume brachen krachend zur Erde. Mehrere Frauen entfernten mit Beilen die Äste und sägten die Spitzen ab. Magdalena und Maria begannen die Stämme zum Stapelplatz zu bringen. Die Pferde zogen den Transportschlitten, auf dem ein Baum festgezurrt war, durch den tiefen Schnee. Magdalena hatte vorsorglich eine Decke für die beiden Pferde mitgenommen. Sie schnauften. Dampfend zogen sie den schwer beladenen Schlitten durch den tiefen Schnee. »Mir ist auch so warm , wie den Pferden, Maria«, sprach Magdalena zu Maria, »wenn es so weiter geht, sind wir bald völlig durchgeschwitzt.«

»Da Magdalena, schau nach rechts, drüben wo die Wachsoldaten sind.« Erst jetzt bemerkte Maria, wie ein Soldat eine Gefangene, es war Else, eine Deutsche aus Kasachstan, von ihrer Arbeit wegzog und sie neben dem Feuer auf die Erde warf. Sie sah, wie der Mann sich auf die Frau wie ein Stier stürzte. Die Frau schrie und wollte sich befreien, der Soldat zog ihr mit dem Kolben eins über den Kopf, die Frau sank zurück. Maria sah, wie der Soldat die Frau vergewaltigen wollte, ihr den Rock herunterriss. Da bemerkte sie, wie eine Gefangene mit einer Axt herantrat und weit ausholte, um den Soldaten zu erschlagen. »Ihr Schweine, lasst die Frau in Ruhe.« In dem Augenblick hörten sie Schüsse. Sie sahen die Frau mit der Axt niedersinken. Der andere Soldat hatte sie mit seiner Kalaschnikow erschossen und seine Maschinenpistole auf die anderen Gefangen gerichtet und blindlings um sich geschossen. Er schrie wie wild: »Nemetskis, Faschisten, wir werden euch alle töten.« Magdalena und Maria blieben wie versteinert hinter den Bäumen stehen, dann fuhren sie zum Holzstapel. »Ihr da«, riefen die Soldaten, »kommt her, schafft die Toten weg, drüben in das Gebüsch, dawai, dawai, oder ihr seid die Nächsten, die die blauen Bohnen kosten werden.« Mehrere Frauen hoben die Leichen auf den Schlitten. Blutlachen stachen grell vom Schnee ab. Vom Schlitten tropfte das Blut.

Die Soldaten befahlen den Arbeiterinnen zum See zu fahren. Dort mussten die Frauen Löcher in das Eis schlagen, die Toten packen, in das Wasser werfen. Magdalenas Gesicht war wie versteinert. Unfassbar, alles was sie hier mit ansehen musste. Sie begriff in diesem Augenblick, dass sie alle vogelfrei waren, jederzeit Beute sexueller Gier oder maßloser Gewaltausbrüche der Soldaten werden konnten. Maria betete stumm vor sich hin, während Magdalena ihre Tränen nicht länger halten konnte. Sie fiel schluchzend in die Arme Marias. »Warum, warum müssen wir all dies Leid auf uns nehmen? Lieber auf der Stelle tot sein, als noch länger dies ertragen.«

»Versündige dich nicht«, entgegnete Maria. Voller Angst und Verzweiflung zogen die Gefangenen ins Lager zurück.

»Ist es nicht besser sich zu wehren, als nur still alles über sich ergehen zu lassen, Maria?«

»Was willst du damit erreichen. Glaubst du, dass die Kommandantur die Gewalt unterbinden wird? Es ist jetzt drei Jahre her, ich war im Lager Omsk. Es kam zu einem Aufstand der Frauen, wegen sexueller Übergriffe der Wachen gegen die Frauen. Die Gefangenen schlossen sich zusammen, sie weigerten sich zur Arbeit zu gehen, forderten die Kommandantur auf, die Täter zu bestrafen. Der Lagerkommandant, ein junger Offizier, etwa 35 Jahre alt, versprach Abhilfe und die Schuldigen zu bestrafen. Wortführerin war eine junge Kirgisin. Der Offizier hörte sich die Anklage an, doch hinter dem Rücken befahl er, die aufmüpfigen Frauen aus dem Lager zu entfernen. Die Wachsoldaten wurden mit Wachpersonal eines in der Nähe liegenden Lagers ausgetauscht.«

»Und was wurde mit der Wortführerin?«

»Der Kommandant hatte sie zu sich in sein Büro eingeladen. Er forderte sie auf, am Tisch Platz zu nehmen. Er lud sie ein zum Essen, bot ihr Wein an, was sie aber ablehnte. Sie wolle nicht trinken, sie vertrage keinen Alkohol, antwortete sie. Er drang auf sie ein, nur ein ganz winziges Glas. Sie weigerte sich. Da riss ihm der Geduldsfaden. Wein und Schnaps hatten ihn stark angeregt. Er lud sie ein, auf einer Couch Platz zu nehmen, man wolle sich nur unterhalten. Er drang immer heftiger auf sie ein, sie begann sich zu wehren. »Du bist eine Wildkatze, doch werde ich dich zähmen«, sprach er, ergriff ihren Arm, zog sie zu Boden. Sie biss in seine Hand, dass er vor Schmerz aufschrie. Sie hatte ihn im Gesicht gekratzt, er spürte wie Blut über seine Wange lief. Er schlug ihr ins Gesicht, dass sie zu Boden fiel. Fasste sie an den Schultern und legte die Kirgisin auf das Sofa. Er zog ihren Rock aus, öffnete ihr Mieder. Sie wehrte sich, stieß mit dem Fuß in seine Hoden, schlug ihm die Waffe aus der Hand. Sie hob ihren Kopf und biss ihn ins Ohr. Er schrie voller Wut. Sie konnte sich losreißen und floh aus dem Büro. Völlig aufgelöst stürzte sie in unsere Baracke. Am nächsten Tag wurde sie abgeholt und verschwand spurlos. Schon damals wurde mir bewusst, dass in den Gulags einzig rohe Gewalt herrschte, nackte Gewalt. Genauso wie wir es heute im Wald erlebten.«

Die Häftlinge lagen auf ihren Schlafplätzen. Magdalena hörte um sich herum Schnarchen, sie konnte nicht einschlafen. Es war dunkel in der Baracke. Sie stand auf und ging hinüber zu Maria.

»Schläfst du schon?«

»Nein, ich kann nicht schlafen.«

»Ich auch nicht, ich muss immer noch an die brutale Gewalt heute im Wald denken. Was können wir tun, Maria?«

»Offener Widerstand hat gegen diese verrohten Menschen keinen Zweck.«

»Was sollen wir tun, uns alles gefallen lassen, Maria? Dass sie uns schikanieren und entehren, nein, das kann nicht sein.«

»Willst du dich gegen diesen Apparat auflehnen? Du wirst schnell daran zerbrechen, Magdalena. Ich habe in den acht Jahren erfahren müssen, dass wir viel zu schwach sind, uns gegen dieses System zu wehren. Im 2. Korr. 4,9 schreibt Paulus an die Korinther: ›Wir leiden

Verfolgung, aber wir werden nicht verlassen, wir werden unterdrückt, aber wir kommen nicht um.‹ Und heute Nachmittag im Wald, wenn wir in der Nähe der Soldaten gewesen wären, hätten sie uns auch getötet. Es sind verrohte Menschen.«

»Du hast sicherlich recht, doch zeigt dies nicht auch, dass wir nicht umgekommen sind? Du hast ein weites Herz, Maria, glaubst du an die Kraft Gottes?«

»Ja, ich glaube an die Kraft Gottes. Glaube auch daran, an die Worte Jesus: ›Meine Kraft ist in den Schwachen mächtig‹. Im Laufe der Zeit habe ich diese erfahren. Und daraus Trost aus 1. Joh. 2,8 geschöpft: ›Die Finsternis vergeht, das wahre Licht scheint jetzt.‹ Sie können uns zwar physisch zerstören, doch unseren Geist, der verbunden ist mit dem Heiligen Geist, können sie nicht besiegen. Gott ist stärker als Satan, er wird ihn eines Tages von der Welt wegfegen. ›Seid standhaft, lasst euch nicht erschüttern, tut das Werk des Herrn im reichen Maße. Ihr wisst ja, im Herrn ist eure Arbeit nicht umsonst.‹ 1. Korr. 15. In Tiflis wurde erzählt, dass Stalin an dem Tod Lenins nicht ganz unschuldig war. Meine Cousine, sie war damals im Oktober 1917 Lenins Sekretärin, bestätigte dies. Ihr Josef war ein Draufgänger, sehr intelligent, von feurigem Wesen. Schon früh bemerkte sie, dass er ein Machtmensch war, skrupellos und egoistisch. Er kannte nur ein Ziel, die Macht. Stalin umgarnte mit seinem Charme meine Cousine, dass sie Lenin verließ und später den 28 Jahre älteren Stalin heiratete. Stalin war damals bereits Witwer, seine Frau starb und hinterließ ihm einen Sohn, Jakob. Als Lenin einen Schlaganfall erlitt, verhinderte er einen raschen Zugriff eines Arztes, so kam jede Hilfe zu spät. Die Ehe mit Stalin verlief für Nadeschda nicht gerade rosig, sie war nicht glücklich und endete im Jahre 1932 auf tragische Weise.

Der Rote Tyrann

Vom Spasski Turm schlugen die Glocken die neunte Stunde. Im Kreml war die Partei- und Staatsführung zu einem Festakt anlässlich des 15. Jahrestags des Sieges der Oktoberrevolution geladen. Musik und Festreden wechselten sich ab. Die feierliche Stimmung wurde jäh unterbrochen. Nadeschda Dschugaschwili sah zu ihrem Mann hinüber. Stalin hatte wieder viel getrunken. Er hatte sein Glas mit Wodka erhoben und sprach: »Meine Freunde, trinken wir Wodka auf den 15. Jahrestag unserer Revolution!« Er hob das Glas, leerte es in einem Zug. Dann nahm er die Flasche vom Tisch, sie war leer. Er winkte einer Kellnerin. »Bringen Sie eine neue Flasche!«, lallte er schon mit schwerer Zunge. Er ging zum Tisch Molotows. »Michailowitsch machen Sie nicht so ein ernstes Gesicht, neben so einer schönen Frau!« Stalin lachte, und nahm eine Scheibe Brot. Er riss ein Stück heraus und formte daraus eine kleine Kugel. Er blickte hinüber zu Frau Polina Molotowa, die ihm gegenüber saß. Er schnippte die Kugel in ihre Richtung, sie traf ihren Hals und rutschte in ihren Mieder. Er lachte auf, Volltreffer.

»Es lebe unsere ruhmreiche Armee!« Wieder formte er eine Brotkugel und zielte auf den Ausschnitt ihrer Bluse. Zwischen den Hügeln schlug sie auf und entschwand blitzschnell zwischen ihren Brüsten. Die Musik spielte Tanzmelodien. Er stand auf, leicht wankend ging er um den Tisch herum, gerade auf Polina zu, und forderte sie zum Tanz auf. Er blickte kurz zu seiner Frau, die ihn wütend ansah. Beim Tanz legte er seine Hände um ihre Taille, zog sie an sich und küsste ihren Hals. Stalin war berauscht von diesem Tanz, forderte die Gäste immer wieder auf, zu tanzen und zu trinken. »Hoch lebe die Oktoberrevolution!«, rief er immer wieder. »Wir wollen heute lustig sein!« Er küsste seine Tanzpartnerin, führte sie in eine Nische, wo sie zwischen Säulen keine Augen verfolgen konnten. Griff ihr in den Mieder, küsste stürmisch ihre Brüste. Sie wehrte sich leise, um dem Drängen Stalins nachzugeben. Stalin schob sie aus dem Festsaal hinaus zu einem kleinen Salon. Hastig öffnete er die Tür und schob sie hinein. Wie im Sturm überkam ihn die Leidenschaft. Er hob ihr Abendkleid nach oben, zog den Slip herunter. Sie ließ sich von seinem Werben anstecken. Er fuhr in ihren Mieder, öffnet die Brüste, küsste sie leidenschaftlich. Seine Hand fuhr hinab zum Venushügel, sie zuckte und öffnete sich dabei leicht, er fuhr in sie hinein. Ein Sturm der Leidenschaft durchfuhr beide, sie vergaßen alles um sich herum. Animalischer Sturm hatte ihn erfasst. Es war nicht das erste Mal, dass er völlig ungestört seine Gelüste im Kreml befriedigen konnte. Seine Leibwächter waren auf Zack, durchfuhr es ihn, als sie sich wieder anzogen. Nein, in flagranti würde ihn niemand ertappen. Wem war er eigentlich Rechenschaft schuldig, er, der mächtigste Mann der Sowjetunion, er, der Generalissimo? Brauchte er nicht auch hin und wieder sinnliche Freude, bei all seiner Arbeit für sein Volk? Ja sein Volk, ihr Väterchen.

Sie gingen zurück in den Festsaal, betraten den Säulengang und tanzten hinein in den Saal. Stalin bemerkte, wie seine Frau zu ihm herüber sah, ihre Augen funkelten voller Wut und Verzweiflung.

Er flitterte mit seiner Tanzpartnerin, küsste sie auf Hals und Schulter, wie ein verliebtes Paar tanzten sie quer durch den Festsaal. Sie kamen zurück. Er steckte sich ein Zigarette an, rauchte. Genüsslich zog er Nikotin ein. Er führte Molotowa zu ihrem Platz. Seine Frau sah ihn wütend an. »Du bist ein Ekel«, rief sie zornig, »kannst dich nicht beim Trinken beherrschen.« Er nahm seine Zigarette aus dem Mund, warf sie seiner Frau zu, die Zigarette fiel in ihr Weinglas. »Meine Süße, ein voller Treffer«, lachte er, »warum bist du so böse, mein Kätzchen, und fauchst wie ein Tiger? Ich bin der große Stalin, die Welt liegt mir zu Füßen.« Seine Zunge war schwer. »Ich bin nicht dein Kätzchen, ich bin deine Frau«, schrie sie ihn an. »Du bist ein Scheusal, blamierst deine eigene Frau, ein Teufel bist du, hast das ganze Land ruiniert, die Menschen sterben wie die Fliegen. Es ist deine Politik, die das Land ruinierte, du hast mit der Enteignung der Bauern und der Zwangskolchose eine große Hungerkatastrophe verursacht. Du bist ein Verbrecher an deinem Volk.« Sie schnappte nach Luft. »Millionen Menschen verhungern«, schrie sie, »du lässt Maschinen aus England und Frankreich kaufen, hast die deutschen Bauern von ihrem Land vertrieben.

Hast Tausende Russlanddeutsche abschlachten lassen. Nur ein Ziel kennst du, Macht, Macht, das Land versinkt im Elend, du feierst in deiner Datscha, lebst wie ein Zar, während das Volk verhungert.«

Das Orchester spielte einen Walzer. Bemüht, das Wortgefecht zu übertönen. Stalin war bei diesem Wortausbruch seiner Frau blass im Gesicht, sein Schnurrbart zitterte, er bekam Wut. »Charowa, du deutsches Aas«, rief er zornig, »ein Miststück bist du, eine hergelaufene deutsche Dirne!« Er sprühte vor Wut. »Das sollst du mir büßen, du deutsches Flittchen!« Er setzte sich zu Molotow. »Was für ein hysterisches Weib ist sie, jupp fuia matt.« Er nahm die Flasche Wodka, setzte sie an seinen Mund und trank in kräftigen Zügen die Flasche leer. »Genossen, feiern wir unsere ruhmreiche Revolution, es lebe Lenin!« Er stand auf und bat die neben ihm sitzende Frau zum Tanz.

Er blickte zu seiner Frau hinüber, sah wie sie ihre Tasche nahm, aufstand und den Festsaal verließ. Die Tür fiel hart ins Schloss. Langsam entvölkerte sich der Festsaal, die Gäste waren größtenteils gegangen. Stalin ging in sein Büro.

Seinem Adjutanten befahl er, seinem Fahrer Bescheid zu sagen, dass er sofort herkommen solle, er wolle in seiner Datsche die restliche Nacht verbringen. »Bringen Sie wie üblich Nachtfalter mit«, er lachte über seine Wortspiele. Nach kurzer Zeit kam sein Fahrer, Stalin verließ mit ihm den Festsaal. Sie fuhren zu seiner Datsche, auf der Rückbank kicherten drei junge Damen. Sie fuhren durch das nächtliche Moskau. Er stieg mit den drei Tänzerinnen aus, ging in seine Datsche, das Licht erlosch im Morgengrauen.

Gegen Mittag befahl er seinem Fahrer, ihn zu seiner Wohnung in den Kreml zu fahren. In seiner Wohnung angekommen, ging er in sein Büro, entnahm seinen Revolver aus der Schublade, lud ihn. Er verließ seine Büro und ging zum Schlafzimmer seiner Frau, die Tür war verschlossen. Er klopfte an, niemand rührte sich. »Nadeschda, mach doch auf, es tut mir alles leid!« Er hörte innen Schritte, die Tür öffnete sich. Nadeschda kam heraus. Ihr Gesicht war vom Weinen völlig aufgeweicht. »Was bist du für ein Mensch, du bist der Teufel, du hast mich schwer gekränkt«, schluchzte sie. »Mit dir möchte ich nicht

mehr zusammenleben, du bist ein Scheusal, geh mir aus den Augen!«
Sie wollte die Tür zuschlagen, er stellte seinen Fuß dazwischen. Sie
lief zu ihrem Bett. »Lass mich in Ruhe«, sie vergrub ihr Gesicht in das
Kopfkissen, »verschwinde aus meinen Augen, lieber will ich sterben,
als noch länger deine Frau zu sein.

Du hast dein eignes Volk versklavt, Hunger und Elend herrschen
im Land. Meine Landsleute hast du für vogelfrei erklärt, als Kulaken
verschrien, verfolgt und vernichtet. Es sind deine Spuren der Vernichtung, die du hinterlassen wirst.«

Stalins Blutspuren

Heiß lag flimmernd die Luft über dem Dorf, Akazien warfen Schatten über den Weg zum Dorfzentrum. Dahin liefen Männer mit ihren Schlapphüten. Es hatte sich schnell herumgesprochen, Gefahr drohte an diesem Sommertag, zwei Jahre nach dem verheerenden Bürgerkrieg, die auch die Region Odessa erfasste. Der Raum war übervoll, an den Wänden standen Männer rauchend, die keinen Platz an den Tischen fanden. Gespannt waren sie alle, alle waren sich der Gefahr bewusst. Über dem Eingang war ein Tuch gespannt, schwarze Buchstaben darauf verkündeten die Losung:

Zwangsenteignung der Bauern und Deportation

»Sie haben im Nachbarrayon Bauern wie Vieh abgeschlachtet. ›Kulaken‹, haben sie geschrien, ›wir werden euch Deutsche alle wie die Hühner aufknüpfen!‹«

Hans Ehrenpreis war aufgestanden. »Sie rauben, was sie nur können, ihre Parole lautet: ›Tod den Kulaken – es lebe die Kolchose‹«

»Er hat recht.« Janke sprach hastig. »Ehrenpreis hat recht, sie wollen uns von unseren Höfen vertreiben. Unser Vermögen an sich reißen, damit wollen sie ihre Pläne der Industrialisierung auf unsere Kosten verwirklichen. Wir sind ihnen im Weg, deshalb schlachten sie uns ab.« Drews setzte sich erregt nieder.

»Wir müssen uns wehren!« Warketin trat nach vorn, alle im Saal blickten zu ihm. »Wir werden uns wehren«, wiederholte er. »Es ist unser Grund und Boden, Generationen unserer Vorfahren haben das Land erworben. Das Land wurde uns rechtmäßig zugeteilt. Wir alle haben noch die Besitzurkunden der Russischen Regierung für unsere Höfe. Als die Grundstücke 1817 bis 1819 von der Zarenregierung vermessen und in Landstücke eingeteilt wurden, erhielten unsere Vorfahren den Kolonisten-Status. Wir alle wissen, dass Odessa zum Verwaltungszentrum Deutscher Kolonisten erhoben wurde. Es ist höchstes Unrecht, uns zu enteignen. Hier liegen die Gebeine unserer Vorfahren, heilig ist dies Land für uns.«

»Sie sollen nur kommen, ertönte eine Stimme, wir werden sie begrüßen, mit blauen Bohnen.«

»Es ist unser Land«, schrie ein Stimme.

»Unser Land«, fielen Stimmen ein.

»Männer«, Warketin trat zum Rednerpult, »Männer, es ist nicht das erste Mal seit der Revolution, dass unser Leben bedroht ist. Doch zu Lenins Zeiten konnten wir unsere Äcker bewirtschaften, auf den Märkten Preise erzielen, um vom Ertrag zu leben. Unsere Arbeit lohnte sich. Stalin will das Land umkrempeln, er will Privateigentum vernichten. In Kolchosen will er uns freie Bauern zwingen. Das bedeutet Bruch mit unseren Verträgen.«

»Nieder mit den Bolschewisten!«, schrie es im Saal.

»Wir müssen besonnen handeln, überlegen, wie wir uns dagegen wehren. Bilden wir eine Bauernwehr, zum Schutze unserer Dörfer.«

»Richtig, richtig hast du es erkannt, unsere Dörfer müssen zusammenstehen. Ich schlage vor, sofort Verbindungen mit den anderen Schwabendörfern aufzunehmen. Zweitens alle Bauern zu bewaffnen. Am Dorfeingang Barrikaden zu errichten. In die Schule ein Lazarett einzurichten.«

»Entstaubt eure Gewehre und haltet euch bereit. Viele Generationen haben das Land aufgebaut, die Steppe fruchtbar gemacht. Die erste Generation fand die Not, die zweite Brot und wir, wir sind in der Pflicht, das Erbe unserer Väter zu schützen. Die Bolschewisten haben kein Recht, uns das Land wegzunehmen.«

»Ja er hat Recht, wir dürfen uns nicht berauben lassen, es ist unser Land, mit unserem Schweiß urbar gemacht. Seit dieser Georgier die Macht an sich gerissen hat, herrschen Mord und Gewalt auf dem Land«, war eine Stimme aus der Mitte des Saals zu hören.

»Er hat recht, die Bolschewisten haben sich als Teufel entpuppt. Einig Volk wollen wir sein, gegen die Mörderbanden Stalins. Kämpfen wir für unsere Dörfer, unsere Heimat, getränkt von unserem Blut. Hier hat noch nie eine Russenhand geschafft. Unsere Vorfahren haben diese Erde verwandelt zu einer Kornkammer!«, erwiderte Warketin. »Lasst uns eine Nachtwache aufziehen. Schon heute, sie werden bald kommen, uns bleibt nur die Wahl, uns mit dem Gewehr in der Hand zu verteidigen.«

»Wisst ihr worauf ihr euch einlasst?« Alle horchten auf. »Ja, ich sag es nochmal, wisst ihr worauf ihr euch einlasst?« Klein war aufgestanden. »Vor drei Tagen war ich im Rayon Odessa. Dort haben die bewaffneten Tschekisten im Dorf Filedelfia die Häuser niedergebrannt, die Bauern zusammengetrieben und erschossen. In Odessa tobt der Mob. Ich sah, wie sie in der Kirche den Altar schändigten. Sie demolierten Gestühl und Empore. Bauern wollten sich dagegen wehren. Sie kamen heraus. Ich sah, wie ein Tschekist, in der linken Hand eine Flasche Wodka, in seine Manteltasche griff. Einen Revolver herausnahm und den Bauer niederschoss. Sie richteten ein Blutbad vor der Kirche an, ich sah viele tote Bauern auf der Straße liegen. Sah wie sie grölend zu ihren Pferden gingen, sich auf sie schwangen und ins Dorf ritten. Sie hatten schwarze Fackeln entzündet, einen roten Schweif hinter sich ziehend. Ich sah die Spur ihrer Verwüstungen. Bald schon brannten alle Häuser. Darum frage ich, wisst ihr, worauf ihr euch einlasst. Sie werden alle töten, die sich in den Weg stellen.«

»Hör auf uns mutlos zu machen. Wir wissen was zu tun ist.« Reuter war aufgestanden. »Wollen wir uns wehrlos abschlachten lassen?«

»Niemals! Niemals, bei unserer Ehre«, schrien die aufgebrachten Bauern, »lieber wollen wir in Ehre sterben.«

»Männer lasst uns beten, lasst uns beten zu Gott, beten wir um Beistand, Gott möge uns beschützen.« Warketin las laut das Gebet:

»Himmlischer Vater, lass uns zusammenstehen in dieser Not, lass uns sein ein Volk von Brüdern, geeint in der Not. Du, lieber Vater, gabst uns diese Erde, daraus wuchs unser Brot. Nur dir wollen wir dienen, du bist unser Herr. Bewahre uns vor dem Bösen, rette uns vor des Teufels Macht. In unserem Glauben schenkst du uns Kraft. Beten wir wie es uns gelehrt wurde: Vater im Himmel, dein Wille geschehe im Himmel auf Erden, unser täglich Brot. Amen ...«

»Was fürchten wir uns vor dem Beelzebub, Gott beschütze uns.«

»Er hat Recht, wir wollen uns wehren vor den roten Schlächtern.«

Warketin bahnte sich den Weg nach vorn, er blieb an der Eingangstür stehen. »Nehmen wir unsere Waffen, wie es unsere Väter taten, lieber sterben als Sklaven zu werden. Nieder mit Stalin und seinen roten Banditen.«

Heftige Zustimmung herrschte im Saal. Es war seither wieder Ruhe im Dorf, trügerische Ruhe.

»Sie werden bald schon kommen. Wir müssen bereit sein, sie gebührend zu empfangen, Warketin.«

»Wenn sie uns zwingen, sollen unsere Waffen sprechen«, sprach Warketin.

Am Tag darauf wirbelte Staub auf. Wind von Osten wehte über die Steppe, es herrschte seit Wochen große Trockenheit. Die Bauern konnten ihr Getreide einfahren, der Weizen stand gut in diesem Jahr auf der Krim. Die Nacht brachte Kühlung nach der Hitze des Tages. Zwei Männer schritten auf der staubigen Straße und verließen das Dorf, sie querten die Wiesen bis hinunter zum Bach. Schon lange war das Plätschern des Baches nicht mehr zu hören, der hier bisher vorüber floss, er war in diesem Sommer versiegt. Weiden breiteten ihre Äste weit ins Wasser hinein. Die Männer hielten an den Weiden an, machten Rast, es war schon dunkel. Jeder zog eine Flasche aus der Manteltasche, sie nahmen einen kräftigen Schluck Wein. Man wollte nochmals eine Runde drehen, es war kurz nach Mitternacht, die Glocken der Kirchturmuhr hatten 12 geschlagen. Da hörten sie Schritte, sie sahen schemenhaft, wie zwei Männer zum Dorf liefen. Ach, was soll sein, es sind bestimmt junge Burschen, die im Dorf bei ihren Liebsten waren und jetzt nach Hause gehen. Sie konnten nicht genau sehen, wer diese Männer waren. Sie ließen sie vorüberziehen, ohne dass sie selbst gesehen wurden.

»Na wenn du willst, kannst du mal nachsehen, was die wollen.«

»Die wollen nach Hause in ihre Federn.«

»Gut, ich gehe allein.«

»Na ich komm mit.«

»Gut, lass uns gehen.«

In sicherem Abstand folgten sie den Männern. Sie sahen, wie die Unbekannten vor dem ersten Haus des Dorfes stehen blieben. Sie hatten einen Korb bei sich. Das Haus war dunkel, die Leute schliefen bereits.

Er sah, wie einer der Männer eine Leiter nahm und auf das Dach stieg. Er hatte eine brennende Fackel in der Hand und versuchte damit das Schilfdach anzuzünden.

»Halt, was tut ihr hier?«, rief Drefs.

Der Mann sprang vom Dach, zog ein Messer und warf es in ihre Richtung. Das Messer flog an Drefs Kopf haarscharf vorbei und blieb an der Holzwand stecken. Der Brandstifter sprang über die Gebäudemauer. Janke entsicherte sein Jagdgewehr, er schoß in die Dunkelheit, hörte ein Aufschreien. Die beiden Gefährten verfolgten den Flüchtigen, sie liefen die Dorfstraße hinunter. Nach kurzer Zeit kamen sie zurück, der Flüchtige entkam.

»Was ist mit dem Anderen?« Sie liefen die Mauer entlang, sahen einen Mann im Graben liegen. Janke hob den Kopf des Verletzten, er war blutüberströmt, der Mann war tot.

»Warum wollten sie das Haus anzünden? Das ist doch völlig unklar.« Janke beugte sich zu dem Verletzten, riss sein Hemd auf, legte sein Ohr auf den Brustkorb und horchte. »Ich glaube er lebt. Lass uns den Verwundeten zum Dorfschulz bringen.«

Reuter saß schweigend auf dem Wagen, die Pferde liefen in gleichmäßigem Schritt durch die Dorfstraße, seine staubigen Hände waren mit Blut bedeckt. Sie hatten den Verletzten am Morgen zu ihm gebracht, er musste den Mann zum Rayon bringen. Sein Blick war starr auf die enge Schneise gerichtet, eine Holzbrücke führte an dieser Flusskrümmung über das ausgetrocknete Flussbett. Es waren tiefe Risse zu sehen. Alles flimmerte vor Hitze, die Luft, das ausgedörrte Buschwerk. Drefs, der neben dem Dorfschulz saß, hatte sich eine Machorka angezündet. Blaue Rauchwolken entstiegen seiner Nase, der Rauch verlor sich in der morgendlichen Hitze. Er drehte sich, stieg auf den Boden des Wagens und ging zu dem auf der Pritsche liegenden Verletzten. Danach ging er wieder nach vorn.

»Ich glaube, er stirbt«, sagte er. Mit der Hand wischte er sich das staubbedeckte Gesicht ab. Reuter gab ihm eine Feldflasche.

»Geh und versuch ihm etwas zu trinken zu geben.« Drefs nahm die Feldflasche und ging wieder zu dem Schwerverletzten. Er versuchte etwas Wasser in den offenen Mund einzuflößen. Doch er sah, wie das

Wasser alles daneben floss auf das dreckverkrustete Hemd. Er sah in das fahle Gesicht des kaum Zwanzigjährigen.

Er sprach Russisch. »Ich Bolschewik, wir werden euch vertreiben, sie werden kommen mich zu rächen, ihr Deutschen werdet alle sterben.« Der Verwundete stöhnte, reckte sich, sein Kopf fiel zur Seite. Aus, und mit einem qualvollen Seufzer floss der letzte Rest des Wassers aus seinem Mund. An seinem mit rötlichem Flaum bedeckten Kinn bleib ein helles Rinnsal im Staub zurück. Der Kopf war zur Seite gedreht, er war tot. Reuter drückte seine Augenlider zu.

»Hast du gehört Reuter, sie haben die jungen Männer aufgehetzt, uns Schaden zuzufügen. Sie wollen uns vertreiben.«

»Ja, Janke, habs mit eignen Ohren gehört, was der Verletzte sprach, bevor er starb. Sie wollen uns verjagen, verjagen von unserer Heimat. Sie werden uns für vogelfrei erklären. Uns verfolgen, bis zum Tod.«

»Was soll nur werden?«

»Was werden soll? Es gibt nur zwei Möglichkeiten, fliehen oder verteidigen. Jeder Einzelne muss dies für sich entscheiden.«

Stalin stand am Fenster, regungslos hörte er die Worte, sein Gesicht war versteinert. Es waren Worte, die wie aus einer fremden Welt in ihn eindrangen, ohne dass er sie wahrnahm. Nadeschda sah zu ihm auf, sie sah in seinen Augen ein kaltes Funkeln. Ihr wurde erst jetzt bewusst, dass sie sich mit einem Diener des Teufels eingelassen hatte, dem despotischen Herrscher zwischen

Leben oder Tod

»Noch heute Abend müssen wir uns entscheiden, hier zu bleiben oder zu fliehen.« Warketin sprach leise. »Es ist bitter, aber wahr. Sie schlagen zu, unsere Chancen sind sehr gering, um nicht zu sagen aussichtslos. Erwin Reuter, erzähl was ihr heute Nacht erlebt habt!«

»Es war nach Mitternacht, da haben wir zwei Brandstifter ertappt, sie waren dabei im Unterdorf Häuser in Brand zu setzten. Einer davon sprach aus, was sie wollten: ›Ihr Deutschen werdet alle vertrieben.‹ Sie waren aus der Stadt. Die Tscheka hatte sie angeworben, in unseren Dörfern Häuser anzuzünden, dafür erhielten sie Brot und Wodka. In der Stadt haben die Bolschewiki ein Heer aufgestellt, damit wollen sie auf dem Land aufräumen, jeden Widerstand gegen die Zwangsenteignung mit Gewalt brechen.« Die Gespräche waren verstummt.

Warketin wandte sich an die Versammelten. »Wer nicht hier bleiben will und nicht in den sicheren Tod gehen möchte, der muss rechtzeitig fliehen. Nehmt eure Frauen und Kinder, Alte und Gebrechliche, flieht in Gottes Namen. Versucht euch nach Nowosibirsk zu unseren Verwandten durchzuschlagen. Wer aber hier bleiben will, trifft sich in zwei Stunden mit mir unten am Dorfeingang. Gott möge euch beschützen.«

»Dort drüben, schau nach rechts Warketin, dort drüben, sie kommen.«

»Ja, jetzt sehe ich sie auch, es muss eine berittene Hundertschaft sein. Sie werden in ein bis zwei Stunden hier sein. Sind die Barrikaden fertiggestellt? Die Flüchtlinge müssten bereits die Wälder erreicht haben und in Sicherheit sein. Nimm einen Teil der Freiwilligen und besetze auf der anderen Seite des Bachs oben das Birkenwäldchen. Jahnke, du gehst mit zwanzig Mann zur Dorfmitte, auf dem Hang zur Kirche könnt ihr die Hauptstraße einsehen, versucht eure Stellungen zu halten. Aus den Nachbardörfern können wir keine Hilfe erwarten, wir sitzen alle in einem Boot, das vom Untergang bedroht ist. Ich werde mit dem Rest der Freiwilligen auf die rechte Seite gehen. Gott mit uns.«

Sie teilten sich in zwei Gruppen auf. Warketin verschanzte sich mit sei-
nen Leuten im Unterdorf, Jahnke und sein Trupp versteckten sich an
der Kirche. Sie kämpften bis zur letzten Patrone, doch sie waren chan-
cenlos. Die Überlebenden wurden gefesselt und zum Dorfbrunnen ge-
bracht. Nur zehn wehrlose Bauern waren übrig geblieben. Sie wurden
zur Kirche geführt. Mussten sich auf dem Platz aufstellen. Die Gewehre
waren auf sie gerichtet, eine Salve Schüsse, sie sanken auf den sandigen
Boden nieder.

Im Wald hörten sie Schüsse krachen. Von Weitem sahen die Flücht-
linge, wie am Horizont ein Feuerschein ausbrach, der Himmel rot auf-
leuchtete.
Ein Dorf hörte auf zu existieren.

»Erbarmungslos hast du sie in den Tod getrieben, gierig warst du
nach ihrem Geld und Gut, die deutschen Siedler waren dir schon
immer ein Dorn im Auge. Du hasst sie, wie du mich hasst. Ich kann
mich noch sehr genau an einen Vorgang erinnern, eine Akte lag auf
deinem Schreibtisch. Hunderte meiner Landsleute flohen damals
1928 über China, du warst persönlich hinter jedem her, jeden dieser
Familie wolltest du einfangen und sie umbringen, töten, töten, selbst
im Schlaf schriest du dieses Wort, bis du es selbst gewahr wurdest
und lieber in deinem Büro oder der Datsche die Nacht verbrachtest.«

Stalin lief wie getrieben vom Fenster zur Tür. »Höre auf mir Vorwürfe zu machen«, er packte sie am Arm, »hör endlich auf«, er stieß
sie weg.

Sie sank in das Kissen, ihr quollen Tränen über das Gesicht. »Du
Satan«, rief sie.

Nicht vergessen habe ich das Schicksal einer verwandten Familie,
sie lebten als Bauern in Sibirien.

Flucht über den Amur

Eisig wehte der Ostwind herüber vom Baikalsee. Sie stapften durch den tiefen Schnee. Johann trat neben seine Frau, sie hatte den kleinen Albert auf den Rücken genommen. Theodor war acht Jahre alt, er lief voraus.

»Rosalia, wir müssen durchhalten, an der Bahnstation können wir uns ausruhen, bis dorthin ist es nicht mehr weit.«

»Wie geht es Albert, er hält sich den Bauch, Johann.«

»Setz den Jungen ab. Ich will ihm meinen Schal um den Bauch binden. Die Bahnstation ist nicht mehr weit.«

Sternenklar war der Himmel, seit dem Morgen waren sie unterwegs. Sie trieb die Hoffnung nach vorn, über den Amur nach China zu fliehen. Sie hielten sich am Ufer des Sees, irgendwann würde die Station auftauchen. Johann war sich im Klaren, seine Familie war gefährdet. Sie durften nicht auffallen, überall waren die Häscher Stalins. Sie mussten auf der Hut sein. Bisher lief alles gut. Fast wären sie in die Hände der Tscheka geraten. Sie hatten Serjabaja erreicht, als plötzlich neben dem Schaffner eine Zivilkontrolle das Abteil betrat und Pässe kontrollierte. Sie saßen im vorderen Abteil. Ihr Glück war, dass die nächste Bahnstation in wenigen Minuten erreicht wurde. So konnten sie rechtzeitig aus dem Waggon aussteigen und der Gefahr entgehen, geschnappt zu werden.

»Vater, Vater sieh da vorn, da vorn ist ein Licht!« Theodor lief ein Stück weit, blieb stehen. »Da vorn!«

Jetzt sah auch Johann, dass dort vorn ein Licht brannte. »Das muss der Bahnhof sein.« Sie umarmten sich, froh, bald schon in einem warmen Raum zu sein.

»Nur noch wenige Minuten, dann sind wir im Warmen, Theodor!«

Er nahm Rosalia in seine Arme, drückte sie. Die Kinder liefen voraus. Wohlige Wärme kam ihnen entgegen, als sie die Bahnstation betraten. Sie waren nicht allein. Im Warteraum saßen einige Reisende. Sie blickten kurz zu den Eintretenden und dösten dann weiter vor sich hin.

»Ich werd mal zum Schalter gehen, vielleicht kann ich einen heißen Tee besorgen.« Johann ging zum Fahrkartenschalter. Der Schalter war

geschlossen. Er sah drinnen einen Mann sitzen. Er klopfte leise an die Glasscheibe, der Mann sah hoch.

»Wir öffnen erst in zwei Stunden. Der Zug kommt in vier Stunden, es ist also noch viel Zeit.« Er wollte schon die Glasscheibe runter lassen.

»Können Sie mir einen Tee machen, mein Junge ist ziemlich erfroren.«

Der Mann nickte, ging zu seinem Schreibtisch, nahm aus seiner Ledertasche eine Flasche. Er füllte einen Becher mit Tee und reichte ihn Johann. Er nahm ihn dankend, lief zurück zu seiner Familie, reichte den Becher Theodor, der den heißen Tee schlürfend trank. Jeder hatte einen Schluck warmen Tee im Bauch, ein wohliges Gefühl kehrte zurück.

Der Zug kam, sie stiegen ein. Der Schaffner wies ihnen im geheizten Abteil einen Platz an. Sie fuhren hinein in die Nacht, von der Lokomotive ertönte ein langer Pfiff. Vom gleichmäßigen Rattern schliefen sie bald ein. Es war schon hell, als Johann erwachte. Er sah, wie die Sonne in einem tiefroten Ball hinter dem Baikalsee emporstieg, erblickte die östliche Bucht. Vom See erstreckte sich Wald. Johann war erleichtert, seine Frau und beide Kinder schliefen. Sie hatten auf der bisherigen Flucht Glück gehabt. Seine Gedanken gingen zurück. Zurück in die Zeit, als seine Vorfahren damals von Westpreußen dem verlockenden Angebot des Zaren folgten und nach Bessarabien auswanderten. Welch bittre Ironie des Schicksals, dachte er. Der Zug fuhr durch die Nacht, gleichmäßig ratternd. Er hörte das leise Schnarchen, hatte seine Augen geschlossen, doch seine Gedanken waren hellwach. Oft erzählte sein Großvater von damals, als sie in Brienne Land bekamen. Zar Alexander hatte deutsche Bauern und Handwerker in die eroberten Steppen Südrusslands geholt, das Land zu besiedeln und urbar zu machen. Hundert Jahre später trieb sie Stalin aus dem Land, das ihnen Heimat geworden war, er raubte ihnen die Früchte ihrer Arbeit. Tausende Familien flüchteten genau wie sie vor dem Roten Terror, nur um ihre eigne Haut zu retten.

Im Frühjahr 1928 kamen sie aus der Stadt Krasnojarsk, Komsomolzen nannten sie sich. Der Lkw hielt auf seinem Hof. Junge Männer stiegen aus, kamen in sein Haus. Sie hatten Gewehre um die Schulter, eine Frau trat hinzu.

»*Auf Beschluss des Sowjets und gemäß dem Dekret Stalins sind alle Bauern enteignet. Privateigentum ist verboten. Treten Sie ein in die Kolchose, arbeiten Sie zum Sieg für den Sozialismus. Wenn Sie sich weigern, werden Sie verhaftet und Ihr Vermögen wird eingezogen.*«

Er wollte es lang nicht wahr haben. Erst haben sie Bauern nach Sibirien gelockt, hier in Nowosibirsk neues Land zu erschließen. Er hatte daran geglaubt, eine Zukunft in Sibirien zu haben. Es waren sehr schwere Jahre am Anfang, doch bald schon zahlte es sich aus, ihre Mühe und der Schweiß hatten sich gelohnt. Sie konnten sich ein Haus bauen, die Gärten blühten, auf ihren Feldern wuchsen Weizen, Mais, Sojabohnen. Rosalia gebar ihm zwei gesunde Kinder, Albert und Theodor. Es waren goldene Zeiten angebrochen. Ihr Glück schien unendlich. Bis sich die Kunde verbreitete. Stalins Befehl: Alle Bauern sind zu enteignen, ihr Arbeitsort ist die Kolchose. Nein, er wollte und konnte es nicht glauben. Bis zu dem Tag, als der Lkw in seinen Hof einfuhr.

Sollte die Hetzjagd wieder von vorn anfangen, wie 1925, als Deutsche von ihren Höfen vertrieben und für vogelfrei erklärt wurden? Nein, er wollte es nicht glauben, bis ihn die grausame Realität einholte. Von Nachbardörfern kam die Kunde, dass bewaffnete Komsomolbrigaden in die Dörfer fuhren und deutsche Bauern als Kulaken beschimpften, die Bauern zusammentrieben und erschossen. Kinder wurden in Erziehungslager gebracht. »Es lebe Stalin – nieder mit Kulakentum!« Konnte das alles wahr sein? Was er sich in den Jahren aufgebaut hatte, über Nacht verlieren? Er wollte dagegen kämpfen. Und wenn es mit dem Gewehr sei, niemals würde er sein Lebenswerk freiwillig preisgeben.

»*Johann, wir können nicht anders, wir müssen unsere eigne Haut retten, denke an die Massaker vor fünf Jahren. Sie haben Tausende ermordet, in Straflager deportiert. Lass uns fliehen. Ich hörte von Schulz Friedrich, dass sie nach Osten gehen, zum Amur, dort versuchen sie über die Grenze nach China zu fliehen.*«

»*Rosalia, alles verlassen, alles was wir in den letzten Jahren uns geschaffen haben? Die Kinder sind hier glücklich, unsere Erträge steigen, nächstes Jahr will ich weiteres Land hinzukaufen. Der Weizen hier gedeiht besser als in der Ukraine. Die Sommer sind zwar kurz, aber dafür* wächst alles viel schneller. Vetter Gewiss hat einen Weinstock gepflanzt, die Trauben sind reif. Wir haben hier eine neue Heimat, sind glücklich.« »Johann, auch ich bin deiner Meinung, wir haben hier ein neues Zuhause, haben hier unser Glück gefunden. Jedoch ziehen schwarze Wolken am Himmel auf. Vorige Woche erfuhr ich in der Stadt, dass Stalin den Befehl gegeben hat, alle Bauern zu enteignen. Wer sich weigert, ist gefangen zu nehmen und nach Sibirien ins Gulag zu deportieren. Jeglicher Widerstand ist mit der Waffe zu bekämpfen. Du hast es heute selbst gesehen, sie werden mit Gewalt ihre Pläne durchsetzten. Mir fällt es sehr schwer dir zu sagen, wir müssen fliehen, um unserer Kinder Willen, wir müssen fort, solange noch Zeit ist. Ich erfuhr auch, dass Stalin besonderen Hass gegen Christen und Deutsche hat. Viele verbergen sich, sie sprechen russisch, nehmen russische Namen an, um nicht als Deutsche aufzufallen. Es fällt mit sehr schwer, hier wegzugehen, aber ich möchte meinen Kindern nicht ihre Seele brechen lassen. Möchte ihnen solang es geht ihre Freiheit bewahren.«

»Rosalia, wie recht du hast!« Ihm stiegen bei diesen Gedanken wieder Tränen in die Augen, sie hatte gesprochen, was auch er fühlte. Um der Kinder willen mussten sie fliehen. Wer weiß wann sie wiederkommen werden, dann wird es zu spät sein. Der Zug fuhr in einem großen Bogen durch hügeliges Land. Von den Wipfeln lösten sich kleine Schneelawinen, zerstoben auf dem Boden. Sie waren sich einig, ihre Flucht geheim zu halten, auch die Kinder durften nichts davon erfahren. Man würde es ihnen schon rechtzeitig sagen. Johann begann mit der Vorbereitung zur Flucht. Er fuhr mit dem Pferdegespann am nächsten Tag in die Stadt, erkundigte sich nach der Passage der Transsibirischen Eisenbahn, Richtung Wladiwostok. Kaufte Decken und Rucksäcke in der Stadt, all die Dinge für eine längere Fahrt mit dem Zug. Seine Frau hatte recht, überall waren Spitzel Stalins unterwegs. Er war in einem Geschäft für Decken, Taschen und Rucksäcke. Er hatte sich für einen Lederrucksack interessiert. Ein junger Mann stand in der Ecke und hatte das Gespräch mit dem Verkäufer belauscht.

»Sind Sie Deutscher?«, fragte er ihn.

»Net«, antwortete Johann auf Russisch.

»Wollen wohl vereisen?«

»Nein, mein Sohn geht zur Roten Armee«, antwortete er auf Russisch, nahm die Decken, verstaute sie in den großen Rucksack und verließ das Geschäft. Er setzte sich in ein Cafe. Am Nachbartisch hörte er zufällig ein Gespräch, dass die Tscheka des Rajons einige Nemetskis verhaftet hätte, auf der Fahrt nach Irkutsk.

»Wir müssen sehr vorsichtig sein, Rosalia, müssen so weiterleben wie bisher. Ich will morgen mit der Aussaat mit Hafer beginnen, um keinen Argwohn auszulösen. In drei Tagen werde ich erneut in die Stadt fahren, Tickets für die Passage nach Wladiwostok kaufen. Meinem Oheim werde ich einen Brief schreiben.«

»Nein, tue das nicht, Johann, wir dürfen nichts tun, was uns verraten könnte.«

Er trat ans Fenster des Abteils, die Kinder schliefen, draußen zog die waldreiche Landschaft vorbei. Ja, dachte er, Rosalia hatte recht, unerkannt zu bleiben, die Flucht nicht aufs Spiel zu setzen. Sie mussten immer vorsichtig sein, die Tscheka hatte überall ihre Späher. Er sah zu Theodor, er war ein aufgeweckter Junge. Oft war er mit ihm auf dem Feld, wollte alles in die Hand nehmen, frühzeitig lernte der Junge Pferde zu führen. Am liebsten saß er auf dem Wagen, wenn sie ins Dorf hinein fuhren, wollte die Zügel in die Hand nehmen, Pferde waren sein ein und alles. Johann hatte ihm im vorigen Jahr ein Pony gekauft. Tagtäglich hing er in seinem Stall. Fütterte das Tier, gab ihm Hafer und Heu und so manche Karotten, Kohlrabi aus dem Vorgarten. Seine Frau musste da oft eingreifen, er hätte das ganze Gemüse seinem Pony verfüttert.

Die Abteiltür wurde plötzlich aufgerissen, grelles Licht schreckte die Passagiere auf. Ein Mann in Zivil betrat das Abteil. »Passkontrolle!« Er zeigte seinen Ausweis, wandte sich zu Johann: »Ihre Papiere bitte!«

Er gab ihm seinen Pass.

»Wohin?«

»Nach Wladiwostok.«

»Was wollen Sie dort?«

»Zu meinem Bruder, zu Besuch.«

»Sie kommen von Nowosibirsk?«

»Ja.«

»Beruf?«

»Bauer.«

»Sind Sie Deutscher?«

»Nein.«

»Ihre Kinder?«

»Ja.«

»Namen?«

»Wanja und Aljoscha.«

»In der nächsten Bahnstation steigen Sie kurz zur Identitätskontrolle aus.«

»Ja.«

Der Mann in Zivil verließ das Abteil. »Was nun, Johann?« Rosalia blickte ihren Mann gespannt an. Sollte so kurz vor dem Ziel alles scheitern? Er wagte nicht weiterzudenken.

In der nächsten Station stieg er mit dem Tschekist aus. Sie gingen zur Bahnstation. Der Mann zeigte seinen Ausweis. »Überprüfung einer Personalie.« Er ging zum Fernschreiber. »Warum leuchtet die Kontrolllampe nicht?«

»Das Gerät ist seit zwei Tagen defekt. Wir haben nur Kontakt über unser internes Funknetz zur nächsten Bahnstation«, antwortete der Stationsleiter.

»Der Zug fährt in einer Stunde weiter, gehen Sie in Ihr Abteil, hier können wir nichts überprüfen.«

Johann ging erleichtert in das Abteil. Rosalia und die beiden Kinder saßen im Speisewagen, sie tranken Tee und löffelten eine Suppe. »Alles in Ordnung?«, fragte seine Frau. Johann nickte. Sie gingen ins Abteil zurück. Die Kinder schliefen. Johann beugte sich zu seiner Frau. Flüsternd erklärte er, dass sie morgen die erste Station am Amur erreichten. »Wir müssen es versuchen, unerkannt aus dem Zug zu steigen.«

»Und der Tschekist?«

»Ich glaube, er hat es aufgegeben, mich weiter zu identifizieren, da in der letzten Station der Fernschreiber defekt war. Wenn uns morgen auf der Station jemand fragt, weil wir aussteigen, müssen wir sagen, Albert habe heftige Bauchschmerzen, wir müssten in der Stadt einen Arzt aufsuchen.«

Sie schliefen unruhig in der Nacht. Johann war in den Speisewagen gegangen, er trank einen Tee. Vielleicht gab es ja Neuigkeiten. Am Nebentisch saß ein Pärchen, sie tranken Wein. Johannes musterte die Gäste, der Tschekist war nicht im Speisewagen. Er zahlte, ging in sein Abteil. Rosalia schlief, wachte auf, als er das Abteil betrat. Er setzte sich, der Zug ratterte, bald schon schlief er ein. Am anderen Morgen wachte er mit Kopfschmerzen auf.

»Was ist, Johann?«

»Schon gut, nur die Aufregung, habe heftige Kopfschmerzen, vielleicht hilft ein starker Kaffee.« Er stand auf und ging in den Speisewagen. Es waren nur wenige Gäste da, er bestellte einen starken Kaffee. Vom Kaffee stieg ein angenehmer Duft empor, er trank einen kleinen Schluck. Vom Nebenplatz hörte er, dass der Zug in drei Stunden die nächste Station erreichte. Er trank den schwarzen Kaffee, zahlte, öffnete die Tür, vor ihm stand der Tschekist. Er ging an Johannes vorüber ohne eine Notiz von ihm zu nehmen. War es ein gutes Vorzeichen, wollte der Spitzel nichts mehr von ihm wissen? In drei Stunden wollten sie es riskieren, auszusteigen und den Weg zur Grenze zu finden.

Es war kurz vor Mittag, der Zug hatte die Bahnstation erreicht. Er stieg zuerst aus. Nahm zunächst Albert und Theodor in seine Arme, setzte sie auf den Bahnsteig. Reichte Rosalia seine Hand und half ihr auszusteigen. Es schneite heftig. Sie verließen den Bahnsteig. Er bemerkte, dass ihnen keiner folgte. Erleichtert gingen sie in die Bahnstation hinein.

Er ging zum Fahrkartenschalter. »Wie kommt man in die Stadt?«, fragte er. »Wir müssen zum Arzt, mein Junge muss zum Arzt.«

»In vier Stunden fährt ein Postauto in die Stadt.«

»Rosalia, wir fahren in die Stadt, suchen ein Hotel auf. Am anderen Tag werde ich versuchen, einen Grenzgänger aufzutreiben. Eine goldene Kette wird's schon machen.«

Sie fanden ein kleines Hotel am Rande der Stadt.

»Erst mal richtig ausschlafen, wir haben Zeit.«

»O ja, wir haben Zeit, wir brauchen nichts zu überstürzten, bisher ging alles gut. Gott möge uns beschützen.«

Die beiden Jungen waren im Bad. Sie setzten sich auf ein kleines Sofa. Da klopfte es, sie erschraken. Johann ging zur Tür. »Herein.«

Ein Mann in Zivil trat herein. »NKWD«, er zeigte seinen Ausweis. »Sie sind heute in der Stadt angekommen, woher?«

»Nowosibirsk.«

»Was wollen Sie hier?«

»Mein Sohn muss zum Arzt, er hat Bauchschmerzen, wir sind unterwegs nach Wladiwostok.« Johann holte aus der Tasche die Tickets, zeigte sie dem Mann.

Er prüfte die Fahrscheine und gab sie zurück. »Entschuldigen Sie die Störung.« Er verließ das Zimmer.

»Oh Johann, mir fällt ein Stein vom Herzen, sie haben aber auch überall ihre Spitzel.«

»Wir sind im Grenzbereich, die Stadt liegt zehn Kilometer vom Amur entfernt. Jeder Fremde wird beobachtet. Wir gehen heute noch zum Arzt, er wird Albert untersuchen. Ich geh runter zur Rezeption und werde nach einem Arzt fragen, ihr bleibt so lange hier im Zimmer.« Am Nachmittag gingen sie zum Arzt, er untersuchte den Jungen und diagnostizierte Schleimhautentzündung. Er verschrieb ihnen ein paar Medikamente. Sie gingen zurück zum Hotel, Johann holte die Medikamente von der Apotheke. Nach den Mittagessen ging er mit Albert in die Stadt. Sie kauften einige Dinge vom Wochenmarkt, gingen in ein Kaufhaus, Albert bekam eine neue Pudelmütze, für Theodor kauften sie einen Schal. Sie schlenderten durch die Stadt. An einem Buchladen blieben sie stehen. Ein Buch fesselte Theodor. Es zeigte ein großes Bild, ein riesiger Kakadu saß auf einen Baum, inmitten des Urwaldes. Der Titel des Buchs: Brasilien.

»Oh Vater, da brauchten wir nicht mehr so frieren, wenn wir im Urwald wären. Wo liegt Brasilien, Vater?«

»Ich glaube irgendwo in Südamerika. Ich weiß nur, dort ist es sehr heiß. Irgendwann sind Verwandte von uns im 19. Jahrhundert aus

Südrussland dorthin ausgewandert. *Genaues weiß ich nicht mehr. Komm, wir wollen zurück zum Hotel, sie warten bestimmt auf uns.«*

Sie waren jetzt drei Tage in der Stadt, Johann spürte, dass die Luft rein ist. Er konnte sich jetzt auf die Suche nach einem Chinesen machen, der sie über die Grenze schleusen würde. Die Tage vergingen, er hatte bisher wenig Glück. Die Chinesen in der Stadt waren eher misstrauisch. Hatten sie Angst vor den Spitzeln der Tscheka? Eines Tages – er ging in ein Lokal, betrat den Gastraum, ging an einem Tisch vorbei – hörte er ein Gespräch. Am Tisch saßen Chinesen, Wortfetzen drangen an sein Ohr. *»Amur, Grenzstreife, China.«*

Er setzte sich, bestellte ein Bier, zahlte. Einer der Chinesen stand auf, verabschiedete sich. Johann verließ den Tisch, ging hinaus. Er entdeckte den Chinesen und sprach ihn an.

»Ich hörte Ihr Gespräch am Tisch.« Seine innere Stimme riet: *Du musst es wagen.* *»Kennen Sie die Grenze?«*

Der Mann nickte. Einen Schleuser, er hatte verstanden. Sie gingen die Straße entlang. *»Kommen Sie in zwei Tagen wieder hierher, dann alles regeln.«*

Schnee wirbelte auf, am Abend kam heftiger Sturm auf. Johannes hatte seine Fellmütze tief ins Gesicht gezogen. Er lief zum Restaurant, setzte sich an einen freien Tisch, bestellte einen Wodka und ein Glas Wasser, trank den Wodka. Er musste seine Aufregung mit einem zweiten Wodka herunterspülen. Die Tür ging auf, der Chinese trat herein, er war in Begleitung. Sie kamen zum Tisch von Johannes. Man verabredete sich.

»Sie gehen aus dem Lokal, biegen rechts ab, laufen die Straße hinunter und warten an der Ecke.«

Johann ging an die Theke, zahlte und verließ das Lokal. Immer noch heftig wehte der Sturm, er hörte Schritte. Ein Chinese trat zu ihm. Sie liefen weiter.

»Sie wollen über Grenze? Was haben Sie?« Er rieb Zeigefinger und Daumen.

»Rubel und eine goldene Kette.«

»Geben Sie mir Zweitausend Rubel und goldene Kette. Das Wetter

wird so bleiben zwei drei Tage, Sturm von der Taiga ist gut. Hunde nicht wittern, wir gehen über Grenze.«

Johann überlegte, dann sprach er zu seinem Begleiter: »Wann können Sie uns rüber bringen?«

»Langsam, kommen Sie erst mal mit, ich will Ihnen zeigen, wo wir uns treffen.« Sie liefen, bis sie die Stadt hinter sich gelassen hatten und bogen in einen Feldweg ein. An der Ecke stand eine alte Holzhütte. »Hier treffen wir uns in zwei Tagen, nach 21 Uhr. Wir müssen dann etwa eine Stunde laufen, dann Amur.«

Nebel breitete sich aus.

»Haltet euch fest, der Sturm weht uns fast fort!«

»Rosalia, der Sturm ist unser Gesell.« Die Straße war fast menschenleer. Die Stadt lag hinter ihnen. An der Hütte erwartete sie schon der Chinese.

»Haben Sie Rubel und Kette?«, fragte er.

»Alles in Ordnung, hier haben sie Tausend Rubel, den Rest, wie vereinbart, auf der anderen Seite des Flusses.

Der Chinese nickte, nahm die Rubel und steckte sie ein. »Gute Zeichen, Wetter, kommen Sie.« Sie liefen ein Stück am Feldweg entlang, an einem Wäldchen bogen sie nach rechts ab und liefen geradeaus durch hohen Schnee. Sie gerieten ins Schwitzen, Fußstapfen in Fußstapfen folgten sie dem Grenzführer. »Wir bald am Fluss«, sprach er leise. »Warten«, er duckte sich plötzlich, sie sahen schemenhaft von Weitem Soldaten, Grenzpatrouille. Die Soldaten liefen weiter. »Wir zwei Stunden Zeit, ihre Kontrolle vorbei.« Sie warteten eine halbe Stunde. »Jetzt wir gehen schnell«, sprach der Grenzgänger. Sie erreichten den Fluss. Der Amur war zugefroren, es schneite heftig, als sie die schneebedeckte Eisdecke betraten. »Haltet euch gegenseitig fest, Albert und Theodor«, flüsterte er leise zu den Jungs. Rosalia folgte den Kinder, Johann lief zum Schluss. Sie waren schon über die Mitte des Amur hinaus, da ertönte ein Ruf. »Halt!« Sie erkannten einen Grenzsoldaten. Er war wie aus dem Nichts plötzlich vor ihnen. »Halt!« Da krachte ein Schuss, der Soldat stürzte zu Boden. »Weiter«, der Chinese steckte seine Pistole in seine

Jacke, »los weiter!« Sie liefen um ihr Leben, sie wurden verfolgt. »Stoi, stoi!«, riefen die Grenzsoldaten. Je näher sie dem Ufer kamen, um so dichter wurde der Nebel. Keine zehn Meter hinter ihnen kamen die Russen, vor ihnen tauchten Soldaten auf, in gelben Jacken. Sie feuerten mit ihren Gewehren Schüsse in die Luft, die Verfolger blieben stehen. Johann sprang zuerst hinüber zum Graben, dann sprangen auch Albert und Theodor. »Rosalia, Rosalia wir sind gerettet.« Sie lagen sich glücklich in den Armen. Johann gab dem Grenzschleuser die restlichen Tausend Rubel und die goldene Kette. Die Kette hatte ihm einst seine Großmutter hinterlassen. Heute hat sie uns in die Freiheit geführt, dachte er am chinesischen Ufer. Die Grenzsoldaten brachten sie zunächst in ihre Unterkunft, dort wärmten sie sich auf, bekamen Essen und Trinken. Ein Militärbus brachte sie in die Stadt. Dort stiegen sie in einen Zug, der sie nach Harbour brachte. In der Stadt angekommen, trafen sie weitere deutsche Familien, die den Häschern Stalins über dem Amur entkamen. Von den chinesischen Behörden erfuhren sie, dass in Shanghai ein Schiff im Hafen liegt, das Flüchtlinge aus Russland nach Brasilien hinüber fährt. In Schanghai würde ihnen das Rote Kreuz helfen, mit dem Schiff in eine neue Heimat zu fahren. Sie erfuhren, dass das Schiff in drei Tagen die Anker hebt. Johann sah seinen Sohn Theodor an. »Der liebe Gott hat deinen Wunsch gehört, bald bist du im Urwald, wo es nicht mehr so schrecklich kalt ist …« Rosalia und Johann wischten sich Tränen aus ihren Augen, als der Zug Richtung Shanghai abfuhr.

Sie starben wie die Fliegen

Nadeschda Allujewa hatte ihr Gesicht von den Tränen getrocknet, sitzend blickte sie Stalin an. »In deinem Wahn vertreibst du die besten Leute, dein Hass auf die Deutschen macht dich blind.«

Er lief im Zimmer aufgeregt hin und her, vor dem Fenster blieb er stehen, sah hinaus in den Novemberhimmel. Wie von fern vernahm er die Stimme seiner Frau:

»Du peinigst das ganze russische Volk, deine Landwirtschaftspolitik hat das Land in den Ruin gebracht, Millionen Menschen starben wie die Fliegen, vor Hunger. Du hast mit der Entkulakisierung das Rückgrat der Landwirtschaft in Russland gebrochen, die neugegründeten Kolchose waren überfordert und wenig produktiv. Du kanntest keine Skrupel.

Mit deiner strikten Industrialisierung hast du Millionen von Menschen dem Hungertod ausgesetzt. Schicktest deine Komsomolzen aufs Land, mit Parolen und Gewehren brachen sie in die Dörfer auf, haben Höchstleistungen von den Kolchosen gefordert, ohne dass sie mit der notwendigen Technik ausgerüstet waren. Deutsche Bauern, vom Zar Alexander ins Land gerufen, hast du von ihren Höfen vertrieben. Dafür müssen nun die Russen büßen, seit vorigem Jahr herrscht Knappheit an Nahrungsmittel. In ganzen Regionen, großen Städten, brach die Versorgung mit Nahrungsmitteln zusammen, dennoch wurde ein Teil landwirtschaftlicher Produkte exportiert, um Devisen für die Industrialisierung zu beschaffen.

Deine ehrgeizige Industriepolitik, dein Plan, aus dem rückständigen Russland in kurzer Zeit einen modernen Industriestaat zu errichten, ist gescheitert. Doch du wolltest es nicht wahrnehmen. Blind vor Eifer hieltst du daran fest, auf Kosten der Bevölkerung. Menschenleben zählte für dich nicht. Mit den Finanzmitteln enteigneter und getöteter Kulaken, Deutscher, verschafftest du dir die notwendigen Mittel, aus Westeuropa Maschinen und Anlagen zu kaufen. Ein Millionenheer von Arbeitssklaven errichtet die Industrieanlagen, gräbt nach Erzen, fördert Kohle, Gold und Edelmetalle, schlägt Holz.

Es ist deine Schuld, dass die Landwirtschaft am Boden liegt, Jahr für Jahr eine schlechte Ernte eingefahren wird, und über Russland eine große Hungersnot ausbrach, an der über sechs Millionen Menschen starben. Der Viehbestand an Rindern und Schweinen ist auf etwa ein Drittel gesunken.

Im ganzen Land herrscht akute Lebensmittelknappheit. Es mangelt an allem: Brot, Butter, Mehl, Zucker, all die lebensnotwendigen Dinge, die Jagd zum Überleben beherrschte den Alltag der Menschen. In Sowjetrussland blüht der Schwarz-Tausch-Handel.

Eine Geschichte klingt mir immer noch in den Ohren:

»Nimm ein paar Kartoffeln mit, Aljoscha.«

»Schon gut Alte, leg einen Sack oben auf den Karren, vielleicht ein Bündel Zwiebeln. Das Schwein ist dick und fett, wird paar Hundert Rubel einbringen. Sag dem Jungen, wir gehen in einer Stunde. Er muss mir heute zur Hand gehen, es hat geregnet, der Weg ist aufgeweicht zur Stadt.«

»Iwan, Iwanowitsch, wo steckst du, dein Vater will in einer Stunde gehen.« Sie rief nochmals. »Iwanuschka! Wo steckt der verdammte Junge schon wieder?«, brummte die Alte.

»Tanjoschka, schrei nicht so herum, wir haben noch Zeit. Der Junge wird unten am Fluss sein, er wollte angeln gehen.«

»Dass du den unnützen Balg auch noch in Schutz nimmst, er strolcht nur den ganzen Tag umher. Aber Fische bringt er keine nach Hause.«

»Schon gut, er wird schon noch lernen.«

»Lernen, was hat er nur im Kopf, ein Dummkopf ist er.«

»Aber Tanjoschka, er ist erst elf Jahre alt, noch ein Kind.«

»Ein Kind! Mit elf Jahren musste ich mich schon als Magd verdingen.«

»Das hat dir nicht geschadet, hast starke Arme und Brüste wie Barbusen, Alte.« Er zwickte sie am Hintern.

»Du bist ein alter Schwerenöter, hast nur das eine im Sinn, eure Kolchose ist das reinste Unkrautfeld. Bei den Deutschen, bei denen ich als Magd gedient habe, waren die Weizenfelder wie goldene Wogen, wenn der Wind im Sommer darüber fegte. Es war eine Freude, wenn die Ernte

heran kam, viele Pud Getreide brachten die Bauern in die Scheuer. *Aber eure Kolchose, die reinsten Diestelfelder, voller Unkraut, kaum ein Halm zu sehen. Lieber sitzt ihr unten am Fluss, kaut Sonnenblumen und raucht Machorka, statt eure Felder zu bearbeiten. Wisst nicht mehr, wie die deutschen Bauern arbeiteten. Ihr Wort war: ›Von morgens wenn der Hahn kräht, bis abends spät, wird geackert und gesät. Dass sich füllt Scheuer und Keller.‹ Ihr habt nur eines im Sinn, Wodka und Sonnenblumenkerne kauen. Die Katen sind voller Mäuler, der Brotkasten leer.«*

»Was schimpfst du Tanjoschka, cholera Jasne.«

»Fluchen könnt ihr, arbeiten habt ihr verlernt, seit die Deutschen fort sind.«

Er nahm die Flasche Wodka aus dem Schrank, setzte sie an den Mund und trank einen tiefen Schluck. Er wischte sich den Mund trocken. »Gehört uns das Land?«

»Nein«, antwortete sie.

»Da hast du es. Uns gehört das Land nicht, sie haben uns in die Kolchose gezwungen. Warum sollen wir arbeiten wie die Ochsen, wenn es nicht unser Land ist. Sie haben die Deutschen verjagt, verjagt die Russlanddeutschen von der Krim, Ukraine und Wolga, haben sie nach Sibirien in die Gulags deportiert. Ach lass Alte, nicht unsere Sorgen, sorgen will ich, dass wir Brot im Haus haben. Iwanuschka, komm, wie wollen zum Markt.«

»Lasst euch nicht von der Tscheka erwischen, sie werden euch einlochen, wenn ihr das Schwein nicht abliefert und auf dem Schwarzmarkt verkauft.«

»Ich werd den Weg durch den Wald nehmen.«

»Leg die Decke über den Wagen, Iwanuschka, die Kartoffeln und Zwiebeln schütt in die Ecke. Ein wenig Stroh obenauf. So ist es gut.«

»Dann in Gottes Namen lass uns losfahren.« Er bekreuzigte sich. Langsam rollten die Räder über den sandigen Boden. Sie waren an den letzten Häusern des Dorfes fast vorbei, da ging von einem der Häuser die Tür auf. Eine Frau stürzte heraus, ihre Nase blutend, hielt sie ein Tuch über den Kopf. Hinter ihr her rannte ein Mann, drohte mit einem Stock und schrie laut: »Jupp fuai matt, dich schlag ich tot!« Er verlor

einen Pantoffel, stürzte über den nackten Fuß und blieb am Boden liegen, die Flasche Wodka fiel ihm aus der linken Hand. Er blieb wie betäubt auf dem Sandboden liegen. »Vater warum schlägt er seine Frau?«, sprach Iwan.

Die Frau blutete aus der Nase. »Ach mein Junge, viele Bauern und Tagelöhner kennen im Dorf nur eins: Wodka und Frauen und ihre Kinder traktieren, sie haben nichts weiter im Leben erfahren, bekamen Schläge und geben Schläge weiter. Sie haben Gottes Worte vergessen, mein Junge, so sinken sie immer tiefer. Zum anderen ist es die Not, die sie erleiden, sie sind verzweifelt, mit Wodka wollen sie ihren Zustand verdrängen. Ihren Groll und ihre Wut müssen ihre Frauen und Kinder ausbaden. Das ist leider in unseren Dörfern so. Als die Deutschen noch in unseren Dörfern lebten, hat sich mancher Bösewicht zusammengerissen, weil er sich davor schämte, sich gehen zu lassen. Sie haben es nicht anders gesehen, die Bolschewiki hat ihnen gezeigt, wie man lebt. Mit brutaler Gewalt regieren sie, wehe einer stellt sich quer, den zerschlagen sie unbarmherzig.«

Sie fuhren an dem Betrunkenen vorbei, er schnarchte, dass die Hühner vor Schreck davonflogen. Sie verließen das Dorf, bogen ab in den Wald. Der Weg war holprig, doch trocken, so kamen sie gut voran. Gegen Mittag erreichten sie die Straße, auf dem sandigen Boden knirschten die Räder, drückten sich tief ein. Sie mussten kräftig ziehen, der zweirädrige Karren rollte langsam hin. Ein Lkw überholte sie. Der Wagen hielt an. Ein junger Mann, mit blauer Komsomolzenuniform, stieg aus. Er ging zum Karren. »Wo wollen Sie hin?«

»Zum Markt, Kartoffeln und Zwiebeln verkaufen«, antwortete Aljoscha.

»Und was steckt unter der Plane?«

»Nichts, nur Kartoffeln, Stroh.«

»Ach, und was bewegt sich?« Er nahm die Plane und riss sie weg. »Väterchen, was ist das? Ein Schwein, ja, wirklich ein Schwein. Sie wollten das Schwein auf dem Markt verkaufen. Woher haben Sie das Tier?«

»Selbst aufgezogen, was sonst.«

»Und das Futter von der Kolchose gestohlen. Wir werden dies klären. Steigen sie auf. Hebt das Schwein auf den Lkw, wir fahren in den Stadtsowjet.«

Der Alte sprach zu seinem Jungen: »Lauf nach Hause, ich werde bald nachfolgen.«

Der Lkw fuhr los, das Schwein quiekte, man hatte es festgebunden. Vor einem großen Gebäude blieb der Wagen stehen. »Kommen Sie mit!« Sie gingen in das Haus des Stadtsowjets hinein und betraten ein Büro.

»Setzen Sie sich!«, wurde er aufgefordert. »Sie wollten ein Schwein auf dem Markt verkaufen!«

»Ja.«

»Wissen Sie nicht, dass dies verboten ist? Sie arbeiten in einem Kolchos?«

»Ja.«

»Ihnen ist doch klar, dass all das Futter und die Tiere Eigentum des Kolchos sind. Die Komsomolzen haben Sie beim Diebstahl ertappt. Sie werden dafür bestraft.«

»Bestrafen wollen Sie mich? Haben Sie sich schon mal gefragt, von was wir leben? Sie haben die Abgaben erhöht, pressen das Letzte aus uns heraus. Unsere Kinder verhungern, kein Brot ist mehr im Haus. Mehl und Zucker fehlen seit Langem. Sie lassen uns nichts mehr zum Leben. Sie haben die Deutschen vertrieben, von uns Kolchosbauern verlangen sie hohe Abgaben. Wir haben keine Maschinen, nur wenige Geräte, es fehlt an Transportmitteln und Lagerräumen. Ein Teil der Ernte konnte nicht geborgen werden, weil wir keine Fahrzeuge haben, die Ernte einzufahren. So mussten wir Weizen und Gerste umpflügen. Eine Handvoll nahmen wir mit nach Hause, um unsere Schweine aufzuziehen. Um wenigsten etwas zum Leben zu haben.«

»Also gestehen Sie, dass Sie Eigentum der Kolchose gestohlen haben.«

»Wenn ein Magen vor Hunger knurrt, fragt er nicht nach dem Woher, er schreit vor Hunger.«

»Sie sind ein Volksschädling, ein Dieb sind Sie. Sie werden Ihre gerechte Strafe dafür erhalten. Lasst ihn verhaften.«

Ein Tschekist trat ein. »Kommen Sie mit!«

Er folgte ihm. Sie gingen hinunter in das Kellergeschoss. Eine Eisentür wurde aufgetan, er wurde hineingeschoben. Ein dunkler Raum, er sah nichts, fühlte sich die Wand entlang, bis er eine Pritschte fand. Wut kochte in ihm auf. Wie konnte er nur so blind sein, ein Schwein so offensichtlich zu transportieren. Seit Wochen war er hungrig, im Kopf nur noch ein Gedanke, Brot für seine Familie. Das Schwein war seine Rettung, Rettung für die Familie. Und nun sitzt er im Loch, wie Recht hatte doch die Alte, dachte er sich. Er hatte es versucht und war dabei gescheitert. Gott möge ihm vergeben, er bekreuzigte sich.

Die Tür ging auf, ein spärliches Licht fiel in den dunklen Raum. »Kommen Sie!« Sie liefen über Treppen hinauf in das Erdgeschoss und blieben vor einer Tür stehen. Sein Begleiter öffnete. »Gehen Sie hinein!« Sie betraten den Raum. Am Schreibtisch saß ein Offizier. »Setzen Sie sich«, forderte er ihn auf.

»Ihr Name?«

»Aljoscha Frunse.«

»Wohnort?«

»Swanjo, Rajon Woronesh.«

»Geboren?«

»3. April 1889.«

»Verheiratet?«

»Ja.«

»Kinder?«

»Vier.«

»Ihre Frau?«

»Tanja, geb. Swerdlowsk.«

»Wo arbeiten Sie?«

»Kolchos Roter Oktober in Swanjo.«

»Sie werden beschuldigt, Diebstahl am Volkseigentum begangen zu haben, indem Sie ein Schwein der Kolchose auf dem Markt verkaufen wollten. Geben Sie diese Tatsache zu?«

»Es war mein Ferkel.«

Nach Ende des Verhörs legte der Offizier dem Bauer das Protokoll vor.

»Lesen Sie es durch und unterschreiben Sie.«

»Ich kann nicht lesen«, antwortete er.

»Dann lese ich Ihnen vor. Unterschreiben Sie!«

»Ich kann nicht lesen und schreiben.«

Der Offizier klingelte, ein Soldat trat ein. »Führen Sie ihn ab.«

Wenige Tage später fand die Gerichtsverhandlung statt. Der vorsitzende Richter eröffnete die Verhandlung:

»Aljoscha Frunse, wohnhaft in Swanjo, Sie werden im Namen des Volkes wegen Diebstahls am Volkseigentum und Verleumdung der Sowjetunion zu 15 Jahren Zwangsarbeit in Sibirien verurteilt. In einem Protokoll haben Sie diesen Tatbestand bestätigt. Haben Sie noch etwas einzuwenden Angeklagter?«

»Hohes Gericht. Vor Ihnen steht nur ein dummer, russischer Bauer, der nichts weiter verbrochen hat, als seine Familie vor dem Hungertod zu bewahren. Und ein kleines Ferkel verkaufen wollte. Es war Notwehr vor dem Hungertod. Sie mögen mich beschuldigen, verurteilen, nach Sibirien deportieren. Ihre Vorwürfe sind mir nicht bekannt. Ich habe keinen Diebstahl an der Kolchose begangen.«

»Sie haben aber im Verhör die Tat zugegeben.«

»Ich weiß nicht, wann ich was zugegeben haben soll, hohes Gericht.«

»Im Protokoll steht, dass Sie die Tat zugegeben haben und mit ihrer Unterschrift bestätigten.«

»Herr Richter, wie kann ein dummer Bauer wie ich, der weder lesen noch schreiben kann, etwas unterschreiben. Das Ferkel bekam ich vor ein paar Wochen von einem Neffen aus Kasan geschenkt. Auf dem Markt wollte ich es verkaufen. Um dem Hungertod zu entgehen, wie Tausende unseres Volkes. Ich will Ihnen eine Geschichte erzählen, die ich in Kasan hörte, dem Geburtsort unseres großen Lenins. Hören Sie meine Geschichte an, die das Volk dort erzählte:

Es war einmal in einem großen Land, da wurde der Zar gestürzt, ein Räuber aus Georgien wurde neuer Zar. Er scharrte gewissenlose Komplizen um sich, die all seine Befehle erbarmungslos in die Praxis umsetzten. Zur Erhaltung seiner Macht beschloss dieser Regent einen Pakt mit dem Teufel. Der Teufel versprach ihm zu Diensten zu stehen, forderte aber Millionen Seelen für seine Hölle. So geschah es. Der neue Zar regierte mit eiserner Hand. Duldete weder Glauben, noch Andersdenkende. Auf Weisung des Teufels vertrieb er die Liebe aus seinem Reich *und ließ alle Kirchen zerstören. Schon lange waren ihm Ärzte, Dichter, Künstler als aufmüpfige Gesellen zuwider. Er allein gab vor, was als Kunst und Kultur zu gelten hatte. Die Künstler hatten von Stunde an nur eine Aufgabe, sein Porträt zu malen. In allen Enden des Reiches war nur sein Abbild zu sehen. Die Menschen mussten vor ihm niederknien und ihn als Gott huldigen und anbeten. Er gründete Mustergüter zur Erzeugung von Lebensmitteln. Stellte sich gegen die Naturläufe, wollte stärker sein als Natur und Gott. Es kam zu großen Missernten. Hungernot brach im ganzen Land aus, die Menschen starben wie die Fliegen. Es gab kein Brot, kein Mehl, keine Kartoffeln, Butter und Quark, das Vieh siechte dahin, Fleisch, Wurst und Käse, alles verschwand. Ein Drittel der Menschen starb. Der neue Zar ließ großartige Industrieanlagen errichten. Bezwang durch seine Sklaven das Eismeer, die Wüste. Jedoch von Stahl und Öl, Holz und Kohle wurden keine Menschen satt. Millionen Arbeitssklaven verhungerten in den Arbeitslagern, denen er den Namen Gulag gab. Dieser Zar zerstörte das ganze Land.«*

Der vorsitzende Richter stand auf. »Schluss, Schweigen, Schluss mit Ihren Hetzreden. Ich verbiete Ihnen das Wort, Sie beleidigen unseren großen Führer Stalin, dem wir alles zu verdanken haben.«

»Herr Richter, Sie können mir das Wort verbieten, dem Volk aber nicht. Sie haben den Namen Stalin genannt, nicht aus meinem Mund ist er gekommen, sie haben ihn ausgesprochen. Sie tun Ihre Pflicht nicht im Namen des Volkes, sondern in seinem Namen. Ich habe Ihnen von einem Zaren erzählt, sie habe den Namen Stalin damit verbunden.

Die wahren Schuldigen saßen im Kreml, ich nannte den Zaren als wahren Schuldigen. Wenn Sie Stalin nennen, dann ist das vielleicht auch wahr, wie sie es selbst erkannten. Ich bin nur ein dummer Bauer, sie sind ein kluger Richter, danke für ihre offene Erkenntnis. Nun um jetzt offen zu sprechen, da der Schuldige benannt ist, offenbaren wir die Fakten:

Es war der Zar, der mit seiner willkürlichen Entscheidung das Rückgrat der Landwirtschaft in Russland gebrochen hat, der nicht erfüllbare Normen und Abgaben auferlegt. Seine wahnsinnige Politik steht heute hier vor Gericht. Er hat nicht nur das Land ausgeplündert, er ist ange-

klagt wegen millionenfachem Mord, Deportation und Verelendung der Menschen in Russland. Angeklagt wegen dauerhafter Entmenschlichung der Gesellschaft, wegen Pakt mit dem Teufel ist er angeklagt, Millionen Menschen vernichtet zu haben. Heute steht Stalin vor Gericht. Sie werden mich verurteilen, aber es wird eine Zeit kommen, wo die Menschen Russlands den Tyrannen und Menschenschlächter verurteilen werden.«

Murren im Gerichtssaal wurde laut. »Verbieten Sie ihm das Wort, ungeheuerlich!«

Bauer Aljoscha sprach weiter: »Oder gefällt es einigen im Publikum nicht, die Wahrheit zu hören? Wie tief sind Sie schon gesunken. Der neue Zar ging bewusst das Risiko ein, mit seiner Industrialisierung das Leben von Millionen Menschen dem Hungertod auszusetzen. In den folgenden Jahren wurde eine schlechte Ernte nach der andern eingefahren, ab November brach eine große Hungersnot aus, an der über sechs Millionen Menschen starben. Der Viehbestand an Rindern und Schweinen sank auf ca. 1/3. Im ganzen Land herrschte akute Lebensmittelknappheit. Es mangelte an allem: Brot, Butter, Mehl, Zucker, all die lebensnotwendigen Dinge, die Jagd zum Überleben beherrschte den Alltag der Menschen. Es herrschte Knappheit an Nahrungsmitteln, die Kolchose konnten nicht mehr die Städte mit ausreichenden Nahrungsmitteln versorgen, dennoch wurde ein Teil landwirtschaftlicher Produkte exportiert, um Devisen für die Industrialisierung zu beschaffen. Des Zaren Industriepolitik, aus dem rückständigen Russland in kurzer Zeit einen modernen Industriestaat zu errichten, fand auf Kosten der Bevölkerung statt. Mit den Finanzmitteln enteigneter und getöteter Kulaken, Deutscher, verschaffte er sich die notwendigen Mittel, aus Westeuropa Maschinen und Anlagen zu kaufen. Ein Millionenheer von Arbeitssklaven errichtete die Industrieanlagen, grub Erze, förderte Kohle, Gold und Edelmetalle, forcierte den Holzeinschlag.«

Der Richter war von seinem Sitz aufgestanden, er lief zur Anklagebank.

»Ich verbiete Ihnen das Wort, Angeklagter. Sie haben Ihr Todesurteil gesprochen.

Ihre Worte werden Sie unter den Galgen bringen, Sie Volksschädling. Stalin, unseren Gott, haben Sie verunglimpft. Er, der große, gigantische Werke schuf, unseren ruhmreichen Führer haben Sie besudelt!« Erregt sprach der Richter zu ihm: »Schauen Sie sich diesen Mann an«, wandte sich der Richter an das Publikum. »Das ist das Ungeziefer, man muss es ausrotten!«

»Bravo!«, ertönte es vom Publikum.

»Unser Väterchen hat das Weiße Meer bezwungen, die Wüste Karakum bewässert, große Werke geschaffen in Sibirien und dieser mickrige Bauer hat sich als Parasit entpuppt. Während andere Bauern und Werktätige Höchstleistungen vollbringen, stiehlt dieser Lump Volkseigentum. Was für eine Strafe verdient solch ein Mensch, nein solch ein Fremdkörper?«

»Hängt ihn auf, Todesstrafe!«

»Hören Sie, das Volk ruft nach der Todesstrafe!«

»Herr Richter, ich bin nur ein Bauer, der nichts weiter kennt als Acker und Felder zu bestellen. Das ist nicht das Volk, das hier im Saal sitzt, hier sitzen die Parasiten, die das Volk ausquetschen, ihrem Idol bedingungslos gehorchen. Sie sprachen von gigantischen Werken, die der Zar bauen ließ. Hat er sie gebaut, hat er den Kanal zum Weißen Meer gegraben? Es waren Millionen Sklaven aus den Lagern, die mit Händen gruben, mit ihrem Leben bezahlten, die in den Lagern bis zum Umfallen schuften mussten und vor Hunger wie die Fliegen starben. Ja, hören Sie nur gut zu, vielleicht sitzen Sie schon morgen in Sibiriens Vernichtungslager, vielleicht werden Sie morgen nach Sibirien deportiert. Schreien Sie nur, schimpfen Sie. Sie dort links in Ihrer Uniform, wissen Sie, schon morgen kann es geschehen, dass Sie ihre prachtvolle Offiziersuniform mit Häftlingskleidung tauschen dürfen. Oder Sie Herr Richter, Sie blasen sich auf, wollen die Wahrheit nicht hören. Wissen Sie, ob nicht schon bald die Höllenhunde hinter Ihrem Kopf her sind? Sie alle im Gerichtssaal, die ihr so empört schreit, ihr alle wisst nicht, ob ihr bald selbst auf der Anklagebank oder im Gulag eure Tage verbringt. Sie alle wissen nicht, wer der Nächste ist im Millionenspiel des Tyrannen. Hier im Gerichtssaal fühlen Sie sich stark, aber wenn Sie in den Mühlen der Tyrannei gelandet sind, werden Sie winseln vor Furcht. Er, der neue Zar, wird euch alle zertreten, des Teufels Willen, berauscht im Blut. Euer Blut wird er aufsaugen wie ein Phantom, dann wird euch ein Licht auf-

gehen, doch dann ist es für euch zu spät, denn dann seid ihr die Nächs-
ten, die von den Höllenhunden zerfleischt werden.

Was ist das Leben eines armen Bauern wert Herr Richter? Meine
Seele befehle ich Gott, er allein ist mein Richter. Bald schon verlasse
ich das Jammertal auf der Erde, in seinem Himmelreich wird es mir an
nichts fehlen. Sie aber, Sie tun mir leid. Im ewigen Fegefeuer werden Sie
schmoren, gemartert und gepeinigt Höllenqualen erleiden. Ihre Strafe
wird ewig sein und in Verdammnis enden.«

»Schweigen Sie!«, der Richter brüllte dies. »Schweigen Sie!«

»Sie können mich nicht zum Schweigen bringen, ich fürchte nicht
eure Drohung. Das russische Volk wird das letzte Wort sprechen und
Gott wird Richter sein. Er wird all die Schmach tilgen, wird von der Erde
das Böse besiegen. Sein Reich wird kommen, die Macht des Teufels wird
beendet sein. So auch auf Erden. Möge der neue Zar noch so sehr seinen
Höllenhund wüten lassen, die russische Seele ist unsterblich.«

Nadeschdas Flucht in den Tod

Sie wischte sich die Tränen aus dem Gesicht. Stalin war wie versteinert, er brachte kein Wort über die Lippen.

»Wer so seine Frau demütigt und beleidigt ist kein Mensch. Du hast mir das Studium an der Uni entsagt, hast mich eingesperrt im Kreml, meinem Leben den Sinn genommen, nein du bist kein Mensch, du bist ein Satan, der meine Seele ruiniert. Mit dir will ich nicht länger zusammen leben, lieber sterben als noch länger deine Frau zu sein«, schrie sie ihn an.

Er lachte, lachte laut auf.

»Hast es richtig erkannt, mein Kätzchen«, er atmete hastig. »Ja, seit dem Tod meiner ersten Frau ist mein Herz zu Stein erstarrt.« Er presste die Worte heraus. »Alle meine menschlichen Gefühle sind erstorben.« Er hatte sich von Nadeschda abgewendet, lief zum Fenster, drehte sich zu ihr. »Nach dem Tod meiner ersten Frau gab ich Luzifer meine Seele, er schenkte mir dafür Macht, Macht, so wurde ich der mächtige Stalin. Vor dir steht der große Stalin, Knecht des Satans.« Seine Augen glühten feurig rot.

»Verschwinde, du Scheusal«, schrie sie ihn an. »Nicht länger will ich leben, erwiderte sie, du Satansgehilfe, sterben will ich, nicht länger mit dir leben. Du hast mich und das Land ruiniert. Ich kann nicht mehr, hörst du, ich kann nicht mehr, lieber will ich sterben«, schrie sie verzweifelt, grub ihren Kopf tief in das Kissen. Vom Fenster ging er zur Kommode, zog die Schublade heraus, nahm ihren kleinen Revolver. Trat zu ihr, reichte ihr die Waffe. »Na bitte, dann stirb doch«, sprach er. Er legte den Revolver auf ihr Bett und drehte sich um. Sie nahm ihn und weinte, weinte ihren Schmerz aus sich heraus. Schluchzend sank sie tief in ihr Kissen. »Gott beschützte mich vor diesem Teufel«, betete sie leise vor sich hin. Sie trocknete ihre Tränen aus dem Gesicht. Er sah seitlich, wie sie den Revolver hob, die Mündung an ihre Schläfe legte und abdrückte. Ein Schuss hallte durch das Schlafzimmer, sie sank tödlich getroffen in ihr Kissen. Wie versteinert hatte er die schrecklichen Szenen verfolgt, kreidebleich verließ er das Schlafgemach, seine Frau war tot. Er ging in sein Arbeitszimmer, wählte die Telefonnummer seines Leibarztes, befahl sein sofortiges Kommen, seine Frau sei sehr krank. Seinem Diener befahl er, seinem Fahrer Bescheid zu sagen, den Wagen fertig zu machen, um ihn zu seiner Datsche zu fahren.

Offiziell verbreitete sich das Gerücht vom Selbstmord Stalins Frau Nadeschda Dschugaschwili am 7. November 1932.

»Schreckliches musste sie gelitten haben in seiner Nähe, sie war als junge Frau voller Elan, lustig und zu jedermann freundlich. Wenn man dir zuhört, glaubt man wirklich, dass Stalin vom Teufel besessen wahr.«

»Ob was dran ist, ich weiß es nicht. In Tiflis, erzählte man sich folgende Geschichte:

Pakt mit Luzifer

»Bringen Sie mir eine Karaffe Wasser, ein paar Tücher und legen Sie die Sachen auf den Tisch«, wandte sich der Arzt an das Hausmädchen. Er trat an das Bett des Fiebernden. Von Stalins Kopf tropfte Schweiß, der Arzt tupfte die Stirn ab. »Holen Sie Waschlappen und Tücher!« Der Schwester wies er an, Franzbranntwein zu holen, Stalin müsse damit eingerieben werden. Nachdem der Patient gewaschen war, gab er ein paar Tropfen in ein Glas und schüttete Wasser dazu. Er hob den Kopf des Patienten etwas an, setzte das Glas an seine Lippen und sah zu, wie er schluckte. »Er braucht jetzt viel Ruhe, lassen Sie den Raum verdunkeln. Das Beste für ihn ist Schlaf.«

»Was ist mit ihm?«, fragte Molotow, der gerade in Stalins Wohnung trat.

»Ich vermute einen Schwächeanfall. Lassen Sie ihn schlafen.«

Im Kreml verloschen die Lichter. Die Turmuhr schlug Mitternacht. Ein Rauschen durchzog das Zimmer, Stalin schlug die Augen auf. Er sah in der Ecke eine Gestalt. Sie kam auf ihn zu.

»Wer bist du«, fragte ihn Stalin.

»Ich bin Luzifer. Du hast mich gerufen, was ist dein Begehr?«

»Ich wüsste nicht, dich jemals gerufen zu haben.«

Es war stockdunkel im Zimmer. Stalin erhob seinen Kopf, Arme und Füße waren wie Blei. Er konnte sie kaum bewegen. »Ich wüsste nicht, dich jemals um etwas gebeten zu haben.«

Stalin vernahm, wie sich Schritte seinem Bett näherten.

»Ach, wer wird denn gleich so auf Distanz gehen, in deinen Gedanken bist du uns Teufeln viel näher als glaubst.«

»Willst du mich holen?«, fragte Stalin.

»Ach wo, du sprachst im Traum und riefest mich an.«

»Warum sollte ich dich anrufen, Beelzebub. Lass mich in Ruhe, ich hab Kopfschmerzen, sie peinigen mich gar sehr. Und lass dir's gesagt sein: Bisher hab ich alles mir selbst errungen, wozu brauchte ich gerade dich, Teufel?«

»Deine Schauspielerei gefällt mir, du bist fast so durchtrieben, wie mein Chef Beelzebub. Nur fehlen dir seine Hörner und feurigen Augen.«

»*Du vergisst, ich war mal Priester.*«

Luzifer lachte dröhnend. »*Du ein Priester!*«, *er lachte gurgelnd.* »*Hör auf Witze zu machen. Du ein Priester, das muss ich unten in der Hölle erzählen, sie werden sich totlachen. Aber jetzt im Ernst. Du hast uns gerufen letzte Nacht. Wir hörten deine inneren Wünsche, die du dir nie selbst erringen kannst. Es gibt Dinge, von denen du im Traum gesprochen hast, die du ...*

»*Was, was soll ich, was hab ich im Traum gesprochen? Mach den Vorhang etwas auf, damit ich sehen kann.*«

Luzifer ging zum Fenster, schob den Vorhang etwas zur Seite. »*Zufrieden?*«

»*Ja, setzt dich auf den Stuhl, dann können wir reden.*«

»*Wie du willst.*«

»*Was soll ich gesagt haben?*«

Luzifer setzte sich, er sah Stalin mit großen Augen an, wischte sich den Keifer vom Mund. »*Da wäre erstens die Sache mit Lenin. Er ist schwer krank. Könnte man da nicht etwas nachhelfen – wollte er sagen.*«

Stalin unterbrach ihn. »*Kein Wort mehr, wenn das jemand hört, all meine Pläne würden wie Seifenblasen zerplatzen, kein Wort mehr davon.*«

Luzifer grinste. »*Was in des Teufels Ohren hineingeht, bleibt verschwiegen. Unsere Welt ist die Unterwelt, in die kein Licht hinunterfällt, alles bleibt diskret*«, *entgegnete der Teufel.* »*Unsere Ohren hören, was oben auf der Erde vor sich geht. Machen wir es kurz, du hattest uns gerufen, reden wir nicht um den heißen Brei. Was ist dein wirklich Begehr?*«

Stalin hatte sich an die grässliche Fratze seines Gegenübers gewöhnt. »*Gut, ihr scheint wirklich meine Gedanken zu erraten.*«

Luzifer kaute an seinem Schwanz. »*Du sagst es, mir ist so manches bekannt, was dein Gehirn so ausbrütet. Deine geheimen Gedanken, Wünsche sind mir allzu vertraut.*« *Er ließ seinen fetten Schwanz fahren, der hart auf dem Teppich aufschlug.* »*Nicht immer waren mir eure Gedanken, eure Pläne geneigt.*«

Stalin blickte ihn an. »*Welche Gedanken haben deinen Unmut beschworen?*«

»Nun zunächst eure Absichten, wie ihr es dem Volk erklärt, die Menschen von der Sklaverei zu befreien, von Gerechtigkeit. Wir wissen, als junger Mensch hieltest du lieber zu dem Anderen, von dem wir abgefallen sind. Seit er – den Namen kann ich nicht nennen, es ist als ob Feuer meinen Mund verbrennt. Nur der Gedanke an den Namen lässt mich erschauern.«

»Es war nicht unsere Sache, die der Schöpfer erkor. Die Liebe hasste ich, ich begehrte auf gegen ihn.« Stalin zog seinen Arm hoch, streifte die Decke von seinen Schultern, ihm wurde heiß. Er sah hin zum Teufel. »Du hast Recht, mich interessierte anfangs die Theologie, ich wollte Priester werden. Wollte ausbrechen vom stickigen Mief, der Gewalt. Zu Hause regierte der Lederriemen, mein Vater trieb mir fast täglich die Liebe aus Leib und Gehirn. Ich sah, wie er Tag für Tag im Suff meine Mutter schlug, sie erniedrigte. In mir kochte es, Hass umklammerte meine Seele. Ich hörte im Priesterseminar von der Botschaft der Liebe. Sah Hoffnung in mir aufkeimen. Diese Hoffnung wurde plötzlich erstickt. Man warf mich aus dem Priesterseminar. Doch lassen wir das.«

»Ja, du hast Recht«, sprach Luzifer zu ihm. »Ja, es ist bekannt, du suchtest Kontakt mit Leuten, die zur Gewalt neigten. Schriebst Artikel gegen die Obrigkeit, fordertest die Menschen zur Gewalt auf. Banküberfälle, Schlägerei wurde bald schon dein Alltag. In dieser Zeit wuchs in dir die Gewaltbereitschaft. Seit den Tagen wurdest du für uns interessant. Für uns ist die Botschaft des Christus das größte Ärgernis, Liebe, Liebe am Nächsten, das darf doch nicht wahr sein, wohin geriete die Welt, wenn es keinen Unfrieden und Kriege zwischen den Menschen gäbe. Keinen Neid und keine Gier. Dafür wollen wir schon sorgen, dass die Welt nicht so wird wie sie Gott will, wir werden verhindern, dass die Liebe siegt. Auf unserer Fahne steht: Zwist säen, Habgier schüren, Macht und Skrupellosigkeit, den Menschen abhalten von Wichtigem, einflüstern, ablenken. Ihnen klar machen, sie alle haben Recht. Zerschlagt euch, führt Kriege, seit überzeugt, dass bei euch die Wahrheit ist. Die anderen sind Ketzer, Schwindler. Hass und Neid bringen die Welt voran. Wir brauchen Herrscher, die nicht an den Firlefanz der Liebe glauben. Menschen brauchen wir, die nur eins kennen, Macht und sich daran berauschen.«

Stalin hatte Luzifer fasziniert zugehört. »Ei Klumpfuß, du sprichst trefflichst, du scheinst meine inneren Gedanken wirklich gut zu kennen.«

Luzifer kratzte sich die behaarte Stirn. Er sah mit seinen blutrot unterlaufenden Augen zum Bett. »Dschugaschwili, lass diese Schmeichelei, kommen wir zur Sache. Schon lange haben wir bemerkt, du bist unser Mann, auf den wir vertrauen können.« Ein dumpfes Geräusch ertönte im Zimmer, es stank nach Feuer und Schwefel. »Verzeih Dschugaschwili, es sind die Bohnen, die meine Großmutter heute Mittag kochte.«

»Du lässt einen fahren, dass man meint die Hölle sei nebenan. Mach das Fenster auf, es ist nicht auszuhalten.«

Verschämt lief Luzifer zum Fenster, kippte den Flügel, frische Luft erfüllte das Zimmer. Er sah zu Stalin hinüber. »Das mit Lenin ist kein Problem, wir werden schon den richtigen Dreh finden, dass seine Stunden gezählt sind. Doch vorher muss eins klar sein, was willst du eigentlich?«

Stalin lachte. »Dass du mich das fragst!« Er lachte heftig. »Was ich will ...« Er lachte so heftig, dass ihm Tränen in die Augen kamen. Plötzlich wurde er ernst. »Ich will nur eins, nur eins ist mir heilig, Macht, Macht und nochmals Macht. Der Macht opfere ich meine Seele, mein Leben, hörst du Luzifer. Macht, Macht will ich.« Stalins Augen begannen zu leuchten. »Einen neuen Menschentyp will ich formen, frei von demokratischem, humanistischem Gefasel, frei vom Opium der Liebe. Einen neuen Menschen prägen, einen Heroen einer neuen Zeit.«

»Gut, gut, Dschugaschwili, ich habe gut verstanden, du hast unsere Erwartung nicht enttäuscht. Schließen wir einen Pakt. In deinem Priesterstudium hast du sicherlich gehört, dass wir den Christus – verzeih, mir fällt es schwer, diesen Namen auf den Lippen zu führen – wir wollten ihn für uns gewinnen, dass er uns diene. Dafür hätte er das ganze Erdreich erhalten, nein er hat uns brüskiert, hat uns bloßgestellt. ›Du sollst Gott nicht versuchen, hinweg Satan‹, sprach er. Es hat uns stark getroffen. Wir haben aufgegeben. Bis wir Nachricht erhielten, da gibt es einen, der uns helfen wird, unsere Herrschaft auf Erden zu errichten.«

In Stalins Gesicht arbeitete es, er hob seinen Kopf, dem Teufel zu gewandt: »Einverstanden, schließen wir einen Pakt, was soll ich dafür tun?«

»Wir sorgen dafür, dass du Herrscher über Russland wirst und spä-
ter über die ganze Erde bist, dass du ein System der Gewalt durchsetzt,
dass in deinem Reich kein Platz für Liebe, Menschlichkeit und Friede
ist. Angst und Misstrauen, Habgier, Neid, Skrupellosigkeit sollen dein
Erdenreich regieren.«

»Und was wollt ihr als Gegenleistung?«

»Seelen, nichts weiter als die Seelen der Menschen, das Höllenreich
schon auf Erden errichten. Tausende Seelen schickst du uns. Errichte
ein System des Terrors, errichte große Lager, in denen Tausende den Tod
finden, installiere ein System der Versklaverei, der Vernichtung, damit
wir reiche Ernte für unsere Hölle haben.«

»Oh welch gigantisches Reich will ich aufbauen. Grandiose Werke,
Staudämme, Wüsten nutzbar machen, Meere umleiten. Sibirien soll ein
einziger Industriegigant werden.«

»Ja, ja, Stalin, mit Millionen von Sklaven wirst du dein Reich bauen.
Es soll dein Reich werden, in dem unsere Ernte üppig sein wird, dein
Name soll in die Geschichte als Generalissimo eingehen, wer deinen
Name nennt, wird ihn mit Furcht nennen. Stalin – Herrscher der Sow-
jetunion, noch in Hunderten von Jahren wird dein Name die Menschen
erzittern lassen.«

Stalin war bei diesen Worten wie berauscht. »Gut, abgemacht, es gilt,
mit meinem Blut will ich den Vertrag unterschreiben.«

Luzifer zog einen Zettel aus seiner Manteltasche. Er kritzelte einige
Sätze darauf und trat ans Bett. »Dieser Vertrag gilt zwischen uns. Zeig
mir deine Hand, ich nehme Blut von dir als Unterpfand. Morgen schon
beginnt unser Werk. Oh wie wird die Hölle frohlocken, endlich beginnt,
was wir seit zweitausend Jahren wünschen. Angst und Schrecken soll
die Erde regieren.«

Stalin blickte hinaus zum Fenster, nachdenklich sprach er : »Nach Le-
nins Tod will ich beginnen, mein Reich zu errichten. Blut darauf. Was
ist Klumpfuß, du schaust so nachdenklich.«

»Da wäre noch eine Sache, die uns in der Vergangenheit maßlos auf-
regte, einer Seuche gleich sich über ganz Europa ausbreitete.«

»Was meinst du, alter Freund?«

Luzifer peitschte seinen Schwanz auf den Boden, fletschte seine Zähne, weißer Schaum floss aus seinem Mund. Er schielte zu Stalin hinüber und begann: »Die Deutschen nannten es Aufklärung. Der Mensch werde frei. Die Würde des Menschen sei unantastbar. Gar noch Glück, dass jeder einen Anspruch darauf hat. Diese Worte ähneln gar den Worten des Schöpfers. Liebe, sein Gesetz, wenn ich nur daran denke, bekomm ich Frostbeulen. Lass nicht zu, dass sich dies wie eine Pest über Russland ausbreitet.«

»Wenn es nur das ist«, Stalin wurde ernst, »darüber brauchst du dir keine Gedanken zu machen. Ich will sie alle zu Sklaven machen, sie sollen in Furcht und Schrecken leben. Wer nach Menschenwürde und Glauben trachtet, wird als Volksfeind, Ungeziefer, Unkraut deklassiert, ausgerottet mit Strunk und Stiel will ich all diese Feinde meines Reiches. In Umerziehungslagern sollen sie arbeiten, bis ihre Seelen ausgehaucht haben. Du wirst viel Arbeit haben, deine Kessel in der Hölle werden zum Bersten voll sein.«

»Ach welch neue Zeit wird anbrechen«, flüsterte Luzifer. »Wenn mir nicht der Schöpfer in die Quere kommt, mit seiner Barmherzigkeit die Seelen für seinen Himmel rettet.«

»Ach lass dein Winseln, Sohn der Hölle. Ich will ihnen schon ihren Glauben austreiben, sie sollen in Furcht und Schrecken ihr Dasein in Lagern fristen. Aus ihren Kirchen will ich Vergnügungsstätten für meine Helfer machen, dort sollen sie schwelgen und sich austoben.«

»Tausende Teufel will ich dir von der Hölle zur Erde hinauf schicken, Stalin, sie sollen ständig an den Ohren deiner Höllenhunde hängen, ihnen einflüstern, Habgier, Neid, Unzucht, Gottlosigkeit sollen ihr Leben prägen. Ihr Denken soll sich nur um ihre Person drehen, voller Schadenfreude sollen sie sein, wenn andere leiden, neidisch sollen sie auf andere schauen, Zwietracht will ich ihnen vertreiben, Zwist unter ihnen säen, Vorurteile, Doppelzüngigkeit, den anderen ihr Teufel zu sein, das will ich ihnen einbläuen. Ach, wie ich mich schon jetzt freue, endlich erfüllt sich auf Erden meine Herrschaft.«

»Und ich«, erwiderte Stalin, »ein Heer von Spitzeln und Denunzianten will ich errichten, dass Kinder ihre Eltern verleumden, sie denunzieren, Eltern ihre Kinder verunglimpfen, sie anzeigen.«

»Ja, ja, das wollen wir!« Luzifer hüpfte vor Freude. »Angst und Schrecken sollen auf Erden regieren, Liebe unter den Menschen werde ich auslöschen. Nur mich allein sollen sie anbeten. In den Lagern werde ich sie vernichten, Christen, Juden. Vogelfrei sollen sie sein, die Deutschen, mit ihrem humanistischen Geschwätz.«

»Es ist höllischer Wahnsinn Stalin, aus deinem Mund dies zu hören, wir errichten eine Hölle auf Erden. Ist das nicht toll! Wenn das der alte Beelzebub hört, er wird jauchzen vor Wonne. Mir ist schon ein Name für diese Zeit eingefallen.«

»Du machst mich neugierig, sprich alter Teufel.«

»Du wirst nicht darauf kommen«, lachte Luzifer. »Du bist der Erfinder und Organisator des Systems, du bekommst die Ehre der Namensgebung, du allein. Na rate schon.«

»Sozialismus, nein, Kommunismus?«, antwortete Stalin.

»Aber nein Dschugaschwili, viel einfacher, du kommst nicht darauf.« Luzifer lachte. »Bei dem schwefligen Feuerfurz meiner Großmutter, du errätst den Namen nicht«, quoll es aus dem Mund Luzifers. »So klar wie dein Plan ist dieser Name: Stalinismus, soll diese Zeit heißen, großartig, was?«

»Verdammt nochmal, das ist einfach genial, mein Freund. Darauf müssen wir einen Wodka trinken. Aber eins sage ich dir«, fuhr Stalin fort, »du wirst staunen, was ich kann, man sagt mir eiskalten Verstand, kühlen Kopf und großes Organisationstalent nach.«

»Ja, ich glaub's dir, ich glaub's dir, deine Worte bestätigen, du bist unser Mann, auf den wir schon Hunderte Jahre gehofft haben, unsere Zeit ist angebrochen. Eine großartige Zeit. Endlich beginnt unsere Zeit, Schluss mit der Liebe Gottes. Der Mensch soll des Menschen Feind sein, dies wird unser Motto sein.«

»Ach wie herrlich«, erwiderte Stalin, ganz voller Freude trunken. »Meine Herrschaft wird eine Blutspur hinterlassen, wie sie die Welt noch nie erlebte.«

Luzifer hüpfte vor Freude: großartig, großartig, oh welch teuflische Wonne.

Stalin hatte sich in seinem Bett aufgerichtet. »Sie werden mich als Gott anbeten, voller Furcht und Angst, ich hab schon einen Plan.«

Luzifer reckte seinen Kopf zu ihm. »Rede schon, red. Ich kann es kaum erwarten, ihn aus deinem Mund zu hören.«

Draußen begann es schon zu dämmern. »Schließ das Fenster, Luzifer, nein, komm näher, damit ich dir meinen Plan einflüstern kann:

Sie sollen mein Bild in jedem Haus in ihre Zimmer hängen. In Dörfern und Städten, in Fabriken und Kolchosen, lasse ich einen fünfzackigen Stern anbringen, er soll leuchten, wenn sie ihre Arbeitsnorm erfüllt haben, die ich ihnen vorgebe. Wer nicht arbeiten kann, soll auch nicht essen. Große Industrieobjekte will ich errichten. Wüsten will ich bewässern. Kanäle zwischen den Meeren errichten, wie sie die Menschheit nie gekannt hat. Ganz Sibirien wird eine Industrieregion werden, sie werden mit Hacke und Schaufel Erze, Kohle aus der Erde fördern. Der Kälte trotzen sollen sie, Holz fällen, Flüsse umleiten, Eisenbahnstrecken errichten. Sibirien wird blühen, mit dem Blut von Millionen von Sklaven. Luzifer, du wirst ernten, wie du es nie erträumt hast.«

»Die Hölle wird's dir ewig danken, nur, es gibt ein Problem dabei, großer Herrscher.« »Welches Problem meinst du?«

Luzifer, war aufgestanden, lief einige Schritte hin und her. »Du kannst das nie allein, du brauchst einen Apparat, eine Organisation, ein Instrument. Das deine Pläne rigoros umsetzen kann, ohne wenn und aber, ohne Skrupel und Moral. Deine Partei der Bolschewiki ist dazu nicht in der Lage. Viele Intellektuelle, viele Moralisten, Humanisten, Gelehrte und Dichter, sie werden dich bremsen, dich blockieren, deinen Plan umzusetzen.

»Ach du Zweifler, das hab ich alles schon bedacht.« Stalin lachte laut auf. »Du bemerkst auch alles, alter Teufel.«

»Wir haben unsere Augen und Ohren halt an der Masse«, entgegnete Luzifer, argwöhnisch zu Stalin schielend.

»Mach dir darüber keinen Gedanken, auch daran hab ich bereits gedacht.«

»Lass hören, wie du vorgehen willst!«

»Erstens. Die Partei der Bolschewiki werde ich säubern vom intellektuellen Ungeziefer, nur mit Personen besetzten, die mir willfährig sind. Lenins alte Garde will ich ausmerzen. Die Partei bin ich, lautet meine Strategie.

Zweitens. Kulakentum, besonders die Deutschen werden durch Arbeit vernichtet. Gulag soll ein Zauberwort werden. Millionen Menschen werde ich opfern, um meine gigantischen Ziele zu erreichen.

Drittens. Du hast Recht, ich brauche eine straffe Organisation. Dafür baue ich die Tscheka um, sie wird mir als NKWD direkt unterstellt und außerhalb des Rechtssystems wirken. Ihre einzige Arbeit wird sein, ständig Nachschub für meine Lager zu liefern.«

Luzifer glühte vor Eifer, Speichel quoll aus seinem Mund. »Grandios dein Plan, könnte von mir sein, ich seh du bist ein scharfer Denker und vortrefflicher Organisator. Beschließen wir unseren Pakt mit einem Schluck Blut, er soll uns für immer verbinden.« Er füllte zwei Gläser mit Blut, reichte ein Glas Stalin: »Auf unseren Plan, auf die Herrschaft der Hölle auf Erden!«

In der Baracke war es ruhig, nur das Schnarchen war zu hören.

»Was du erzählst ist furchtbar und schrecklich.«

»Es mag sein Magdalena, dass das alles nur ein Märchen ist. Doch erklärt es die Wirklichkeit einer menschlichen Bestie, eines blutgierigen Tyrannen. Ob das Böse auf der Welt Ausdruck des Wirkens Satans ist oder nicht, wir wissen es nicht. Was wir wissen und am eigenen Leib hier im Gulag spüren, dass es das Böse, das Teuflische gibt. Das Böse auf Erden wird durch Satan personifiziert.«

»Glaubst du an Satan, Maria?«

»Mein Bauchgefühl sagt, es gibt Satan. Und du, glaubst du daran?«

»Was du erzählt hast, vom Pakt zwischen Stalin und Satan, klingt irgendwie plausibel. Woher sonst kommt das Böse? Ist nicht Satan der gefallene Engel, der Gott herausfordert?«

»Darüber schrieb Swetlana. Stalins Tochter schrieb mir einen Brief, in dem sie den Verlust ihrer Mutter Nadeschda sehr bedauerte. Sie schrieb, dass ihr Vater alles Schöne zerstöre. ›Nun ist auch Onkel Maxim tot‹, erwähnt sie. In dem Brief hegt sie den Verdacht, dass ihr Vater am Tod von Maxim Gorki Schuld sei. Gorki hat wie kein Zweiter Stalin in seinen Gedichten verherrlicht, trotzdem musste er sterben. Weiter drückt sie auch ihren Liebesschmerz aus. ›Vater verbietet mir, mich noch länger mit Aleksej Kapler zu treffen.‹ Ihr Vater hasste ihn, weil Kapler Jude ist, er hat dafür gesorgt, dass Kapler für zehn Jahre nach Sibirien verbannt wurde. Sie schreibt, dass er ihren Halbbruder Jakob gehasst hatte, weil er Jude war. Das Ausmaß seiner Brutalität vollzog sich auch in der eigenen Familie, immer öfter wurden plötzlich Mitglieder der Familie, zu ›Feinden des Volkes‹ abgestempelt und verbannt. Sie weinte oft tagelang, weil wieder eine von ihr geliebte Tante oder ein Onkel spurlos verschwand. Sie schrieb: ›Mein Vater unterstützte nicht nur den Antisemitismus, er erfand ihn neu.‹ Immer wieder fragt sie sich, warum ihr Vater so böse ist.«

»Du bist verwandt mit Nadeschda Allilujewa, Stalins zweiter Frau? Hattest du Stalin persönlich gesehen?«

»Ja schon, aber eher selten, er kam mit seiner Frau nicht oft nach Tiflis. Einmal sah ich ihn, als er mit Nadeschda nach seiner Hochzeit seine Mutter besuchte.«

»Was ist er für ein Mensch?«

»Nun er ist schon ein gutaussehender Mann, seine Augen funkeln, er ist charmant, wirkt freundlich, doch Augen können trügen. Ich hörte, dass er jähzornig und aufbrausend sei, zumindest sagt man, dass er seinen Sohn Jakob, aus erster Ehe, quälte und misshandelte. Er ist bedeutend älter als Nadeschda. Man sagt ihm nach, dass er ein wahrer Schürzenjäger ist. Magdalena, du musst wissen, Stalin war nicht sein richtiger Name, sein eigentlicher Name war Josef Wissarionowitsch Dschugaschwili. Er war Georgier, kam aus einfachen Verhältnissen. Seine Mutter vergötterte ihn, sein Vater, ein Schuhmacher, hat ihn schon von früher Kindheit an den Lederriemen spüren lassen. Stalins Vater verprügelte im Suff sein Weib und seinen Sohn fast täglich. Später verließ Stalins Mutter ihren Mann, der bald darauf durch Alkohol ums Leben kam. Stalin war sehr wissbegierig, ein Pfarrer vermittelte den aufgeweckten Jungen auf ein Seminar. Bald schon wurde er ein Musterschüler, frühzeitig geriet er in Kontakt zu radikalen Strömungen. Gewaltbereit schloss er sich radikalen Gruppen an. Wegen gewalttätiger Angriffe gegen die Obrigkeit warf ihn die Schulleitung hinaus. Stalin wurde Berufsrevolutionär. Er schrieb für radikale Zeitungen unter dem Pseudonym Koba, legte sich einen revolutionären Namen Stalin zu, was seine Härte ausdrücken sollte. Er wurde immer machthungriger und offen für Gewalttätigkeit. Er schloss sich radikalen Gruppen an, ging für 15 Monate in den Untergrund. Dies radikalisierte sein weiteres Leben. In Sibirien heiratete er seine erste Ehefrau, Jekaterina Swandise, sie starb an Lungenkrebs. Er schloss sich der Russischen Arbeiterpartei an. So kam er in Kontakt zu Lenin, der auf ihn aufmerksam wurde und ihn den *wunderbaren Georgier* nannte. Er rühmte ihn wegen seines ausgeprägten Organisationstalentes. Lenin hatte eine hübsche Sekretärin, die deutschstämmige Nadeschda. Sie verliebte sich in den rassigen Mann, vielleicht mehr aus Abenteuerlust. Stalin war über 28 Jahre älter als sie. Schon bald bemerkte Nadeschda, auf welchen Teufel sie sich eingelassen hatte. Er diktierte ihr Leben. Sie hatte dieses Leben satt, wollte ausbrechen aus seiner Umklammerung. Sie nahm ein Studium auf, wo sie sich entfalten konnte. Stalin verbot ihr das Studium, sie musste die Uni verlassen. Von ihrer Mutter erfuhr ich, dass sie oft Selbstmordgedanken hatte. Sie wollte nicht mehr mit Stalin leben, wusste aber auch, dass er sie überall durch seinen Machtapparat finden würde. Die weitere Geschichte kennst du ja, als sie 1932 aus dem Leben schied.«

»Ja, sie muss schrecklich unter diesem Teufel gelitten haben. Maria, diese Geschichte von Stalins Traum erinnert mich an eine Geschichte von Lew Tolstoi.«

Satans Rückkehr

Es war in der Zeit des römischen Kaisers Tiberius. Gottes Sohn offenbarte seine Lehre der Nächstenliebe. Jesus Christus' Lehre war klar und verständlich, sie erlöste die Menschen von den Lasten des Lebens. Niemand mehr war in der Lage, diese Botschaft aufzuhalten. Dies bemerkte Beelzebub, der Vater aller Teufel. Ihm wurde bewusst, dass seine Macht über den Menschen auf Erden ein für allemal vorbei sei. Beelzebub hatte alle gegen Jesus aufgehetzt, die Pharisäer und Juden. Er hatte gehofft, dass Jesus scheitern würde und sich von seiner Lehre lossagte. Die Entscheidung war am Kreuz gefallen. »Vater vergib ihnen, denn sie wissen nicht was sie tun.« »Es ist vollbracht.« Deutlich vernahm er auf Golgatha, dass Jesus am Kreuz gesiegt hatte. Er sah, dass seine Hölle zerbarst. Ohnmächtig geworden, stürzte er hinab in die Unterwelt. Jahrhunderte vergingen, Spinnweben umrankten die Hölle, die Feuer in den Kesseln erloschen. Tiefe Stille herrschte, vorbei war das emsige Treiben, die Geschäfte des Seelenkaufs waren vorüber. Auf Erden herrschte Frieden. Die Menschen waren in Nächstenliebe angetan. Die Sieben Todsünden erloschen. Gottes Gebot der Liebe hatte alle Herzen ergriffen. Jedermann eiferte danach, dem Nächsten zu dienen. Gold und Edelsteine verloren ihren Wert. So mancher König war in seinem Land unterwegs, den Armen zu helfen. Auf Erden war ein goldenes Zeitalter angebrochen. Die Jagd nach irdischen Gütern, nach Reichtum war längst Vergangenheit. In Kirchen und Tempeln kamen die Menschen zusammen, um Gott zu huldigen. Lieder ihm zu Ehren erklangen an allen Enden der Welt. Die Messer der Räuber und Mörder blieben ungenutzt, sie verrosteten, sie lagen auf Müllhalden, keiner gebrauchte Gewalt gegen den Anderen. Ein stiller Friede Gottes lag auf Erden und den Menschen ein Wohlgefallen. So schlief Beelzebub, keine Stimme drang zu ihm hinab in den Tartasus. Bis eines Tages von Weitem Lärm auf ihn eindrang. Zunächst ganz von fern, es war eher ein leises Flüstern, ein Hauch, als ob ein Wind durch die Hölle hinab in den Tartasus wehte. Ein fast nicht spürbarer Hauch. Beelzebub wollte sich schon wieder auf die andere Seite schlafen legen. Da vernahm er, dass das Brausen näher kam, lauter wurde.

Er erhob sich. »Was ist da los?«, rief er in die Stille. »Was zum Teufel geschieht da oben?« Kaum waren seine Gedanken verflogen, brach es herein. Eine Unzahl kleiner und großer Teufel stürzten von der Decke herab und blieben vor Beelzebub liegen. Beelzebub war wach geworden. »Was soll dieser Lärm, warum stört ihr meine Ruhe? Ich will euch nicht mehr sehen und hören. Was wollt ihr, es ist doch vorbei. Er hat gesiegt, wir haben keine Chance mehr. Schert euch fort. Lasst mir meine Ruhe. Ich hab auf Erden nichts mehr zu suchen.« Eine Träne löste sich aus seinem Auge, die Lider hingen schlaff herunter. Das Poltern ließ nach, nur ein Schnaufen, Krächzen, Kratzen, Furzen und leises Jaulen erfüllte den Tartasus. »Geht zurück«, befahl er kleinlaut, »lasst mich in Ruhe«, sprach er mit trauriger Stimme. »Ich könnte heulen vor Wut, dass er den Sieg davongetragen hat, dabei haben wir doch alles versucht. Nein, ich will euch nicht mehr hören, verschwindet. Lasst euren Oberteufel in Ruhe trauern.« Penetranter Geruch nach Schweiß, Schwefel und Fäulnis verbreitete sich. »Ihr stinkt ja wie in alten Zeiten, wo kommt ihr her?« Es waren große, kleine, dicke, dünne Teufel, die sich um ihn scharrten. Vor ihm hockte ein großer, dickbäuchiger Teufel, der immer wieder mit seinem borstigen Schwanz wild um sich schlug. Aus seinem Gesicht drang Gestank hervor, seine Lippen hingen herunter, die Augen glühten wie Feuer. »He du stinkiger Gesell, hör auf mit dem Schwanz zu wedeln!« Er packte ihn. »Erzähl, was treibt ihr hier unten, was soll der Lärm? Ich will wissen, was das bedeutet.«

»Dasselbe wie immer.«

»Was wie immer«, höhnte Beelzebub, packte heftig den Schwanz und riss ihn zu sich, »erzähl oder ich reiß ihn dir aus dem Arsch.«

»Hör auf, mein Schwanz kann nichts dafür, dass du so schwer von Begriff bist. Ich sagte dir, es ist wie immer.«

»Drück dich deutlicher aus!«

»Die Menschen sind wie immer«, antwortete der gefragte Teufel.

»Gibt es denn noch Sünder da droben?«

Ein jaulendes Gelächter erklang. »Und ob, Beelzebub, mehr als genug.«

»Aber die Lehre Jesus Christus', dessen Name mir wie Feuer auf der Zunge brennt, seine Lehre hat sich doch endgültig ausgebreitet.«

»Ja schon, sie galt einige Jahrzehnte, wir mussten schweigen, waren machtlos. Doch heute stört uns die Lehre nicht mehr. Wir haben wieder voll zu tun.«

»Aber ich verstehe nicht, er hat sie doch mit seiner Lehre alle gerettet, sie hatten doch damit eine große Chance. Er hat sie doch mit seinem Tod frei gemacht von der Sünde.«

Der Teufel zog seinen Schwanz zurück, den Beelzebub fest in der Hand hatte. »Ich hab ihre Lehre abgewandelt.«

»Wie hast du das abgewandelt?«

»Der Zufall hat mir dabei geholfen. Ich hatte den gleichen Eindruck, wie du ihn schilderst. Ich schlief anfangs ebenfalls wie du, doch irgendwas ließ mich nicht zur Ruhe kommen. Ich stand auf, ging zur Stätte, wo er die Lehre verkündete. Oben angekommen sah ich, wie sie glücklich waren. Sie fluchten und zürnten nicht. Immun gegen weibliche Reize, widerstanden sie den erotischen Verlockungen. Sie wurden Vorbild für alle Menschen, die sich angezogen von dieser Lebensart fühlten. Doch als ich genauer hinsah, geschah Merkwürdiges. Auf dem Markt hörte ich, wie zwei sich stritten. Der eine behauptete, die Beschneidung seines Sohns sei sehr wichtig und nur wer beschnitten wird, erfährt die Wahrheit, die Unbeschnittenen sind nicht in der Wahrheit. Das sei doch nicht so wichtig, der Andere. Ich dachte, diesen Streit gilt es auszunutzen. So blies ich in die Ohren des einen, dass Beschneidung schon sehr wichtig sei. Dem anderen stärkte ich durch Einflüsterung seine Meinung. Es kam zu heftigem Streit. Immer wieder lösten sich Gruppen heraus, die einen behaupteten dies sei das Wichtigste, die anderen unterstrichen das sei das Wichtigste. So spaltete sich das Lager in mehrere Zweige.«

»Aber die Lehre war doch eindeutig«, sprach Beelzebub.

»Anfangs war es nicht leicht sie zu verwirren, doch ich ließ nicht locker, blies immer wieder in ihre Ohren, dass der Unterschied sehr wichtig sei, nur sie verkörperten den rechten Glauben. Es gelang mir, sie in mehrere Lager aufzuspalten und sie gegeneinander auszuspülen.«

»Und wie?«, fragte Beelzebub.

»Ganz einfach, ich flüsterte ihnen ein, dass nur sie den rechten Glauben hatten und den anderen als Feind ansahen.«

»Verstehe ich nicht. Aber die Lehre war doch klar und eineindeutig.«

»Wir haben's halt wie damals die Schlange gemacht, immer wieder einflüstern, nicht locker lassen, das Trennende hervorheben, Eitelkeit erzeugen, Machtstreben andeuten und schon beginnt alles vom Neuen.«

Er lachte kreischend auf, Speichel lief aus seinem Mund. »Einflüsterer musst du sein, dann kriegst du sie klein. Was meinst du mit verschiedene Lager?«

»Aber Beelzebub«, er rückte näher zum Fürsten der Teufel heran, »die Einsamkeit hat dir sehr geschadet, du begreifst schlecht. Ich will's dir erklären: Sie haben ihren christlichen Glauben unversöhnlich aufgespalten: Römische Katholische Kirche, Evangelisch Lutherisch, Freikirchen, Griechisch Orthodox, und viele andere Strömungen. Mehrere Kreuzzüge durchgeführt. Nationale Kriege, 30-jähriger Krieg, Katholiken gegen Protestanten. Seitdem ist die Welt wieder in Gegensätze aufgespalten und wir können unsere Werke weiter fortsetzen.«

»Jungs, das ist ja höllisch! Auf, jeder an seine Arbeit. Lasst uns die Menschen verwirren und einflüstern, lenken wir sie von der Lehre ab, der Sieg wird uns gehören.«

»Ach noch was Beelzebub, du bekommst eine wichtige Aufgabe, in Russland gibt es einen, der ständig nach dir ruft.«

»Oh großartig, ihr habt Zwist gesät. Wie sieht es aus, nachdem er mich besiegte. Lasst hören!«

Wie ein Sturm kam die Antwort: »Gier, Geiz, Habsucht, Missgunst, Machtstreben, Hass und Gewalt sind größer denn je. Du wirst staunen.«

»Oh ihr habt gute Arbeit geleistet. Bei allen Teufeln, es tut meinen Ohren gut, diese Worte zu hören. Auf, all ihr Teufel, ein neues Zeitalter ist angebrochen. Doch wer ruft nach mir?«

»Aus dem Kreml ertönt eine Stimme, Luzifer, sieh nach oben, wer nach uns ruft.«

Sie hatte gespannt die Geschichte Marias gelauscht. »Nun ist uns klar, wer hinter all der Gewalt steckt. Es ist erschreckend, aber mit diesem Wissen wird auch klar, nur in Gottes Liebe, im Gebet, schöpfen wir Kraft, dem Teufel zu begegnen.«

»Du hast Recht, doch bald schon ist die Nacht vorbei und morgen müssen wir wieder zur Arbeit.«

»Ach Maria, schön dass du da bist, es ist viel leichter zu ertragen, wenn man einen Menschen wie dich um sich hat.« Magdalena erhob sich, ging zurück zu ihrem Bett. Völlig stockdunkel war es im Raum, nur ein leichtes Säuseln vom Wind war zu hören. Magdalena war eingeschlafen.

J. M

Gulag – die Hölle

Schneeflocken wirbelten am Fenster, Magdalena schaute hinaus, dicht fiel der Schnee. Sie dachte an ihre Arbeit, draußen im Wald, wie sie im tiefen Schnee die Bäume zum Lagerplatz transportierten und stapelten. Sie schloss ihre Augen um zu schlafen. Sie hörte Schritte, die in Richtung der Nachbarbaracke liefen. Als sie sah, wie Soldaten, von Hunden begleitet, zur Baracke gingen, lief sie ans Fenster, um besser zu sehen, was da draußen geschah. Einige Frauen sprangen von ihren Pritschen und blickten hinaus. Sie sahen, wie die Tür aufgerissen wurde. Eine scharfe Stimme rief in der Nachbarbaracke, sie konnten jedes Wort verstehen: »Aufstehen, alle aufstehen, dawei, dawei, sofort auf dem Platz anstellen.« Sie duckten sich, um nicht gesehen zu werden. »Es ist nicht erlaubt, Wattehosen, Jacke und Filzstiefel anzuziehen«, befahl eine Stimme. Magdalena erschrak, bei dieser klirrenden Kälte ohne Steppkleidung, das ist der sichere Tod. Draußen wurden die Gefangenen über den Stellplatz getrieben, manche nur mit Hemd bekleidet, ohne Schuhe. Soldaten prügelten die Häftlinge mit Gewehrkolben hinaus. Eine Frau wurde an den Haaren hinaus gezerrt. Ein Soldat schlug mit einem Lederriemen auf ihren Kopf. Da erblickte sie aus dem Fenster, wie eine Frau herauskam. Sie hatte nur ein weißes Hemd an. Sie zerzauste ihr Haar, schrie, tanzte wie in Trance, warf sich in den Schnee. Wie wild schrien Frauen, dürftig angekleidet stürzten sie zum Stellplatz, barfüßig, vor Kälte blau gezeichnete Gesichter und Füße. Im dichten Schnee standen sie in Reih und Glied. Eine Frau schrie auf, »Höllenhunde, ihr Höllenhunde«, machte ein paar Schritte zur Baracke, lief durch den Schnee. Magdalena sah, wie ein Soldat seinen Hund von der Leine los ließ. Die schwarze Bestie stürzte sich auf die Frau, riss sie zu Boden, blutgierig biss er zu. Die Frau blieb tot am Boden liegen. »Mörder, Mörder, müssen wir denn alles hinnehmen, wie sie uns abschlachten«, sprach Magdalena und wandte sich zu den neben ihr stehenden Häftlingen. »Müssen wir alles dulden?«, entfuhr es ihr. Sie sahen durch das verschneite Fenster, wie der Wachsoldat den Hund an die Leine nahm und zur Gruppe der Gefangen zurück schritt. Die Frauen am Fenster sahen, wie die Gefangenen über den Hof getrieben wurden, Richtung Haupttor, bewacht von Soldaten. Einige Scheinwerfer verloschen, die Nacht senkte sich über das Lager. Magdalena war eingeschlafen. Sie wachte auf, als sie Schüsse hörte. Halb im Schlaf vernahm sie Schüsse aus einem Maschinengewehr, scharf hoben sich die grellen Schüsse aus der Stille der Nacht heraus. Peitschende Schüsse, roh wie Gewitter, inmitten der stillen Nacht. Das Gespenst der Angst lag über dem Lager, Grausamkeit, von Menschen an Menschen, Gott wo bist du? Warum müssen wir dieses Elend ertragen, Gott, mein Gott, warum nur? Sie faltete ihre Hände zum Gebet und schlief ein. Am Morgen wurden sie früher als sonst geweckt. Sie erhielt den Befehl, mit der Holzbrigade mit dem Schlitten hinaus in den Wald zu fahren. Begleitet von Soldaten fuhren sie in den Wald. Sie kamen zu einer Lichtung, umsäumt von Birken. An einem Hügel sah sie Leichen, die Leichen der Frauen, die in die kalte Nacht hinausgetrieben wurden, hier lagen sie, getötet, ermordet, entehrt. Die Leichen waren starr gefroren, ihre Körper blau, in ihren Köpfen und Leibern war das Blut erstarrt. »Aufladen, aufladen auf Schlitten!«, schrien die Soldaten. Die Frauen luden die Opfer auf den Schlitten. Sie fuhr die Leichen zu einem kleinen See in unmittelbarer Nähe zum Holzplatz. Der See war zugefroren. Reisig wurde hoch aufgestapelt und die Leichen darauf gelegt. Soldaten schleppten einen Kanister heran, schütteten Benzin über den Scheiterhaufen, der bald lichterloh brannte. Immer wieder wurde eine Leiche nach der anderen auf das brennende Reisig geworfen.

»Es sind Bestien, sie haben keine menschlichen Regungen mehr«, richtete Magdalena Worte an die nebenstehenden Häftlinge, »sie morden uns, kennen keine Gefühle.« Am Abend legte sie sich auf ihre Pritsche, ihre Gedanken kreisten um die Bilder, die sie im Wald erlebte. Sie sah die vor Kälte entstellten Leichen, ihr Magen drehte sich um, ihr war übel, sie musste brechen, sie rannte hinaus, an der Ecke zur Nachbarbaracke überkam es sie heftig, sie kotzte alles aus sich heraus. Aus ihren Augen rannen Tränen, sie schluchzte, völlig apathisch lief sie zurück zur Baracke. Maria erwartete sie an der Tür, hakte sie unter, führte sie zu ihrer Pritsche. »Diese schrecklichen Bilder, ich kann sie nicht aus meinen Gedanken vertreiben, sie haben sich tief in meinem Gedächtnis eingegraben, Magdalena«, sprach Maria, »nur Gottes Worte vermögen uns zu helfen.«

»Jesus spricht, meine Kraft ist in den Schwachen mächtig.«, 2. KORR. 12,9.

In Golgatha ist er für uns am Kreuz gestorben. Sie wollen uns verhöhnen, die Frau mit dem Kreuz sollte uns abschrecken, wir müssen diese Szene umdrehen, sie muss uns Mut machen, nicht verzweifeln lassen.

»Alle eure Sorgen werft auf ihn, denn er sorgt für euch«, 1. PETR. 5,7.

Sie können unsere Körper vernichten, doch unsere Seelen werden sie nicht fesseln, Gott wird unsere Seelen vor dem Teufel bewahren und schützen. Seine Liebe wird stärker sein als der Tod. In Christus, seinem Sohn, hat er den Tod besiegt. Wir dürfen hoffen, hoffen auf Erlösung von den Bösen.

»Die Finsternis vergeht, das wahre Licht scheint jetzt«, 1. JOH. 2,8.

»Als du heute Morgen im Wald warst, war ich drüben in der Kleiderkammer, mir Arbeitsschuhe zu holen. Zufällig hörte ich ein Gespräch zwischen einem Offizier der Lagerleitung und der Mitarbeiterin der Kleiderausgabe. Sie haben mich wahrscheinlich bei ihrem vertieften Gespräch nicht wahrgenommen. Am morgigen Abend kommt ein neuer Gefangenentransport ins Lager, man brauche eine ganze Baracke. So beschloss die Lagerleitung, den Befehlen aus Moskau gehorchend, sämtliche Häftlinge einer Baracke zu entfernen. Mir blieb vor Schreck der Atem stehen, ohne bemerkt zu werden schlich ich mich durch die noch offene Tür wieder hinaus.«

Sie mussten ihr Gespräch beenden, die Stubenälteste trat in die Baracke, sie kam zu Magdalena. »Du sollst zum Lagerkommandanten kommen.«

»Wann?«, erwiderte Magdalena,.

»Sofort.«

»Was wollen sie von mir?«

»Das wird man dir schon rechtzeitig sagen.« Die Stubenälteste war eine Russin, die Magdalena immer mit Argwohn behandelte. »Ihr Deutschen bringt uns nur Unheil, wer weiß was du ausgefressen hast.«

Magdalena zog ihren Mantel an und verließ die Baracke.

Stalins Helfershelfer

Sie betrat die Baracke der Kommandantur, wenig Licht beleuchtete den Flur. Sie blieb an einer Tür stehen. »Kommandant« stand auf dem Schild, sie klopfte an. Eine Stimme rief »herein«. Sie öffnete die Tür vorsichtig und trat hinein.

»Guten Tag, straswudje, sie wollen mich sprechen.«

Ein Mann mittleren Alters saß an seinem Schreibtisch, er hatte aschblonde Haare, auf der Stirn kräuselten sich Locken. »Was wollen Sie?«

»Sie haben mich herbestellt.«

Er bat sie Platz auf dem Stuhl vor seinen Schreibtisch zu nehmen. »Was führt sie her?«

»Sie haben befohlen, zu Ihnen zu kommen.«

»Ach ja, ich hatte es ganz vergessen. Wie heißen Sie?«

»Magdalena G., aus der Baracke 19.«

Er stand auf und holte von einem Aktenschrank einen Ordner. Sie blickte zu ihm. Er war von schlanker Gestalt, der Gesichtsausdruck war offen, ein ovales Gesicht, das von hellen Augen dominiert wurde, er wirkte eher sympathisch. Er entnahm eine Akte und blätterte darin. »Sie sind Deutsche.«

»Ja, aus dem Warthegau, geborenen bin ich in Bessarabien«, antwortete sie.

»In Ihrer Akte steht, dass Sie einen Offizier erschlagen haben, weiter ist zu lesen, dass Sie Diebstahl begangen haben.« Er schloss die Akte und sah sie an. »In der Akte steht, dass Sie einen Menschen getötet haben und deshalb zu 10 Jahren Zwangsarbeit verurteilt wurden.«

Sie sah ihn an. »Das ist eine Lüge, ich habe keinen Menschen getötet, es war Notwehr.« In ihr wuchs Empörung. »Dieser Offizier wollte mich vergewaltigen.«

»Das Gericht hat sie verurteilt«, entgegnete er und fügte knapp hinzu: »Es ist nicht meine Sache, dies zu prüfen. Darum hab ich Sie auch nicht hierher gebeten«, fuhr er fort.

Sie sah ihn an. Was wollen Sie von mir, fragte sie in Gedanken.

»Uns ist zu Ohren gekommen, dass Sie unsere Wachsoldaten als Bestien beschimpfen, ist das wahr?«, fragte er.

Warum sollte sie nicht ihre Meinung aussprechen, konnte das ihre Situation wirklich schlimmer machen? »Was sonst sind das für Menschen«, entgegnete sie, »die während unserer Arbeit im Wald Frauen vergewaltigen und Proteste mit der Waffe in der Hand niederschlagen.«

Sein Gesicht blieb bei dieser Antwort regungslos. Er blätterte. »In Ihrer Akte steht weiter, dass Sie Mitglied der Nazijugend waren und deshalb zur Umerziehung in ein Lager eingewiesen wurden.«

»Ja, ich war im Bund Deutscher Mädchen.«

»Haben Sie keine Skrupel gehegt, in welcher Organisation sie Mitglied wurden?«

»Anfangs nicht«, sprach sie, »es war eine Gemeinschaft, in der man unter Jugendlichen war. Später, als der Krieg sich fortsetzte, Stalingrad gefallen war, kamen immer mehr Zweifel über diesen Krieg auf.«

Er schaute zur ihr. »Sie waren auf dem Gymnasium. Als Hitler unser Land überfiel, welche Meinung hatten sie über Russland?«

»Von zu Hause her kannte ich Russland. Meine Eltern sprachen oft über Russland, mich interessierte vor allem die Literatur und Musik dieser Menschen. Meine Eltern kamen aus Bessarabien und hatten keine Vorurteile Russland gegenüber, sie hatten einen ganz normalen Umgang mit Russen, Rumänen oder Bulgaren auf den Märkten in Sarata oder Ackermann.«

»Sie sagten, Sie kämen aus Bessarabien.«

»Ja.«

»Woher genau?«

»Ich wurde im Kreis Ackermann geboren.«

»Sie haben studiert?«

»Nein, dazu kam es durch den Krieg nicht mehr. Ich hab in Polen mein Abitur gemacht und wollte später Kunst und Geschichte studieren.«

»Sie sind jung, vielleicht können sie irgendwann studieren. Krieg ist immer schrecklich, er kostet Millionen Opfer. Die Deutschen haben einen Weltkrieg vom Zaune gebrochen, wir alle müssen darunter leiden.«

»Ich gebe Ihnen Recht, Krieg ist schrecklich. Deutschland hat Ihr Land überfallen, Ihren Zorn kann ich verstehen. Nicht verstehen kann ich aber die Gräuel an Männern, Frauen und Kindern, die nichts mit dem Krieg zu tun hatten. Warum hat man uns verschleppt nach Sibirien? Gut, um den Schaden auszugleichen, das sehe ich ein, dass sie Menschen in Lager deportieren, dort zu arbeiten, ja dafür hab ich irgendwie auch Verständnis, auch wenn es schmerzt und man unschuldig ist. Doch in ihren Lagern geht es nicht um Arbeit, nicht um Wiedergutmachung. In ihren Lagern werden Menschen vernichtet, regelrecht vernichtet, nur, weil sie Christen, Juden oder Deutsche sind. Was anderes war das vor zwei Tagen, als mehrere russlanddeutsche Frauen mitten in der Nacht in die Kälte hinausgetrieben wurden? Sie kannten nur ein Ziel, sie zu töten. Welche Barbarei, wie tief muss ein Mensch fallen?«

»Sie sind mutig mit ihren Worten!«

»Mutig nennen Sie das? Was weiß ich schon, wer die Nächste ist, die Sie töten. Nein, ich bin nicht mutig, ihr Gräuel hat mir die Angst genommen, Gott wird dies eines Tages tilgen.«

»Sind sie Christin?«

»Ja, ich bin getauft und konfirmiert, wie das in unseren Dörfern in Bessarabien üblich war.«

Er schwieg, leise sprach er dann zu ihr: »Ich will nicht um den heißen Brei reden, Sie sind sehr klug und man sagt, dass Sie auch fleißig ihre Arbeit machen, anderen Menschen dabei helfen.«

»Ist das etwas Schlechtes?«

»Das will ich nicht behaupten, nur passt es nicht zum Konzept dieses Lagers«, sprach er.

»Sie haben Recht, das Lager hat die Funktion, Menschen durch Arbeit zu vernichten. Doch sagen sie rundheraus. Wie kann ein Mensch des andern Menschen Feind sein?«

»Ich will offen zu Ihnen sein«, antwortete er. »Alles was Sie sagen habe ich auch in früherer Zeit gedacht und gefühlt. Sie werden verwundert sein, was ich Ihnen jetzt sage. Mein Name ist Jiri Svoboda, mein Vater, wie sie daraus entnehmen, war Tscheche. Er wurde 1937 auf Geheiß Stalins erschossen. Es begann alles 1912 in Prag, dort lernte mein Vater Lenin kennen. Er war begeistert von seiner Vision, das Leben der Arbeiter und Bauern zu verbessern, sie zu befreien von der Knute des Kapitals. Mein Vater, jüdischer Herkunft, stammt aus bürgerlichen Verhältnissen, studierte in Prag Geschichte und Philosophie. In seiner Studentenzeit Hegelianer, fühlte er sich später immer mehr der Lehre von Marx verbunden. Sah er doch darin einen Weg zur Gerechtigkeit. Als in Russland 1917 die Februarrevolution ausbrach, ging mein Vater nach Russland. Er war begeistert von der Idee Lenins, einen Arbeiterstaat zu errichten. Als die Bolschewiki im Oktober 1917 die Macht errangen, war er maßgeblich am Aufbau eines Bildungswesens beteiligt.«

»Und Sie blieben sie in Prag«, warf Magdalena ein.

»Nein, meine Mutter starb 1916 an Kindbettfieber, bei der Geburt meines jüngsten Bruders. Ich hatte eine ältere Schwester. Meine Geschwister blieben in Prag. Im Bürgerkrieg kämpfte Vater in der Armee von Woroschilows, gegen die Armee Kornilows. Er bekam wegen seines Mutes manchen Orden. Nach dem Bürgerkrieg heiratete mein Vater eine Russin. In Lenin sah er den Garanten einer neuen Entwicklung, der Befreiung des Menschen von Armut und Not. Eines Tages, es war im Januar 1924, kam mein Vater sehr verstört nach Hause. Er war an diesem Tag bei Bucharin, er hörte bei einem Telefongespräch, wie dieser wörtlich sagte: ›Nein, er darf nicht an die Machte kommen, der Georgier ist ein guter Organisator, aber er würde die Gesellschaft zerstören, lasst Stalin nicht an die Macht ...‹ Damals lag Lenin schwer krank im Bett. Lenin warnte vor Stalin. Wenige Tage später, am 24. Januar 1924, verstarb Lenin. Doch es kam anders. Stalin war ein Machtmensch, der keine Skrupel kennt, er riss die Macht an sich. Es wurde immer deutlicher, dass Stalin systematisch Lenins Gefolgschaft aus der Partei eliminierte. 1937 holte er zum großen Schlag aus. In dieser Säuberungswelle rechnete er mit den Gefolgsleuten Lenins ab und enthauptete die Führung der Roten Armee.«

»Hat sich denn kein Widerstand gebildet?«

»Nein, es gab keine Gegenwehr.«

»Ich meine, war niemand da von Lenins Gefolgschaft, um Stalin zu bremsen?«, warf Magdalena ein.

»Ihre Frage trifft den Kern. Sicher gab es eine Reihe von Persönlichkeiten, die Stalin verhindern hätten können, Bucharin oder Trotzki, Lieblinge Lenins. Sie jedoch unterschätzten Stalin, sein systematisches Machtstreben. Sie machten ihn zum Generalsekretär und merkten in ihrer eitlen Blindheit nicht, dass sie einen Bock zum Gärtner gemacht hatten, was sich später arg rächen sollte. Sie waren vor lauter persönlicher Eitelkeit blind geworden, ließen Stalin immer weiter nach oben auf der Machtleiter steigen. Viele Anhänger Lenins waren blind geworden, auch mein Vater. Stalin hatte sie alle getäuscht. Dann war es zu spät. Stalin verfolgte systematisch sein Ziel der totalitären Macht. So unterschrieb er die Todesliste, auf der auch mein Vater stand. Er wurde aus der Armee in Unehren ausgeschlossen, beschuldigt, für den Misserfolg beim Bau eines neuen Panzers verantwortlich zu sein. Wegen angeblicher Spionage wurde er standrechtlich erschossen. Mein Vater spürte irgendeine Ahnung im Inneren. Ein paar Tage vor seiner Hinrichtung sprach er zu mir. ›Jiri, wir haben uns alle getäuscht. Russland wurde durch die Oktoberrevolution und die damit verbundenen politischen Zwänge in seiner zivilisatorischen Entwicklung zurückgeworfen. Die gesellschaftlichen Triebkräfte des Humanismus, der Reformation und Aufklärung konnten nicht Fuß fassen.‹ Unter Tränen gestand er seinen Irrtum ein. Dass er in seiner Blindheit nicht erkannte, wohin die Reise gehen wird. Ich hab noch seine letzten Worte im Ohr: ›Erst am Tor des Todes erkenne ich meinen Irrweg: In Russland siegte eine Revolution, die den letzten Funken der Sehnsucht nach Freiheit in Russland erstickte, sie auslöschte. Der Typ des neuen Menschen, den Stalin schuf, war ein Sklave der Partei.‹ Lenin hatte viele Anhänger, Intellektuelle aus ganz Europa schwärmten für seine Pläne. Sie waren überzeugt, dass durch die Revolution in Russland ein neuer Mensch entstehen würde. Doch der Traum von einem Menschen-Typus wurde durch Blut ertränkt. Die

Gewalt wurde Mittel zum Zweck. Mein Vater bekannte mir, einen Tag vor seiner Hinrichtung:

›Wenn Menschen frei werden von jeglicher Ethik und Moral, wenn sie als erste und letzte Instanz nichts mehr anerkennen als sich selbst, fallen sämtliche Schranken, der Willkür wird Tür und Tor geöffnet. Die Menschheit verkommt in Gewalt und Sittenlosigkeit.‹«

»War Ihr Vater gläubig?«

»Nein, bestimmt nicht, doch bemerkte ich in ihm eine Wandlung. Er lehnte zwar Gott ab, aber er sah, dass der von ihm eingeschlagene Weg in die Irre geführt hatte. Wir sprachen selten über Glauben, ich merkte aber seine Umkehr. Die Bolschewiki raubte der russischen Kultur ihre Seele und führte zur Verarmung des geistigen Lebens. Es herrschte der Antichrist in Person Stalins. Hammer und Sichel wurden zum Symbol eines teuflischen Systems, das auf Sklaventum, zivilisatorischen Verwerfungen in den Gulags und Antisemitismus beruhte. Er riet mir, das Land zu verlassen. Doch wohin sollte ich gehen? Ich hatte eine Offizierslaufbahn bei der Roten Baltischen Flotte absolviert, stand sozusagen auf dem Sprungbrett einer Offizierskarriere. Die Entehrung unseres Vaters traf auch die gesamte Familie. Von Stalin unterzeichnet erhielt ich den Befehl, in Krasnojarsk ein Gulag als Kommandant zu leiten. Später erfuhr ich, dass es ein Vernichtungslager war.«

»Sie sprachen eingangs von Lenin im positiven Sinne, was war er für ein Mensch?«

»Heute sehe ich die Dinge anders, nicht so wie mein Vater. Mein Vater war Lenin auf den Leim gegangen. Uljanow, wie er mit bürgerlichem Name hieß, war ein Visionär, Stratege, ein Berufsrevolutionär durch und durch. Er war Rechtsanwalt, entstammte dem Kleinadel, lebte in bürgerlichen Verhältnissen. Aber er war nicht wenig für Gewalt offen. Er war ein skrupelloser Schreibtischtäter, so gesehen war er ebenfalls ein Verbrecher. Sein einziges Ziel lautete: Macht. Heute weiß ich, Russland war nicht für eine Revolution bereit, Lenin und seine Clique der Bolschewiki terrorisierten das Land, machten es reif für den gewalttätigen Umbruch, zum Schaden des Landes, wie wir heute sehen. Stalin zerstörte das Land.«

Magdalena sah, wie seine Lippen bei diesen Wörtern zitterten. »Waren diese Personen, wie ihr Vater, Täter in einem System der Vernichtung von Menschen oder wurden sie selbst Opfer eines teuflischen Tyrannen? Sie sprachen von Lenin und Stalin, warum warnte Lenin vor Stalin?«

»Nun man muss wissen, Lenin, Bucharin, Trotzki, Simnojew kamen aus bürgerlichen Verhältnissen, waren eitel und skrupellos, aber sie wurden nie körperlich gewalttätig. Sie hetzten durch ihre Worte die Massen auf, ohne mit ihren Fäusten dabei zu sein. Durch den Bürgerkrieg gewann die nackte, rohe Gewalt, die in den russischen Dörfern zur Normalität gehörte, auch in den Städten Russlands Oberhand. In Russlands Städten kam es nicht zu einer Umwandlung dörflicher zu städtischer Kultur, wie etwa in Mitteleuropa, sondern zum krassen Gegenteil. Die Kultur der Gewalt des Dorfes pflanzte sich in Städten weiter fort und bestimmte deren Kultur. Russlands Politik der Europäisierung wurde Jahrhunderte zurückgeworfen. So kam die zweite Garde der Berufsrevolutionäre aus diesem niederen Milieu. Diese Funktionäre kamen aus einfachen Verhältnissen, erfuhren von Kindheit an selbst Gewalt am eigenen Leib. Stalin wurde ihr Idol. Der Bürgerkrieg gebar eine Elite, deren Lebenselixier Mord und Totschlag war. Zu ihnen gehörten: Molotow, Kirow, Mikojan, Ordshinikidse und Stalin. Stalin wurde zum Leit-System.

Sie sehen, wir sitzen sozusagen im gleichen Boot. Doch lassen wir das Späße machen, es geht mir darum, ihnen die Situation zu schildern, in die viele hineingeraten, oft sind ihre Hände gebunden. Es ist unglaublich. Stalin selbst überwacht die Vernichtung in den Lagern, er erarbeitet Listen, verfolgt die Vernichtung akribisch bis ins letzte Detail. Und doch hat er Tausende Helfer, die ihm willkürlich bei seiner Vernichtung zur Seite stehen, ob Soldaten oder Offiziere, mehrfach konnte ich dies im Lager erleben. Ja, ganz genau wie sie es sagen. Stalin hat Tausende Helfer, die skrupellos ihre Pflichten erfüllen. Ihre Motivation ist primitiv, durch Gewalt wollen sie ihre Persönlichkeit demonstrieren. Sie sind ein Heer kleiner Teufel, als ob sie aus der Hölle direkt kommen. Sie sind verroht, ungebildet und bösartig abnormal.«

»Sie gehören doch auch dazu. Sie sind Befehlsempfänger und Befehlender.«

»Ja, im Prinzip haben Sie völlig Recht. Sie müssen aber wissen, der Kommandant ist nicht allein, rings um ihn gibt es Wölfe, die nur darauf lauern, sich auf ihn zu stürzten, die Macht zu ergreifen. Sie leben nach ihrem Idol Stalin. Keiner kann sich in diesem System sicher fühlen, heute oben, morgen unten, heute leben, morgen sterben. Stalin ist überall, er verfolgt dich, bis er dich in seinen Händen zerquetscht. Wie er es auch mit Trotzki gemacht hat, den er rund um den Erdball verfolgte und in Mexiko ermorden ließ. So verfolgte er sein Ziel bis zum Exitus des Opfers. Keiner entgeht seinen mörderischen Klauen, getrieben vom Verfolgungswahn. Ein sicheres Zeichen, dass es dich erwischt hat, ist die Order eines Neuzugangs vom NKWD. Ein neuer Offizier wird angekündigt, du hast dann nur noch eine Wahl, die Pistole, sie wird dich befreien.«

Bei diesen Worten ging Magdalenas Blick in die Ecke des Raumes. »Spielen Sie Klavier?«, fragte sie.

»Sie fragen, weil ein alter Klimperkasten dort steht. Ja, ich hatte in Prag Klavierunterricht, doch ist es schon lange her. Nur selten spiele ich darauf, für wen? Allein macht es mir keine Freude mehr, seit ich hier in diesem Lager eingesetzt wurde. Spielen Sie Klavier?«

»Ja, seit frühester Kindheit.«

»Ich habe Sie holen lassen, nicht nur um mit Ihnen über politische Verhältnisse zu sprechen. Im Gespräch wurde mir immer klarer, ich will ein wenig dazu beitragen, das Leben, trotz der widrigen Umstände, erträglicher zu gestalten. Sie sind musikalisch, spielen Klavier. Wie wäre es, einen Chor zu gründen? Würden Sie sich das zutrauen?«

Magdalena wurde verlegen, sie hatte mit allem gerechnet, aber nicht mit solch einer Aufgabe. »Ich bin schon überrascht«, antwortete sie, »im Gymnasium habe ich im Chor gesungen, aber einen Chor leiten, ich weiß nicht.«

»Gut«, meinte er, »Sie müssen sich nicht sofort entscheiden, geben Sie mir in zwei Tagen Bescheid. Ach noch was, seien Sie in Ihrer Baracke vorsichtiger, es gibt eine Reihe Zuträger, Denunzianten, meist

Kriminelle, die ihren Vorteil daraus ziehen wollen, andere Häftlinge anzuschwärzen. Stalins Taktik beruht auf Denunziantentum, Ratten genannt.«

Ihr ging lange das Gespräch mit dem Lagerleiter durch den Kopf. Einen Chor aufbauen, sie wollte mit Maria morgen bei der Arbeit darüber sprechen.

Gottes Lieder im Smertui Prigovar

Sie hatten bereits am frühen Nachmittag die Tagesnorm geschafft. Die Vorarbeiterin wies an, im Wald aufzuräumen. Magdalena gab ihren Pferden frisches Heu und schüttete Wasser in den Eimer, die Pferde schlürften gierig das Wasser auf. Maria half ihr dabei. Die Pferde waren versorgt. Sie begannen am Stapelplatz aufzuräumen. »Maria, was hältst du von einem Chor im Lager?«

»Ein Chor, wie kommst du darauf?«

»Der Lagerkommandant ließ mich gestern zu sich kommen. Er stellte mir die Frage, ob ich mir vorstellen könnte, einen Chor im Lager zu leiten.«

»Es ist ziemlich überraschend.«

»Das dachte ich mir auch, als ich den Vorschlag hörte.«

»Mach, probiere es. Vielleicht kann ich dir dabei helfen und unsere Gespräche werden nicht mehr belauscht.«

»Dies hab ich auch gehört, es sind Spitzel, die nur darauf warten, andere zu verpfeifen. Du hast recht, wenn wir offiziell über unser Vorhaben reden, kann uns keiner argwöhnen. Also gut, Maria, ich will es versuchen.«

»Du müsstest einen Aushang an allen Baracken anbringen, und klären, wo du die Chorproben durchführen kannst.«

»Dies werde ich mit dem Lagerleiter besprechen. Doch woher nehm ich die Lieder, Noten. Glaubst du, dass es im Lager Liederbücher gibt?«

»Das glaub ich auch nicht. Doch ich hab eine Idee, mein Gesangsbuch. Wir könnten daraus Lieder herausschreiben. Und wo willst du proben?«

»Der Kommandant meinte, dass wir im Kulturraum proben können. Er gab die Erlaubnis, Aushänge anfertigen zu lassen und beim Appell dazu aufrufen. Wer Interesse hat, im Chor zu singen, sollte sich jeden Sonntag um 15 Uhr in der Kulturbaracke einfinden.«

Nach dem Abendessen gingen Maria und Magdalena in ihre Baracke. Maria nahm unter ihrer Matratze ein Gesangsbuch hervor. Sie blätterten darin.

»Wie wär's, wenn wir mit diesem Lied anfingen: ›Der Herr ist mein Hirt, mir wird nichts mangeln‹, PSALM 23.«

»Gut, Maria, das Lied kenn ich ganz gut, wir haben es oft zu Hause und in der Kirche gesungen. Ich hab Papier und Bleistift bekommen, wir können die Noten und den Text aufschreiben. Was denkst du? Bis dahin schaffen wir es, einige Notenblätter zu schreiben.«

»Ich sehe Magdalena, du bist Feuer und Flamme. Du hast mich angesteckt, wenn du willst, mach ich mit.«

»Großartig. Danke, zu zweit geht es besser.«

Es war nicht zu glauben, 23 Frauen hatten sich zur ersten Chorprobe eingefunden. Deutsche Kirchenlieder mitten im sibirischen Winter. Es war erstaunlich, dass es unter den Gefangen so viele gute Stimmen gab. Doch die Spreu trennte sich vom Weizen. Nach den ersten Proben blieben 17 Frauen übrig, mit ihnen studierte Magdalena geistliche Lieder ein, einen Teil in deutscher und einen Teil in russischer Sprache. In kurzer Zeit waren zehn Lieder abgeschrieben. Nach anfänglichen Schwierigkeiten beim Notenlesen der Frauen, Magdalena hatte zwei Proben für Notenlesen eingeschoben, entwickelte der Chor sich zu einer Stimmlage, Alt und Sopran. Dabei entpuppte sich eine junge Russin als Solosängerin, die dem Chor eine besondere Note gab.

»Im Glauben an Jesus Christus finden wir unsere Kraft, das satanische System Stalins mit Liebe zu überwinden. Nur in der Nachfolge Christi retten wir unsere Seelen. Das Gesetz der Liebe Gottes wird stärker sein als das Bündnis des Bösen. Das Wirken Jesus Christus' zeigt auch uns, Magdalena, die wir hier in der Hölle Stalins sind, dass wir nicht ganz ohne Schutz sind. Die Geschichte vom Leiden Jesus, die Stunde des Verrats im Garten Getsemane, seine Verhaftung und Anklage, lehrt auch uns, nicht das menschliche Urteil ist wichtig. Wenn Jesus spricht und uns auffordert: ›Löst euch von den irdischen Klammern, denn in ihnen werdet ihr verfangen bleiben. Werft weg eure Sorgen auf mein Kreuz.‹ Diese Botschaft muss alle hier im Lager erreichen.«

»Wie willst du dies tun, überall haben sie ihre Spitzel, Maria.«

»Ganz gewiss, die Baracken sind mit Spitzeln durchtränkt. Ist es aber auch nicht so, dass selbst Spitzel sich gegenseitig misstrauen, immer bereit sind, andere Wanzen an den Pranger zu bringen? Streuen wir doch einfach Gerüchte, die sie aufhorchen lassen und ihre Unsicherheit erhöhen. Doch darum geht es nicht, Magdalena, viel wichtiger ist es, die Gefangenen zu erreichen, ihnen die Botschaft Christus' nahe zu bringen.«

»Wie willst du sie in den Baracken erreichen, Maria? Seit wir sonntags nicht mehr zur Arbeit gezwungen werden, hat die Kommandantur angeordnet, gemeinsam Stalin zu huldigen, Lieder zu singen. Du weißt ja, sie haben den Speisesaal umgetauft, er trägt jetzt den Namen ›Kultursaal J. W. Stalin‹. Willst du wirklich ihre Kampflieder singen, von den heroischen Werken Stalins singen?«

»Nein, Magdalena, das will ich nicht. Lieder wollen wir singen, die Gott die Ehre preisen, von Jesus singen, vom Licht und Salz der Christen.«

»Bist du wahnsinnig, darauf warten sie doch, es ist strikt verboten, Lieder des Glaubens zu singen.«

»Keine Frage, dem NKWD ins Messer zu laufen hab auch ich nicht die Absicht.«

»Wie dann?«

»Ich hab da so eine Idee.«

»Du machst mich ganz neugierig, Maria. Erzähl schon.«

»Mein Mann war Anfang der zwanziger Jahre bei seinen Verwanden in der Molotschna. Dort leben seit Jahrzehnten Mennoniten. Eines Tages kam ein Mann aus der Stadt, stellte sich vor als Sowjet. Er teilte mit, das ab sofort in den Kirchen die Durchführung von Gottesdienst und in den Schulen der Unterricht in deutscher Sprache nicht gestattet sind und deren Anwendung gerichtlich geahndet wird. Um die Einhaltung des Dekrets zu kontrollieren, werde er am nächsten Sonntag persönlich in der Kirche erscheinen. Er ritt fort. Nun war guter Rat teuer. Was sollten sie tun. Da hatte Franz Klassen die Idee, sie sollten ihr Recht bekommen. Sie würden in der Kirche und Schule nicht mehr Deutsch sprechen, sondern ihre Mundart pflegen: Platt. Keiner wird sie verstehen. Alle werden glauben, es ist alles andere als Deutsch. So geschah es auch. Am nächsten Sonntag, der Mann aus der Stadt erschien tatsächlich pünktlich zum Gottesdienst. Der Prediger legte los, sein Platt erfüllte die Kirche, vom Chor ertönten Lieder in ihrer alten Mundart, zum Lobe des Herrn. Zufrieden verließ der Stadtsowjet die Kirche, in der Annahme, seine Order sei erfüllt. Die Dorfbewohner amüsierten sich köstlich über den gelungenen Streich. Das Gute daran war, dass die Mennoniten wieder mehr ihr uraltes Plattdeutsch pflegten als bisher. Es sprach sich rasch in allen Dörfern herum. Bald schon hörte man überall in der Molotschna die plattdeutsche Sprache. Die Russen glaubten tatsächlich, es wäre eine ausländische Sprache.«

»Sprichst du Plattdeutsch?«

»Ja, Magdalena, mein Großvater hat mir Platt beigebracht. Oft, wenn wir in der Stadt waren, sprachen wir Platt, um uns vor Lauschern zu schützen. Ich kenne einige christliche Lieder in Platt. Wenn du mir hilfst einige Kopien zu fertigen, sind wir in der Lage, diese Lieder gemeinsam zu singen. Natürlich kann es sein, dass die Spitzel uns verpfeifen, aber ohne ein gewisses Risiko geht's halt nicht im Leben.«

»Singen wir das Lied!«

»Kennst du den Text, Magdalena?«

»Ja, wir haben dieses Lied zum Allerheiligen in der Kirche gesungen, Wohlsein im Herrn.«

Mir ist wohl, in dem Herrn, mir ist wohl in dem Herrn.

-1- Wenn Friede mit Gott meine Seele durchdrängt, ob Stürme auch drohen von fern, mein Herze im Glauben doch alle Zeit singt: Mir ist wohl, mir ist wohl in dem Herrn.

-2- Wenn Satan mir nachstellt und bange mich macht, so leuchtet dies Wort mir als Stern: Mein Jesus hat alles für mich schon vollbracht. Ich bin rein durch das Blut meines Herrn.

-3- Die Last meiner Sünden trug Jesus das Lamm, und warf sie weit weg in die Fern'; er starb auch für mich, am blutigen Stamm. Meine Seele lobpreise den Herrn.

-4- Nun leb' ich in Christo für Christum allein, sein Wort ist mein leitender Stern. In ihn hab ich Fried und Erlösung von Pein. Meine Seele ist selig im Herrn.«

(Theodor Kühler, Philipp Paul Bliss)

Eine grundlegende Änderung unterstützte dieses Projekt. Die Lagerleitung hatte angewiesen, den Sonntag als arbeitsfrei anzuordnen. Magdalena dachte oft an das Gespräch mit Svoboda. Seitdem hatte sich etwas geändert, wenn es auch unscheinbare Dinge waren. Die Gefangenen konnten endlich aufatmen. Einen Tag in der Woche konnten sie sich von der harten Arbeit erholen. Dafür wurde aber die Norm höher geschraubt. Ein Plakat im Speisesaal forderte zu Höchstleistung auf. Ein Tisch war reserviert für die drei besten Arbeiterinnen des Lagers. Sie bekamen Extrarationen zugeteilt. Wenn auch das Sterben, auf Grund der Kälte im Winter und des Sumpfklimas besonders während des Sommers, weiter ging, änderte sich das Lagerleben leicht. Untersagt hatte die Lagerleitung grundsätzlich Vergehen gegen Frauen. Vergewaltigungen und Tätlichkeiten gegen Frauen wurden mit der sofortigen Versetzung oder Arrest bestraft. Zu Ehren der Oktoberrevolution war der erste Auftritt geplant. Es wurde ein großartiger Erfolg.

Doch wo Neid ist, schlägt bald das Böse zu. Es war kurz vor der Weihnachtszeit, der Chor hatte Proben für das Jolkafest einstudiert, als während des Morgenappells bekannt gemacht wurde, dass ab sofort die Chorproben entfallen. Magdalena wollte am Abend zum Lagerleiter persönlich gehen. Er sei nicht zu sprechen, wurde ihr mitgeteilt. Sie bekräftigte, sie komme wegen einer sehr wichtigen Angelegenheit. Sie erhielt keine Antwort. Sie ging zum Büro der Kommandanten, klopfte, keine Reaktion. Sie öffnete die Tür. Am Schreibtisch saß ein ihr Fremder. »Was wollen Sie?«, fragte er sie barsch. »Wer sind Sie eigentlich, was erlauben Sie sich, unangemeldet hier herein zu kommen.«

»Den Lagerkommandanten sprechen«, antwortete sie.

»Ach, so einfach mal den Kommandanten sprechen, wenn es Ihnen einfällt, wer sind Sie eigentlich?« Der Blondschopf stand auf und richtete sich vor ihr auf: »Wer sind Sie?«

»Magdalena G. von Baracke 19.«

»Ach nein, da kommen sie wohl oft zum Svoboda, sind wohl sein Flittchen?« Er blickte auf sie nieder, sie vernahm den Geruch nach Knoblauch und Wodka. »Dann können Sie mir auch zu Diensten stehen«, er lachte auf. »Den wirst du nie mehr sehen. Du musst nicht traurig sein, kannst auch mir dienen, horizontal.« Er lachte. »Dieser Svoboda hat sich verpisst, einfach verpisst, und sein Flittchen will ihn besuchen.« Erneut schüttelte ihn ein Lachkrampf. Er ging aus dem Büro. »Hallo Leute, kommt her!« Drei Offiziere kamen herein. »Habt ihr schon mal so was gesehen? Der Svoboda verpisst sich und sein Flittchen kommt zu ihm.« Alle lachten. »Wisst ihr was, soll sie uns doch auch erfreuen. Los holt Wodka, wir wollen darauf feiern.« Magdalena ging rasch hinaus, verließ die Lagerleitung. Ihr wurde plötzlich klar, in welche gefährliche Lage sie geraten war. Sie erinnerte sich an Svobodas Worte, heute leben, morgen sterben.

Am nächsten Tag wurde vor dem Zählappell der neue Lagerleiter vorgestellt. Die Höllenhunde hatten zugebissen, dachte Magdalena. Hellwach waren ihre Gedanken, Angst überkam sie, sie betete, Gott lieber Vater, hilf, hilf mir aus der Not. »Wenn ich schwach bin, so bin ich stark«, 2. Korr. 12.10.

Langsam zerrannen die letzten Schneeflecken auf dem Moos, sie schmolzen dahin in der Frühlingssonne. Magdalena fuhr an diesem Morgen zum ersten Mal wieder mit dem Pferdewagen zum Wald. Trotz der Kälte war die Arbeit im Winter, als noch Schnee den Waldboden bedeckte, für sie mit dem Schlitten leichter.

Seit einer Woche herrschte der neue Lagerleiter. Während des Zählappells forderte er von den Gefangenen, ihre Arbeitsnormen anzuheben.

»Laschheit, Lustlosigkeit sind weit verbreitet, Ihre Arbeitsweise lässt erkennen, dass alle Häftlinge lieber auf der faulen Haut liegen«, sprach er. »Sonntags werden christliche Lieder gesungen. Glaubt ihr wir von der Lagerleitung haben euren Trick nicht durchschaut? Der bisherige Kommandant Svoboda ließ sich umgarnen, dafür ist er für immer in den ewigen Jagdgründen«, er lachte. »Wie der Herr, so das Geschirr. Ja, der vorige Kommandant hat euch behandelt, als ob hier ein Sanatorium wäre. Das hört sofort auf. Ab sofort verbiete ich, dass sonntags Lieder gesungen werden, dass ihr euren Gott verherrlicht.

Jede Brigade erhält neue Normen. Danach werden sich die Essens-
rationen richten. Die Brigadeleiter haben jeden Abend nach Arbeits-
schluss ihre Leistung mitzuteilen. Im Speisesaal wird ein Tisch reserviert, für die besten Arbeiter. Zu Ehren unseres geliebten Stalin.
Ich werde persönlich jede Norm überprüfen, jetzt gehen Sie zu Ihrer
Arbeit!« Magdalena sah, wie die Gefangen bleich wurden, Schrecken
hatte sie alle erfasst.

Noch mussten sie sonntags nicht arbeiten, aber was nicht ist, kann
noch werden, war oft von den Frauen zu hören. Am Nachmittag war
ein schweres Gewitter aufgezogen. Es regnete heftig, sie waren unter
die provisorisch errichtete Baumhütte geflüchtet. Blitze durchzuckten
den dunkelfarbigen Himmel, schwere Wolken hingen über dem Wald.
Grellem Leuchten folgte Donnergrollen. Magdalena war gerade bei
den Pferden, sie zu beruhigen. Sie zurrten an den Leinen, die sie an
einer Birke festhielten. Sie wurden scheu, wollten sich losreißen. Sie
hielt sie am Zügel, um sie zu beruhigen. Da vernahmen sie ein Fahrzeug, das immer näher kam. Es war ein dunkelgrüner Militärjeep. Er
hielt an der Lichtung vor dem Holzstapel an. Ein Mann stieg aus. Magdalena erkannte ihn, es war der neue Lagerleiter. Er kam auf sie zu.

»Wer ist Maria Iwanowa?«

»Was wollen Sie von ihr, sie ist da drüben unter dem Schutzdach.«
Magdalena blieb vor dem Unterschlupf stehen.

»Sind Sie Maria Iwanowa?«

»Ja, das bin ich.«

Er griff in seine Brusttasche und zog ein Papier hervor. »Im Namen
unseres großen Führers«, las er vor, »Sie werden wegen sowjetfeindli-
cher Hetze mit sofortiger Wirkung zum Tode verurteilt, das Urteil ist
sofort zu vollstrecken. Unterzeichnet, Josef W. Stalin. Präsident der
SU. Gehört Ihnen dieses Buch?« Er hielt es Maria vor.

»Ja, das ist meine Bibel.«

Er warf sie ihr zu. Er ging mehrere Schritte zurück, hob seinen Revolver, entsicherte, zielte. Magdalena sah hinüber, sah, wie der Kommandant die Pistole auf Maria richtete. Sie schloss ihre Augen. In diesem
Augenblick hörte sie ein Krachen, es wurde taghell. Sie öffnete zögerlich

ihre Augen. Sie vernahm einen Feuerschein, sah einen verkohlten Körper, zusammengeschrumpft. Ein Blitz hatte den Lagerführer tödlich getroffen. Sie rannte zu Maria, die ohnmächtig auf dem Boden lag.

Magdalena war sich klar darüber, sie war in der Hölle angekommen, nur kurz hatte sich der Himmel gezeigt. Jetzt lagen dunkle Wolken über dem Lager, die Sonne hatte sich verdunkelt.

In der Nacht erinnerte sie sich an das Gespräch mit Svoboda, schreckliche Alpträume quälten sie, rissen sie aus dem Schlaf, Worte wurden zu Bildern, die sie marterten. Sie konnte nicht schlafen. Der Mond schien durch die Fenstergitter. Sie sah, dass Maria ebenfalls nicht schlief. Sie saß auf dem Bett und schien in Gedanken versunken. Die Häftlinge schliefen, hier und dort hörte sie leises Schnarchen. Sie stand auf und lief hinüber zu Maria.

»Komm in mein Bett.«

Magdalena kroch unter die Decke.

»Weißt du Maria, immer wieder kommt das Böse überraschend. Haben die Menschen keine Skrupel? Sie sehen doch selbst, dass keiner mehr schaffen kann.«

»Ich sehe, Magdalena, du bist auch so wie ich aufgewühlt, aufgewühlt von dieser Schmach, diesem Leid, das im Lager erneut mit brutaler Gewalt Einzug hält. Der Neue will sich hier Lorbeeren sammeln, will zeigen, dass er nur eins kennt, Stalin. Bei seinen Worten heute Morgen zum Zählappell kamen mir die Worte Hiobs in den Sinn.

›Sie verlachten mich, jetzt bin ich zum Spottlied geworden, aber meine Seele zerfließt in mir, Tage des Elends haben mich ergriffen. Des Nachts bohren Schmerzen in meine Gebeine und die Schmerzen schlafen nicht. Man hat mich in den Dreck geworfen.‹«

Maria sah hinaus, sah ihre trostlose Lage. Sie umarmte Magdalena, Worte der Verzweiflung kamen aus ihrem Mund: »Hiob schrie zu Gott, aber er hörte ihn nicht, er rief: ›Gott, ich stehe da, aber du siehst mich nicht.‹ Er weinte über die harte Zeit, wartete auf das Gute, es kam das Böse. Er hoffte auf das Licht, es kam die Finsternis.«

»Welche Verzweiflung liegt in diesen Worten, die auch in uns eindringen, Maria.«

»Es ist das tiefe Tal, das wir hier durchschritten, gleich Hiobs Verzweiflung unterliegen wir dem Schmerz. Du hast recht, Magdalena, wir sehen keinen Ausweg und denken, Gott hat uns verlassen, weil unser Vertrauen schwindet. In Hiob finden auch wir Antwort, sein Gottesvertrauen war stärker als die Versuchung Satans.

»Es ist nicht so leicht, dies zu verstehen, Maria, können wir dies überhaupt begreifen?«

»Du hast Recht, oft kann man Situationen nicht begreifen. Es hilft dann nur noch Glauben und Beten. Mir kam ein weiterer Gedanke, im Brief des Jeremias an die Juden in Babylonien. Nachdem Nebukadnezar die Bewohner Judas nach Babylonien deportieren ließ. ›Füge dich an dem, das du nicht ändern kannst, nimm an dein Schicksal‹, schreibt Jeremia an die Juden in Babylonien.«

Aufstand der Todgeweihten

Heftiger Regen hatte seit frühmorgens die staubige Erde auf dem Lagerplatz in einen See verwandelt. Drückende Wärme lag in der Luft. Unendlich viele Stechmücken schwirrten über der Wasseroberfläche, Häftlinge mit schweren Arbeitsschuhen hatten Mühe, durch dieses Schlammbad zu laufen. Maria hielt sich an Magdalena fest, sie rutschten mehr, als sie liefen.

Sie stellten sich wie gewohnt in die Reihen der Gefangenen auf dem Appellplatz. An diesem Morgen stellte sich der neue Lagerkommandant Viktor Stachanow vor. Er bedauerte das tragische Schicksal seines Vorgängers. Gravitätisch wie ein stolzer Gockel, dachte Magdalena. Er sprach abgehackt, schritt voller Eitelkeit im schwarzen Ledermantel, der weit über seine Stiefel hing. Auf dem Kopf bedeckte seine Offiziersmütze das blonde Haar vor den Häftlingen. Die Hände auf dem Rücken zusammengefaltet, lief er mehrmals auf und ab, als ob er die Gefangenen mustern wollte. Blieb plötzlich wie angewurzelt in der Mitte stehen und sprach. »Mit dem heutigen Tag wird es grundlegende Änderungen geben. Ab sofort wird die Tagesration nur noch nach Leistung und Normerfüllung ausgegeben. Schluss wird sein mit der laschen Art und Weise. Prinzip sein wird, wie unser Väterchen Stalin verkündete: ›Wer nicht arbeitet, braucht auch nicht essen.‹ Schluss sein wird mit Parasitentum. Unverzüglich werden die Brigadeleiter mir jeden Tag Rapport melden, wie viel sie geschaffen haben. Davon ist die Brotration abhängig. Mit sofortiger Wirkung wird sonntags wieder gearbeitet. Ich hoffe es ist alles klar«, bellte er. »Der Appell ist beendet, alles an die Arbeit!«

Magdalena lief mit Maria zum Pferdestall. »Was meinst du Maria, müssen wir uns alles gefallen lassen? Haben wir keine Würde, alles hinzunehmen?«

»Ich verstehe deine Gedanken, Magdalena, doch was können wir tun? Nur beten, zu Gott beten, das ist alles was wir tun können.«

»Du hast vielleicht Recht, duldsam sein, Gott vertrauen. Böses nicht mit Bösem vergelten, wie Paulus schreibt. Jedoch hat alles seine Grenzen. Der Bogen ist überspannt. Fast wöchentlich sterben Frauen an Unterernährung, sie siechen oft langsam dahin. Der Lagerarzt untersucht. Seine Methode, in den Po kneifen. Wenn du reagierst, bist du arbeitsfähig, auch wenn dein Körper voller Wunden ist. ›Arznei ist für euch Faschisten viel zu schade, eher sollt ihr verrecken, als ihr von mir Medikamente bekommt‹, sagte er meiner Bettnachbarin, als sie mit starken Bauchschmerzen zum Arzt ging. Es ist eine Frage der Zeit, sie vernichten uns. Sie füllen das Lager immer wieder mit neuen Gefangenen. Maria, schau dir diese Frauen an, abgemagert, abgezehrt, krank, wie sollen diese Frauen arbeiten, wenn sie die Brotration kürzen, wie sollen diese Frauen arbeiten und die Norm erfüllen, die sie immer höher schrauben, wenn sie den Ruhetag streichen? Es ist eine Sünde, was sie da tun. Gottes Gebot, am siebten Tag sollst du ruhen, sollst ihn ehren durch Gebet. Lass uns die Frauen aufrufen, nicht am Sonntag zu arbeiten! Wehren wir uns, verweigern wir die Arbeit am Sonntag! Was haben wir noch zu verlieren, als unsere Ketten, ob wir heute oder morgen dahingerafft werden, wen kümmert es. Haben wir den Mut, uns zu wehren.«

Sie fuhren mit dem Pferdewagen in den Wald, die Frauen begannen mit ihren Äxten und Sägen die Bäume zu fällen, mit ihren Pferden zog Magdalena die Stämme zum Stapelplatz einer Lichtung. Sie blickte zurück, schaute zum See. An der unteren Seite des Sees hatten sie angefangen, als sie vor zwei Jahren hier in das Lager kam, eine tiefe Schneise haben sie seither in den Wald geschlagen. Mit primitivem Werkzeug, Äxten, Sägen und Beilen, hatten sie Hunderte Laub- und Nadelbäume gefällt. Sie erinnerte sich, dass fallende Bäume hin und wieder Frauen in den Tod rissen. Sie mussten die Leichen in den See werfen, um eine Grube auszugraben, war der Boden zu hart, hart gefroren vom sibirischen Dauerfrost. Wenn auch im Sommer die Erde etwas aufweichte, hier im Wald hielt die Kälte sehr lang an. Während der Mittagspause setzte sie sich zu Maria, die anderen Arbeiterinnen waren an den See gegangen, um zu trinken.

»Maria, wir müssen etwas tun!«

»Was meinst du?«

»Ich denke an einen Streik.«

»Streik? Bist du wahnsinnig, sie werden uns alle töten.«

»Das tun sie ja auch sonst, eine nach er anderen.«

»Wie willst du die Gefangenen zur Meuterei gewinnen?«

»Ich hab noch einige Blätter Schreibpapier. Darauf schreibe ich: *Sonntag ruht die Arbeit.* Wir verteilen heimlich Zettel an die Frauen der Baracken. Wir werden sehen, ob am nächsten Sonntag die Gefangenen zur Arbeit ausrücken.«

»Deine Idee ist gut, doch damit bringst du Dynamit ins Lager.«

»Wie meinst du das?«

»Na ich meine, die Lagerleitung wird scharf darauf reagieren.«

»Das ist mir schon klar, Maria, aber lieber aufrichtig in den Tod gehen, als sich weiter so demütigen lassen.«

Die beiden Wachsoldaten liefen hinunter zum See. Maria führte ihre Pferde so, dass sie an die anderen Frauen herankam, ohne dass sie die Wache auf sich aufmerksam machte. Sie flüsterte im Vorübergehen: »Sonntag Streik, weitersagen in der Baracke!« Die Frauen nickten, alles war klar.

»Es ist doch besser, wir machen eine Mund zu Mund Propaganda, das fällt weniger auf. Unsere Arbeitsgruppe ist auf allen Baracken verteilt, es bleiben uns noch drei Tage Zeit, um alle Häftlinge vom Streik zu informieren.«

»Ein Risiko besteht, die Lagerleitung hat ihre Spione in jeder Baracke eingeschleust.«

»Wir müssen es trotzdem riskieren. Am Sonntag werden wir klüger sein. Ich denke, dass alle mitmachen.«

Sie hatten ihre Norm geschafft, machten sich auf den Rückweg zum Lager. Der Aufstand hatte begonnen, war sich Maria sicher. Die nächsten Tage würden zeigen, ob ihr Protest erfolgreich sein wird. Eine große Gefahr stellten die »Wanzen« in den Baracken dar, die Zuträger und Informanten der Lagerleitung, dachte Magdalena. Die Tage vergingen mit Arbeit, täglich erfüllten sie ihre Norm beim Holzeinschlag. »Magdalena schau, dein Name steht heute auf dem Spruchband. ›Für die beste Normerfüllung nimmt Magdalena G. Platz am Tisch der Besten.‹«

»Ach was, diesen Rummel können sie sich sparen, da können sie lange drauf warten, dass ich mich an diesem Rummel beteilige. Es bleibt so, mein Platz bleibt bei den anderen der Brigade.«

»Du wirst Ärger bekommen, Magda, wenn du dich widersetzt.«

»Nein Maria, sie sollen sehen, dass ihre Macht begrenzt ist, nicht alles mit Gewalt zu erreichen ist. Sie mögen mit Willkür Menschen einschüchtern. Mein Bauch sagt mir, tu es, hab Mut.«

»Bleib stark, Gott möge uns beschützen.«

»Maria, ich denke, seit ich hier im Lager bin, oft an die Christen, als alles begann. Die ersten Christen in Europa, in Philippi, Korinth und Rom, sie duckten sich nicht der Gewalt, blieben im Widerstand, sahen ihren Tod vor Augen, blieben standhaft, sie waren keine Helden, sie versuchten in der Nachfolge Jesus Christus zu leben. Ich denke an die Worte: ›Gott ist in den Schwachen mächtig.‹ Was bedeutet das für uns, die wir in diesem Vernichtungslager leben? Gott ist bei uns, er verlässt uns nicht. Maria, er verlässt uns nicht, ist diese Botschaft nicht wunderbar? Warum wollen wir uns von dem Bösen einschüchtern lassen, warum, doch nur dann wenn wir zweifeln, zweifeln an den Worten Gottes. Es sind doch bedauerliche Kreaturen, die sich versklaven an Teufel, ihnen dienen und sich selbst zerstören, sie sind blind vor Neid und Hass und wissen nicht, dass sie dafür büßen werden. Der Beelzebub wird's ihnen vergelten. Heute Täter morgen Opfer, Stalins Prinzip. Warum wollen wir uns fürchten vor dem Bösen, sie werden an Gottes Liebe zerbrechen.«

»Ja, Magdalena, dies sind auch meine Gedanken, ich bin froh deine Worte zu hören, sie geben mir Kraft und Zuversicht.«

Am Sonntagmorgen in der Baracke blieb alles still, die Gefangenen blieben in den Betten. Magdalena stand auf und ging hinüber zum Fenster.

»Maria, der Stellplatz ist leer!« Die Häftlinge blieben in ihren Baracken, keine Frau zeigte sich. Niemand ging an diesem Morgen zum Appellplatz. »Maria, komm, sieh, der Lagerkommandant ist erschienen.« Er sprach mit den Wachsoldaten, zeigte zu den Baracken.

»Sie kommen«, sprach Maria, »es geht los.«

Die Türe zur Baracke wurde aufgerissen. »Alle raus zum Appell, raus, sofort zum Appell!«

Keine Reaktion, die Häftlinge blieben stumm. Ein Offizier betrat die Baracke.

»Ich fordere Sie auf zum Appell!«

Magdalena entgegnete: »Bisher war der Sonntag ein freier Tag, nichts weiter wollen wir. An sechs Tagen sollst du arbeiten, den siebten Tag sollst du ehren. Die Frauen weigern sich, an diesem Tag zu arbeiten, sie haben keine Kraft mehr, verstehen Sie nicht, sie haben keine Kraft mehr.«

Voller Zorn verließ der Offizier die Baracke.

»Seid standhaft, lasst euch nicht erschüttern, tut das Werk des Herrn im reichen Maße, ihr wisst ja. Im Herrn ist euer Arbeit nicht umsonst.« 1. Korr. 15.

»Ihr seht, wandte sich Magdalena an die Häftlinge ihrer Baracke, sie wollen uns mit Gewalt zwingen, am Sonntag zu arbeiten. Wir müssen uns jetzt entscheiden, nachgeben und damit so langsam dahinsiechen, oder das Risiko, dass wir alle vernichtet werden. Bedenken wir aber, dass unsere Los darin besteht, vernichtet zu werden. Es ist Zeit, dass wir uns entscheiden. Wir müssen handeln, einer von den Häftlingen muss unsere Forderung der Lagerleitung übermitteln, die einfach und klar ist: Sonntags keine Arbeit.«

»Geh du Magdalena, ja Magdalena, geh zur Lagerleitung und überbringe unsere Forderung: Sonntags keine Arbeit.«

»Gut, wenn ihr wollt, ich werde eure Botschaft überbringen. Vorher will ich die Meinung der anderen Häftlinge einholen.« Magdalena trat hinaus, lief zur Nachbarbaracke, nach kurzer Zeit kam sie wieder auf den Lagerplatz. Sie lief zu den anderen Baracken. Maria sah, wie Magdalena zur Lagerleitung lief, die Tür öffnete und hineinging.

Im Korridor trat ihr ein Offizier in den Weg. »Was wollen Sie?«

»Zum Lagerleiter!«, antwortete sie.

»Er ist beschäftigt, sind Sie angemeldet?«

»Nein.«

»Dann verschwinden Sie, ich rufe die Wache.«

»Die Häftlinge haben mich beauftragt, mit dem Kommandanten zu sprechen.«

»Worüber?«

»Mit dem Kommandanten wegen des Streiks zu sprechen.«

»Sie haben keine Forderungen zu stellen. Verstanden?«

»Ich habe verstanden, sie sollten verstehen. Wir können sonntags nicht arbeiten, weil wir ausgezehrt sind.«

»Sie sind hier im Straflager, da gilt nur eins, den Befehlen nachzukommen und zu arbeiten.« Der Offizier nahm sie am Arm und führte sie zum Büro des Kommandanten. Er klopfte.

»Herein.«

Er schob Magdalena ins Büro. »Der Häftling will Sie sprechen«, wandte sich der Offizier an den Kommandanten.

»Was führt Sie hier her, haben Sie eine Befugnis?«, fragte der Kommandant.

»Sie behauptet, die Häftlinge haben sie beordert, mit Ihnen über die Sonntagsarbeit zu sprechen.«

»Wer sind Sie?«

»Magdalena G. aus Baracke 19.«

»Sind Sie Deutsche?«

»Ja.«

»Wer gibt Ihnen das Recht, eigenmächtig Ihre Baracke zu verlassen?«

»Gott, Gott gibt mir das Recht, anderen Menschen zu dienen und zu helfen.«

Er kam von seinem Schreibtisch hervor, trat dicht zu ihr. »Ihr Gott hat hier keine Macht. Unser Gott ist Stalin, wir dienen der Partei und der ruhmreichen Sowjetunion. Wie alt sind Sie?«

»20 Jahre.«

»Waren Sie beim Bund Deutscher Mädchen?«

»Ja.«

»Sie sind Faschistin«, brüllte er. »Mit euch macht Stalin kurzen Prozess«, schrie er sie an. »Und Sie erdreisten sich, ohne sich anzumelden Ihre Baracke zu verlassen. Dafür kann ich Sie sofort erschießen lassen, ist das klar?«

»Ja.«

Er drehte sich um zu ihr. »Sie sagen ja. Sind Sie wahnsinnig?«

»Nein«, antwortete sie.

»Woher haben Sie den Mut?«

»Gott, mein Glauben an Gott, ihm diene ich, er ist bei mir.«

»Ihre Dreistigkeit überrascht mich. Sie spielen mit ihrem Leben und sagen nichts weiter, als Gott zu dienen. Sie erhalten eine Woche verschärfte Einzelhaft, abführen.« Ein Soldat fasste sie am Arm.

»Lassen Sie mich.« Sie stieß ihn beiseite. »Herr Kommandant, ich bin nicht wegen mir hier. Die Häftlinge in Ihrem Lager haben mich beauftragt, mit Ihnen wegen der Sonntagsarbeit zu sprechen.«

»Es gibt nichts zu bereden, die Anweisung war klipp und klar. Sonntags wird gearbeitet«, entgegnete er.

»Wie sollen die Frauen arbeiten, wenn sie völlig ausgepumpt sind, wenn sie nur noch Haut und Knochen sind, wie sollen sie arbeiten und ihre Norm erfüllen. Es ist eine Sünde, Menschen auszusaugen. Sie wollten mit ihrer Revolution die Menschen befreien. Statt dessen versklaven Sie die Menschen, treten die Würde des Menschen mit Füßen, Sie handeln barbarisch.«

»Schweigen Sie«, entgegnete der Offizier, »schweigen Sie oder ich erschieße Sie auf der Stelle.«

»Tun Sie was Sie nicht lassen können, lieber tot als Ihr Sklave zu sein«, entgegnete sie ruhig. »Sie behandeln die Menschen wie Leibeigene, schlimmer als zu Zeiten der Zaren, Sie haben die Menschen nicht befreit, Sie haben aus Ihrem Land ein Gefängnis gemacht. Vor Gottes Gericht werden Sie eines Tages Rechenschaft ablegen. Die Welt wird auf Ihr Land schauen, das Land des Bösen.«

»Wache, führen Sie dieses Weib sofort ab, raus!«, schrie er.

Ein Soldat griff sie, sie wurde aus dem Büro gestoßen und von einem Soldat zur Einzelhaftzelle geführt, ins Kellergeschoss. Sie hockte in der niedrigen Zelle, vom glitschigen Gewölbe tropfte es herunter. Gestank nach verfaultem Stroh breitete sich aus. Ihr Kopf schmerzte, sie dachte an zu Hause. Was werden meine Eltern machen, hat sie der Krieg verschont. Sie hatte seit sie in Sibirien war keine Lebenszeichen von ihren Eltern erhalten. Ihr Vater hatte all dies kommen sehen, als die Deutschen damals das Land überfallen hatten. Man kann so ein großes Land nicht besiegen, hörte sie seine Wort. Jetzt hockt sie hier in einer dunklen Zelle und muss dafür büßen, was Hitler und seine Helfer angerichtet haben. Ihre Jugend verbringen in einem barbarischen Land, wo Menschen schlimmer behandelt werden als das Vieh. Gott wo bist du, Gott des Himmels, lass den Kelch vorübergehn. Sie dachte an die Kreuzigung Jesus. Warum sind die Menschen so böse, dachte sie. In der Nacht fror sie, sie hatte nichts zum Zudecken. Nur Stroh, durchfeuchtet von der Nässe, die von der Decke herunter tropfte. Mit Stroh bedeckt schlief sie ein. Durch die Mauerritzen drang Licht herein. Ihre Augen gewöhnten sich an die Dunkelheit. Es war Morgen geworden. Sie schüttelte die Strohhalme von ihrer Bekleidung. Licht drang in das Gewölbe. Sie erkannte Buchstaben, in den Ziegel eingraviert. Sie las kyrillische Buchstaben, entzifferte Namen, russische Namen. Sergej Kowalkow, konnte sie entziffern. Sie las ein Gedicht:

Wie kann ich's nennen,
Ort der Dunkelheit,
wo keine Wärme durchdrängt die Seele.
Dein Name, Ort der Hölle,
sie gaben ihn dir, die Höllenhunde Satans,
Gulag – nannten ihn die Bolschewiki.
Gulag, kein schrecklicheres Wort gibt's auf Erden.

Sonne, sei gegrüßt,
wenn ich in Gedanken geh durch Berg und Wald,
du lässt deinen Strahl hinab ins dunkle Verlies.
Lässt hoffen, auf ein Wiedersehen,
wenn in Freiheit ich dir begegne.
Lässt Gottes Schöpfung heut wieder erstehen,
aus Dunkelheit die Botschaft der Liebe
ins finstre Tal hereinbricht.

Wer schrieb diese Worte der Verzweiflung, wer waren diese Menschen, die hier ihre leidvollen Tage verbrachten? Buchstaben in Mauerwerk und Fels geritzt, Worte voller Sehnsucht am grausigen Ort.

Sie entzifferte die Buchstaben des Gedichts, leider ohne den Namen zu finden. Er war ausgelöscht, durch eigne Hand, vielleicht wollte sich der Häftling nicht offenbaren, wollte den Helfern des Gulags nicht in die Hände fallen. Sie hörte die Stimme Svobodas, er erzählte ihr von der Zeit seines Vaters, als er nach Russland ging, begeistert von der Idee der Befreiung der Menschen. Es war ein Irrweg, ein Irrweg, der in den Abgrund führte, hörte sie ihn sagen. Die Freiheit geriet in die Krallen des Teufels. Er streckte die Hand aus, die Erde zu rauben, sie aus den Händen Gottes zu rauben. Russland hatte eine Chance, die Bolschewiki hatten eine Chance, ein modernes Land nach dem 1. Weltkrieg zu werden, jedoch, meinte Svoboda, Lenin und Stalin stießen das Land in den Abgrund der Barbarei. Aus dem Zarenreich hervor hob sich das Reich des Bösen. Sie dachte an die Menschen, die diese Zeilen schrieben. Zeilen voller Kraft und Hoffnung. In diesen Zeilen wirkte Gott. Er atmete aus jeder Silbe, jedem Wort. Worte voller Freude, Gott spricht aus ihnen. Am Anfang war das Wort, so steht es geschrieben, erinnerte sich Magdalena, am Anfang und für immer. Er ist die Hoffnung, die uns überwinden lässt das Böse. Sie dachte an den Wortwechsel mit dem Kommandanten. Hatten denn diese Menschen keine Skrupel, waren sie anatomische Bösewichte, blutgierige Vampire, des Teufels Werkzeug? Oder hatten sie sich selbst etwas vorgemacht, hatten gehofft, durch Worte die Menschen vom Bösen abzubringen, ihnen ins Gewissen zu reden. Ja, sie hatte sich getäuscht, sie haben keine Skrupel. Von Kindheit an waren sie der Gewalt ausgesetzt. Sie kannten nur das Phänomen der Gewalt als einziges vertrautes Instrument. Aus niedrigen Sphären heraufgekommen zur Macht, folgten sie ihrer brutalen Mentalität. Sie hörte die Worte Stalins Frau, als sie ihren Frust über ihn herausschrie, über einen Menschen ohne Seele. Geprägt von des Vaters Schlägen, der im Suff seine Frau und Kinder terrorisierte. Sie hörte die Worte des Traums Stalins, als er einen Pakt mit dem Teufel schloss.

Die Häftlinge, die hier in diesem Kerker einsaßen, waren gefeit gegen das Teufelswerk. Aus ihren Worten sprach Gottes Liebe, er ließ sie nicht allein, gab ihnen Kraft und Trost in dieser großen Not. Was mag aus ihnen geworden sein? Lebten sie noch oder waren sie ihren Qualen erlegen. Sie bemerkte ein Gefühl in sich aufsteigen, das die Angst verdrängte, ihr Herz froh machte. Gott, du bist bei mir, ob bei Tag oder Nacht, über mir dein Engel wacht.

Nein, sie konnten ihren Körper zermartern, ihren Körper zerbrechen, fühlte sie, aber ihre Seele gehört Gott. Sie fühlte trotz Hunger, Kälte und Durst, klar war ihr Kopf, ihre Gedanken waren klar. Nein, es war kein Leichtsinn von ihr, sich hinreißen zu lassen, für die Häftlinge Wort zu ergreifen und in die Hölle zu gehen. Sie fühlte sich bestätigt in ihrer Handlung, sich aufzubäumen gegen die Gewalt und Menschenverachtung. Die Stunden entrückten sie der Wirklichkeit, sie versank im Glauben und sang ihre Lieder: Oh barmherziger Gott, sie sang, ihre Lippen formten die Worte, frei strömte ihre Seele, das Böse konnte nicht Besitz ergreifen von ihr. Sie spürte, wie sie voller innerer Freude war, in diesem dunklen Loch, spürte das Licht Gottes, das in ihr erstrahlte. Gott, mein Retter, du bist mir nah. Sie war eingeschlafen.

Die Tür wurde aufgerissen. »Aufstehen, kommen Sie mit!«

Sie taumelte schlaftrunken, der Soldat hatte sie an den Arm gefasst, sie aus der Zelle gezogen. Sie riss sich los. »Lassen Sie mich!«

Er führte sie zur Kommandantur. Wieder stand sie vor dem Lagerleiter. Er hatte eine Machorka angesteckt, stieß blaue Rauchkringel aus seinem Mund. »Ich habe Sie aus der Zelle holen lassen, um Ihnen zu befehlen, gehen Sie in die Baracken, weisen Sie die Häftlinge darauf hin, dass am Sonntag, also morgen nach dem Morgenappell, jeder Häftling, der nicht krank ist, seine Arbeit zu verrichten hat. Zuwiderhandlung wird als Arbeitsverweigerung hart bestraft. Gehen Sie und sagen es allen Häftlingen. Sie können gehen.«

Ihre Knie wurden weich, der Lagerleiter sah, dass sie blass wurde. Er nahm ein Glas, schüttete Wasser hinein, reichte ihr das Glas Wasser. Sie trank ein paar Schlucke, stellte das Glas ab und verließ das Büro. Zunächst lief sie zu ihrer Baracke, sie war leer. Erst jetzt bemerkte sie, dass es erst Mittagszeit war. Die Häftlinge waren bei ihrer Arbeit, sie legte sich auf die Pritsche. Man erwartet von ihr, dass sie die Häftlinge auffordern sollte, am Sonntag zu arbeiten. Bei diesem Gedanken schlief sie ein. Der Wind rüttelte an dem Dachgebälk, Regen trommelte gegen die Fensterscheiben, ein schweres Gewitter hatte sich entladen, den Blitzen grell folgten heftige Donner. Ein Blitz hatte eingeschlagen, ohrenbetäubender Krach, Magdalena wachte auf. Schläfrig stand sie auf, ging zum Fenster, da sah sie eine steil aufsteigende Flamme auf dem Wachturm. Sie sah den Lagerleiter, der wie wild auf dem Hof herumlief, es war keine Wachmannschaft zu sehen. Er rannte zurück, befahl seinen Offizieren Wasser zu holen. Einige Eimer standen vor dem Turm, sie gaben auf. Es hat keinen Zweck, dachte Magdalena, die Natur war stärker als der Mensch. Der Wachturm stand lichterloh in Flammen, das Gebälk stürzte herunter, ein Teil der Palisaden brach auseinander. Jede menschliche Hilfe war sinnlos, in kurzer Zeit brannten der Turm und die Palisaden nieder, zurück blieben verkohlte Balken, die wie schwarze Finger hervorragten. Es hatte zu regnen begonnen, das Gewitter verzog sich. Sie ging in die Baracke zurück. Sie vernahm von draußen Schritte, die Tür wurde geöffnet. Maria und andere Häftlinge traten herein. »Magdalena, haben sie dich wieder aus dem finsteren Loch entlassen«, sie umarmten sich. »Du bist ganz blass, wie fühlst du dich?«

»Maria, sie haben mir befohlen, alle Häftlinge aufzufordern, morgen zur Arbeit zu gehen. Was soll ich tun?«

»Geh in die einzelnen Baracken, sag ihnen was die Lagerleitung dir befahl, jeder muss sich selber entscheiden. Was war hier los, der Wachturm ist niedergebrannt.«

»Vor einer Stunde hat hier ein starkes Gewitter gewütet, der Blitz hat eingeschlagen und den Wachturm niedergebrannt. Ist es nicht eine gerechte Strafe, dass hier der Blitz eingeschlagen hat? Ich habe gesehen, wie die Offiziere wie blind umherliefen. Was mir auffiel, dass keine Soldaten von der Wache zu sehen waren.«

»Schau mal da drüben, sie tragen verkohlte Gestalten aus der Wachbaracke, die unmittelbar an den Wachturm grenzt.«

»Vermutlich, Maria, ist ein Teil der Wachmannschaft vom Blitz erschlagen und verbrannt worden.«

Ein Offizier kam herein: »Alle sofort zur Arbeit fertig machen, aufräumen. Dawei.« Die Häftlinge zogen ihre Arbeitskleidung an. Sie wurden zur Werkzeugausgabe geschickt, dort erhielten sie Schaufel, Äxte, Hammer, Sägen und Radekarren.

»Maria, Maria, sie vorsichtig!« Das Wort blieb ihr fast im Mund stecken, ein Dachbalken hatte sich gelöst und stürzte mit Krachen in die Tiefe und hätte sie bald in den Tod gerissen. »Du scheinst einen Schutzengel zu haben, zum zweiten Mal ...« Sie sprach nicht weiter, sah, wie Marias Augen voller Tränen waren. Magdalena drückte sie.

»Danken wir Gott«, vernahm sie aus Marias Mund, »danken wir ihm.« Sie wischte sich Tränen aus dem Gesicht. Über zehn Leichen bargen sie, völlig zusammengeschrumpft, nichts deutete mehr auf menschliche Wesen hin, ein Klumpen verkohlt, zusammengeschrumpft.

»Traurig ist man schon, wenn ein Leben ausgelöscht wird, wenn es auch für uns Häftlinge Mörder waren, es waren meist junge Soldaten, sie hatten ihr Leben noch vor sich.« Bis in die Nacht hinein rissen die Brigaden die Reste der Turmanlagen nieder, zum Schluss wurde Stacheldraht um das entstandene Loch der Palisaden gespannt. Die Sterne zeigten sich, der Mond, eine silberne Sichel, stand am Nachthimmel. Die Arbeit war getan. Man befahl ihnen, in ihre Baracken zurückzukehren, sie würden eine erhöhte Tagesration erhalten, Tee und eine warme Suppe.

»Magdalena, danke, wenn du nicht gewesen wärst ...«

»Ach lass, dein Schutzengel war bei dir, Maria.«

»Weißt du, woran ich denke?«

»Nein.«

»Was morgen sein wird, morgen zum Sonntag, wie die Lagerleitung reagieren wird und uns befiehlt zu arbeiten.«

»Lass deine Gedanken, der Morgen wird's schon machen. Gott behüte dich.«

***

»Lass das dumme Geschwätz von der Rache ihres Gottes, es geht doch darum, ob wir es zulassen, uns von den Häftlingen unter Druck setzen zu lassen, ihnen gestatten unsere Befehle zu ignorieren«, wandte sich der Kommandant an seine Offiziere.

»›Was tun?‹, würde Lenin fragen.«

»Spar deine Witze, Michail Iwanowitsch, es ist mein voller Ernst, wir dürfen diese Meuterei nicht durchgehen lassen. Ich fordere von euch Argumente und Vorschläge, eine Antwort zu finden.«

»Oberst Stachanow, liegt nicht die Lösung bei dieser Deutschen? Sie ist eine Aufwieglerin, wie war doch ihr Name, ach ja, ich erinnere mich. Magdalena.«

»Holt sie her«, sprach der Kommandant, sie hatte die Order. »Sergeij Ustinov holt sie her«, befahl Stachanow.

Der Platz blieb am Sonntag leer, die Häftlinge blieben in ihren Baracken. Ustinov ging in die Baracke 19.

»Magdalena G., kommen Sie mit!« Sie verließen die Baracke. »Folgen Sie mir!« Beide gingen sie zur Kommandantur. Maria sah, wie sie in der Baracke verschwanden.

»Setzen Sie sich!«, forderte der Kommandant sie auf. Die Offiziere saßen auf ihren Stühlen, sie rückten auseinander. Magdalena saß am Rand.

»Sie haben die Häftlinge versucht aufzuwiegeln, sie zum Streik aufgehetzt. Sie wurden mit Einzelhaft drei Tage bestraft.«

»Es ist nicht wahr, das ich Häftlinge zum Streik aufgefordert habe. Es ist die Entscheidung eines jeden Einzelnen.«

»Lügen Sie nicht, wir haben Informationen, dass Sie es waren, die Häftlinge gegen Sonntagsarbeit aufhetzten.«

»Das ist nicht wahr.«

»Schweigen Sie. Wir fordern Sie auf, dafür zu sorgen, dass alle Häftlinge wieder sonntags arbeiten.«

»Wie soll ich etwas tun, was gegen Gottes Gebot ist?«

Magdalena sah, wie ein rotschöpfiger Offizier aufsprang und auf dem Tisch klopfte. »Noch ein Wort von Gott und ich schicke Ihnen eine Blaue Bohne ins Hirn, Sie Faschistin.«

»Aljoscha, reißen Sie sich zusammen!«

Sie sah, wie der Rotschopf seine Augen auf sie richtete, aus denen Hass und Wut funkelten. Er setzte sich. »Sie sind ein Volksschädling, ein Bazillus, den man ausrotten sollte. Sie wagen sich hier, uns mit Ihren dummen Reden einzulullen, man müsste so etwas wie Sie sofort erschießen.«

»Halt's Maul Aljoscha, setz dich endlich. Was Sie angeht, Sie haben Häftlinge aufgewiegelt.«

»Das ist eine Lüge, wie wollen Sie das beweisen?«

»Wir haben unsere Informanten. Uns liegen Informationen vor, die Sie belasten, mit einer Maria aus Ihrer Baracke über Ihren Gott zu reden und heimlich zu beten. Glauben Sie an Gott?«

»Ja, ich glaube an den Heiligen Vater, seinen Sohn Jesus Christus und den Heiligen Geist. Ist das ein Verbrechen, an den Gott der Liebe zu glauben?«

»Mit Ihrem Glauben stiften Sie Unruhe, stiften Sie an zu Befehlsverweigerung, mit Ihrem Glauben sabotieren Sie die Arbeit.«

»Haben Sie solche Angst vor Gott?«, fragte sie.

»Wozu, was nützt Ihnen ein Glauben, wenn Sie keinen Vorteil daraus ziehen? Sie sind in unserer Gewalt, da hilft Ihnen kein Gott, oder kommt zu Ihnen ein Engel, wenn sie im Loch sitzen?«

Gelächter. Sie schwieg. Die Offiziere starrten sie an. »Kommt ein Engel? Sie waren drei Tage im Loch, wie viele Mal hatten Sie Besuch?«

Sie dachte, lass dich nicht in Versuchung bringen, lass dich nicht provozieren von den Rohlingen.

»Ach, dem Täubchen hat es die Sprache verschlagen. Wo blieb Ihr Gott, als Sie im Dunkel saßen?«, höhnte einer der Offiziere. Er fasste ihren Arm. »Wo war er, als du eingesperrt warst, oder kam ein Engel mit dir zu bumsen?«

Starkes Gelächter. Gott, wie kann ein Mensch so sinken, dachte sie. Sie haben keine Gefühle mehr. Das Böse hat sie im Bann. »Als deine

Mutter dich geboren hatte, warst du ein Kind voller Unschuld, aus deinem Mund kamen Laute, die deine Mutter erfreuten, das muss schon lange her sein, heute spricht Böses aus dem Mund«, entgegnete sie.

Die Offiziere lachten. »Das unschuldige Kind, das ist der beste Witz, den ich bisher gehört habe«, sprach der Kommandant, »das unschuldige Kind.«

Magdalena sah, wie er sich Tränen aus den Augen wischte.

»Schluss jetzt mit den Späßchen, Sie können glauben an wen Sie wollen, jedoch wenn Ihr Glaube zu Meuterei aufruft, dann wird es bitterer Ernst für Sie. Das wäre Sabotage und Aufruf zur Rebellion, haben Sie verstanden?«, meinte der Kommandant. »Reden Sie!«

»Niemand hat Häftlinge zum Streik oder zur Meuterei aufgerufen, es sind die Umstände, die den Menschen Zeichen gaben«, antwortete Magdalena. »Es gibt Dinge zwischen Himmel und Erde, die für uns Menschen nicht erklärbar sind. Wie Sie selbst gemerkt haben, haben sich außergewöhnliche Umstände ergeben, die bis spät in die Nacht sich auswirkten. Ein Blitz hat mehrere Soldaten getötet, hat einen Teil der Sicherungsanlagen zerstört, den Wachturm niedergebrannt. Ereignisse, die nicht in der Macht der Menschen lagen, Ereignisse, die über unserer Macht lagen. Diese Zeichen vom Himmel haben alle Häftlinge verstanden, es waren Zeichen Gottes, die sichtbar waren, sichtbar für ihre Entscheidung, sonntags nicht zu arbeiten. Es ist die Furcht der Frauen, gegen Gottes Gebot zu verstoßen. Gott hat Blitze geleitet, denken sie, Blitze, die die Wachanlagen zerstörten, die die Wachsoldaten auslöschten. Gottes Zeichen vernahmen die Frauen. Kann jemand gegen diese Zeichen angehen, ohne zu wissen, ob, wer dagegen hält, ebenso vernichtet wird? Um es Ihnen deutlich vor Augen zu führen, ich war Zeuge eines Wunders. Ich sah, wie Ihr voriger Kommandant seine Pistole erhob, um einen Menschen zu töten. In diesem Augenblick fuhr ein Blitz nieder und traf ihn, tötete ihn. Ich sah die Macht Gottes, die über uns thront. Wir mögen noch so sehr an unsere irdische Macht glauben, Gott hält die Macht in seinen Händen.«

»Wie wollen Sie beweisen, dass Ihr Gott dies gewollt hat?«, fragte der Kommandant dazwischen.

»Wie wollen Sie das Gegenteil beweisen?«, entgegnete sie.

Es blieb still im Büro des Lagerleiters. »Sie will uns die Augen verkleistern mit dem Geschwätz, es gibt keinen Gott, wir müssen streng durchgreifen, diesen Glauben ausmerzen. Unser Gott heißt Stalin, ihm gebiert Ehre und Gehorsam. Es ist dummes Geschwätz, dieser Faschistin zuzuhören, lasst sie abführen.«

»Halt's Maul, du Idiot, du scheinst nichts zu begreifen. Wissen wir alles oder glauben wir zu wissen? Wir können tausendmal sagen, Gott existiert nicht, wissen es aber nicht. Sind all die Dinge, die heute und vor paar Wochen passierten, nur reine Zufälle oder sind es, wie es die Frau sagt, Zeichen Gottes?«

»Sergji. Ich glaube nicht an Gott. Aber ich bin nicht so vermessen, zu sagen, es gibt keinen Gott. In der Schule, ich ging in die 7. Klasse, erzählte uns unser Geschichtslehrer eine Geschichte von Konstantin dem Großen, Kaiser des antiken Roms. Er kämpfte um die Vorherrschaft, gegen seinen Rivalen. An der Tiberbrücke sah er ein Zeichen, hoch in den Wolken. Es war ein Kreuz. Er befragte seinen Sterndeuter, der sprach: ›Es ist das Zeichen des Gottes der Christen, wenn du unter diesem Banner kämpfst, wirst du siegen.‹ Lange überlegte er, dann befahl er seinen Zentauren, die Schilder und Standarten mit einem Kreuz zu versehen. Es kam zum Kampf. Konstantin siegte, er erhob daraufhin das Kreuz zum Symbol der neuen Religion.«

»Seit Stalin werden Kirchen umfunktioniert, Christen verfolgt. Die christlichen Feiertage abgeschafft. Es ist kein Geheimnis mehr, Stalin hat die orthodoxe Kirche stark eingeschränkt. Doch Stalin und Moskau sind weit und wir sind hier, hier in Sibirien. Wir sind konfrontiert mit Ereignissen, die kein Mensch begreifen kann. Wir aber müssen entscheiden, ob es die Hölle gibt oder nicht. Was weiß ich, doch dorthin möchte ich nicht geraten, oder mag jemand von euch im Feuer der ewigen Verdammnis schmoren?«

Magdalena spürte die Unsicherheit, die sich ausbreitete. Sie schrak aus ihren Gedanken. Die Offiziere waren noch sehr jung, ihre Blicke waren auf sie gerichtet, in ihren Augen sah sie Kälte. Augen gieriger Bestien, ständig bereit, über den anderen herzufallen, bemüht, die Stelle des Rädelsführers einzunehmen. Sie spürte, das sind Stalins Helfer, die ohne Skrupel Menschen töten, sie hatten kein Gewissen. Sie lebten um zu töten. Gleich ihrem Idol Stalin. Sie beäugten sich gegenseitig, auf der Suche nach einer Blöße, Schwäche der Anderen im Visier. Sie sah wie sie sich abtasteten, Worte der anderen registrierten. Ohne sich selbst zu enttarnen. Vampire, blutsaugende Ungeheuer aus der Unterwelt. Sie dachte an Svoboda, der ihr offenbarte, Sowjetrussland sei ein Land der Denunzianten, der kaltblütigen Mörder, getarnt als Tschekisten des KGB. Sie schrak auf aus ihren Gedanken. Sie sah, wie der Lagerleiter zu ihr blickte. Er sprach zu ihr: »Für Ihre Aufwiegelei erhalten Sie eine Sondernorm, sollten Sie diese nicht erfüllen, wird Ihnen die Brotration um 100 Gramm gekürzt. Gehen Sie!« Es war ein klägliches Winseln, Angst, innerer Zweifel.

Magdalena spürte die boshaften Blicke in ihrem Nacken, als sie zur Tür ging. Sie öffnete hastig und verließ das Büro. Sie lief hinüber zu ihrer Baracke. Erleichtert trat sie ein, es war bereits dunkel. Sie ging zu ihrer Pritsche. Maria sah zu ihr, ihre Augen verrieten, dass sie erleichtert war, sie wiederzusehen. Sie legte sich hin, ihre Gedanken kreisten in ihrem Kopf, sie faltete unter der Bettdecke ihre Hände: Lieber Vater im Himmel, steh mir bei, hilf mir, wie ein Schilfrohr schwankt der Mensch, wenn er verzweifelt ist. Da dachte sie an einen Satz von Paulus an die Korinther, den sie oft gehört hatte:

»Seid standhaft, lasst euch nicht erschüttern, tut das Werk des Herrn im reichen Maße, ihr wisst ja. Im Herrn ist eure Arbeit nicht umsonst.« 1. KORR. 15.

Erst jetzt in Sibirien merkte sie, nach einem Jahr, wie recht ihr Vater hatte, dass nur der Glaube das Böse überwinden kann. Oft erzählte er von harten Tagen in Bessarabien. Der Glaube hatte die Bauern in den Kolonien zusammengeschweißt. Er erzählte, dass sie damals 1917 Glück hatten, dass Russland Bessarabien an Rumänien nach dem 1. Weltkrieg abtreten musste. Ihnen blieben die Gräuel der Bolschewiki gegen die Russlanddeutschen und Mennoniten in der Molotschna erspart.

Am anderen Morgen fuhr sie mit Maria und der Holzfäller Brigade in den Wald. Man hatte ihre Norm erhöht. Harren wir aus in unserer Arbeit, Gott steht uns bei. Die beiden Schwerblütler schwitzten beim Herausziehen der geschlagenen Bäume. Obwohl Äste und Spitze abgeschlagen waren, hatten sie eine Tonnenlast zu bewegen. »Unsere Brotration haben wir für heute gesichert, Maria«, meinte Magdalena, als bereits Dämmerung einsetzte. »Über 12 Stunden Arbeit, bei magerer Kost, doch wollen wir uns nicht beugen lassen. Was meinst du, ist es besser, wir bringen unsere Leistung oder wir weigern uns, die Sklavenarbeit zu leisten, Maria. Weißt du Maria, ich denke an die Hebräer, die in Ägypten ihre Freiheit verloren haben und Paläste für den Pharao bauten. Sie murrten, doch sie brachten ihre Leistung, weil sie spürten, Gott wird sie eines Tages vom Joch befreien. Es kam die Zeit, als Moses sein Volk von der Sklaverei befreite wie es Gott befahl. Aus der Gefangenschaft. Darin liegt meine Hoffnung, Gott verlässt uns nie.«

Dunkelheit legte sich auf das Lager, als sie vom Wald zurückkamen, ihre Gesichter ausgemergelt, müde ihr Gang. Angetrieben von den Wachsoldaten. Sie holten sich von der Essensausgabe ihre Brotration. Es blieb nicht viel Zeit bis zum Schlafen. Pünktlich 10 Uhr wurden die Lichter gelöscht, nur der große Scheinwerfer vom Wachturm leuchtete, ähnlich wie der Mond warf er sein Licht auf den Lagerplatz.

Am anderen Morgen stand Magdalena auf, sie hatte Kopfschmerzen, ihre Glieder schmerzten. »Ich glaub ich hab Fieber.«

»Magdalena, geh zum Arzt.«

»Ja, du hast Recht.«

»Ich werde die Pferde bereit machen, bis du zurück kommst bin ich fertig.«

»Danke Maria.«

Magdalena ging in die Arztbaracke. Der Raum war voll, sie musste stehen.

»Was wollen Sie?«, fragte eine Schwester.

»Ich habe eine Erkältung.«

Die Schwester fühlte ihren Puls und Kopf. »Haben Sie Kopfschmerzen?«

»Ja.«

»Warten Sie.« Sie ging ins Labor, kam zurück. »Hier, nehmen Sie zwei Tabletten.«

Magdalena nahm die Tabletten, die Schwester reichte ihr ein Glas Wasser. Magdalena trank.

»Versuchen Sie ihre Arbeit zu machen, wenn nicht, kommen Sie heute Abend wieder hier her.«

Magdalena verließ die Krankenbaracke. Sie sah, wie ein Offizier auf sie zu kam. »Ach Sie sind es, warum waren sie nicht zum Zählappell?«

»Ich habe eine Erkältung.«

»Was haben Sie, eine Erkältung?«, äffte er sie nach. »Erkältung. Wissen Sie was Sie haben, Sie haben eine ausgeprägte Faulheit wie alle Häftlinge. Was für eine Arbeit machen Sie?«

»Holzfällen. Mit meinen Pferden die Bäume stapeln.«

»Mit Ihren Pferden. Damit wird Schluss sein, Sie sollen mit Ihren eigenen Händen hart arbeiten, sehr hart arbeiten, bis Ihnen das Blut aus dem Gesicht strömt, ihr Faschisten. Kommen Sie mit.« Er packte sie am Arm, lief mit ihr zur Kommandantur. »Ab sofort wird dieser Häftling zur Arbeit im Moor eingesetzt«, befahl er dem Leiter der Einsatzbrigaden. »Diese Frau wird ab sofort zum Moorstechen eingesetzt. Ab morgen machen Sie mir Vollzugsmeldung«, raunte er den Einsatzleiter an.

»Die Moskitos in den Tümpeln werden Ihnen Ihre Flausen austreiben«, er lachte hämisch, »Ihr Gott möge Ihnen helfen, wenn Ihnen die Stechmücken das Blut aussaugen. Gehen Sie in Ihre Baracke und morgen melden Sie sich bei der Moorbrigade.«

Magdalena blieb wie erstarrt stehen, es war ihr, als ob jemand ein Todesurteil über sie gesprochen hätte. Sie kannte diese Frauen, die in dieser fiebrigen Sumpfhölle arbeiten mussten. Pockennarbig waren ihre Gesichter. Oh mein Vater im Himmel, erlöse mich von dieser Erde, wo nur Qualen das Leben bestimmen. Nur langsam taute sie auf von der Starre. Ihre Füße trugen sie zurück zur Baracke, ihre Gedanken kreisten im Morgen.

In der Kleiderkammer erhielt sie ein paar Gummistiefel, es waren Männergrößen, mehrere Nummern zu groß. Sie legte mehrere

Pappstreifen auf die Innensohle. Mit Spaten ausgerüstet zog die Arbeitskolonne ins Moor. Im Wald spürte sie nicht die Hitze des sibirischen Sommers, sie war durch den Schatten des Waldes geschützt. Der feuchte Waldboden wirkte wie ein Kühlhaus. Jetzt spürte sie die unerträgliche Hitze, die feuchte Luft nahm ihr den Atem. Durch knöcheltiefes Wasser mussten sie laufen, ehe sie die Torffläche erreichten. Die Vorarbeiterin wies sie kurz ein. Magdalena erinnerte sich an die Arbeit des Torfstechens, es war Männerarbeit, die Stücke aus dem Moorboden herauszustechen. Frauen breiteten die ausgestochenen Stücke zum Trocknen aus. Sie schien fast zu verzweifeln, wie sollte sie diese Arbeit verrichten und die festgelegte Norm schaffen? Sie bemerkte, wie die Brigadeleiterin zu ihr trat. »So geht das nicht, wir haben eine Tagesnorm und du bringst nichts fertig. Geh hinüber zum Trockenplatz, dort arbeitest du mit den anderen beim Trocknen. Komm mit, ich zeig dir deine Arbeit.« Magdalena folgte der Vorarbeiterin. Sie verstand den Vorwurf, wusste, dass die Anzahl der Arbeiter die Tagesnorm bestimmte. Sie wollte nicht, dass die anderen wegen ihrer Ungeschicklichkeit mehr arbeiten mussten. Nach einem festgelegten Plan wurden die nassen Torfstücke zum Trocknen auf trocknen Untergrund gelegt, sie mussten gut durchlüftet werden. Magdalena nahm eine Schubkarre, fuhr damit zurück zu den Frauen, die Torf herausstachen. Lud die Karre so voll, dass sie noch fahren konnte, die Stücke waren voll Wasser und schwer. »Die Stücke müssen so gelagert werden«, erklärte ihr die Vorarbeiterin, dass sie gut durchlüften und die Sonne direkt drauf scheint. Nach der Mittagspause kommt ein Fahrzeug, du kannst dann beim Beladen helfen.« Magdalena war froh, erst mal Luft zu holen. Sie sah die ausgemergelten Frauen, sie waren nur noch Haut und Knochen. Sie sah in ihren Gesichtern einen verbissenen Kampf gegen sich selbst, die Körper waren ausgezehrt, doch ihr Wille zum Überleben war stark, stark genug, dem Tod zu entgehen. Und doch fühlte sie, dass die unmenschlichen Strapazen irgendwann ein Ende finden werden.

Am anderen Morgen, es hatte die Nacht heftig geregnet, liefen sie über den dampfenden Boden hin zum Waldmoor. Weiße Nebel erho-

ben sich von den nassen Wegen und hingen zwischen den leicht anstei-
genden Waldhügeln. Die Waldstille wurde nur unterbrochen vom sau-
genden Schritt der Gummistiefel, die sich festsaugten auf dem nassen
Schlamm des Weges. Die Regenwolken waren verschwunden, als sie
das Moor erreichten. Bald schon lösten sich letzte Wolkenschleier auf,
blauer Himmel, von dem die Sonne die Erde zu trocknen begann. Von
den Wasserlachen im Moor lösten sich Nebel, sie vermischten sich mit
der Wärme, die vom Wasser aufstieg. Die Luft war gefüllt vom Summen der Stechmücken. Je höher die Sonne stand, je mehr verdampfte
das Wasser. Schwarze Wolken umkreisten die Frauen. Kaum hatten
ihre Spaten das Moor berührt, waren Hände und Gesicht umringt von
Insekten. Magdalena blickte zu den Wachsoldaten, sie hatten sich an
den Waldrand zurückgezogen, dort ein Schober nasser Äste zusam-
mengetragen und Feuer angezündet. Starker Rauch hing über der Feu-
erstätte, von leichtem Wind in den Wald geleitet. Magdalena stapelte
die halbnassen Torfstücke. Sie hatte Mühe, die lästigen Stechmücken
abzuwehren, die immer heftiger um sie herum schwirrten. Sie zog die
Jacke über den Kopf, um sich vor den lästigen Mücken zu schützen.
Eine Arbeiterin kam in ihre Richtung, es war Eleonore, eine Russlanddeutsche. Sie wurden 1936 von der Wolga nach Kasachstan deportiert.
Sie lief an ihr vorbei in Richtung Wald, wo die Wachsoldaten am Feuer
saßen. Sie sah, wie die Frau einen brennenden Ast aus dem rauchenden Feuerhaufen ziehen wollte: »Jupp fuia matt, Sulka«, schrie der Soldat und kam auf die Frau zu, »padlo, verschwinde oder ich jag dir eine
Kugel durch den Kopf!« Er riss ihr den rauchenden Ast aus der Hand.

»Wie sollen wir arbeiten, die Stechmücken saugen unser Blut, Kopf
und Hände sind geschwollen. Sie sitzen hier am Feuer, der Rauch vertreibt die Mücken. Wir brauchen die rauchenden Äste, um die Mücken zu verjagen.« Sie nahm einige rauchende Äste, wollte sie aus dem
Feuer ziehen.

Der Soldat hob sein Gewehr und schlug auf die Frau ein, die blutüberströmt zusammenbrach. Magdalena sah, wie mehrere Frauen mit
ihren Spaten auf die Wache zuliefen und ihre Spaten gegen sie erhoben.

»Ihr Unmenschen«, schrien die Frauen. »Schlagt eine Frau fast tot, nur weil sie sich gegen die Mücken wehren wollte.« Eine Frau lief zu den Soldaten, Magdalena kannte die schmächtige Frau, es war Irene, eine Litauerin. Sie trat zu den Wachsoldaten. »Schämt ihr euch nicht, was hat sie euch getan, ihr Teufel«, spuckte sie aus. Die übrigen Frauen verließen ihre Arbeit, kamen zur Feuerstelle, nahmen rauchende Äste vom qualmenden Haufen, zogen sie heraus und nahmen sie mit an ihren Arbeitsplatz, um die Mücken zu vertreiben.

»Wanja, komm wir sammeln Äste, legen einen neuen Haufen an.« Bald schon brannte ein weiterer Reisighaufen.

Magdalena lief zur Verletzten. Der Gewehrkolben hatte sie an Hals und Schulter hart getroffen. Die Schulter war stark angeschwollen. Blut rann aus einer Wunde am Schulterblatt. Sie sah, dass die Frau Glück im Unglück hatte, unter der Hauptschlagader war die Haut aufgeplatzt. Die Wunden an Hals und Schulter müssen verbunden werden, dachte Magdalena. Die Arbeitskolonne hatte weder Sanitäter noch irgendwelche medizinische Mittel oder Notverbände. Eile tut not, dachte sie, riss von ihrem Hemd einige Streifen ab. Die Verletzte war von ihrer Ohnmacht aufgewacht. Magdalena kannte die junge Frau, sie kam aus der Nachbarbaracke.

»Tanja, wie geht es dir? Hast du starke Schmerzen?«

Die Angesprochene nickte leicht.

Eine Frau trat zu ihnen. »Halt den Kopf hoch, ich will einen Verband um Hals und Schulter anlegen, damit das Bluten aufhört. Hol etwas Wasser, ich will eine Kompresse machen.« Sie kühlte die Schulter der Verletzten. »Komm, pack mit an, wir müssen sie auf trockne Äste legen«, wandte sich Magdalena an eine Arbeiterin. Die Gefangenen hatten ihre Arbeit eingestellt. Sie zogen rauchende Äste zu ihren Arbeitsstapeln. Magdalena und eine Gefangene trugen die Verletzte an eine trockene Stelle im Wald.

Über dem Torfgelände lag eine Rauchwolke. Beißender Qualm verbreitete sich, die Frauen husteten stark. Magdalena stapelte die Torfstücke, um die nassen Stücke zu trocknen. Sie hatte einige Äste zwischen die Trockenstellen gelegt. Aber mit wenig Erfolg. Die Mückenschwärme stürzten sich auf die Trockenplätze, die in der Sonne dampften. Immer wieder musste Magdalena sie verscheuchen. Um sich der Plage zu wehren, hatte sie Hände und Gesicht voll Schlamm geschmiert. Es schien zu helfen, die Stechmücken ließen ab von ihr.

»Magdalena, du kommst gut zurecht«, die Vorarbeiterin trat zu ihr. »Es reicht, wir haben für heute unsere Norm trotz der Mückenplage geschafft. Die Verletzte muss in die Krankenstation. Geh mit Christina und holt aus dem Wald einige Fichtenäste, damit baut ihr eine Trage. Wir müssen die Verletzte ins Lager tragen, sie kann vor Schmerzen nicht laufen, du scheinst einige Erfahrungen mit Verletzten zu haben.«

Sie sammelten einige trockne Äste, banden sie mit Gras und Stoffstreifen zusammen.

Die Gefangenen machten sich auf den Heimweg. Zu viert trugen sie die Schwerverletzte. Nur langsam bewegte sich die Kolone, die Verletzte schrie vor Schmerz. Magdalena sah, wie sich der Verband rot färbte.

»Wir müssen sie verbinden, sie verblutet uns sonst. Setzt ab. Ich will den Verband wechseln.«

Sie hatten die Schwerverletzte am Wegrand abgesetzt. »Was soll das, vorwärts, dawei.« Die Wachsoldaten traten heran. »Vorwärts jupp fuia matt«, schrien sie Magdalena an. »Sie muss neu verbunden werden«, erwiderte Magdalena.

»Nichts da, lasst die Kuh liegen, fort mit euch.« Sie nahmen die Karabiner. »Fort, dawei«, und richteten die Gewehre auf die Frauen. »Dawei ins Lager.« Mit Gewehrschlägen trieben die Soldaten sie fort. Die Verletzte blieb zurück. Nach einer Weile hörten sie einige Schüsse.

»Hiobs Klagen«

Der Winter im Jahre 1947 verschärfte das Leben im Lager, die Häftlinge siechten durch Cholera und Schwindsucht dahin. Man hatte im Sommer die Brotration auf zwei Scheiben erheblich gekürzt, abends nach der Arbeit erhielten sie eine dünne Suppe. In den Baracken griff immer mehr Unruhe um sich. Verzweiflung und Unmut breiteten sich aus. Sie verrichteten ihre Arbeit, ohne innere Beziehung. Dies verdeutlichte sich besonders beim Zählappell. Es waren keine Menschen, die ihre Nummern ansagten, es waren Menschen, die ihre Identität nicht mehr fanden. Bis an einem Tag, es herrschte ein fürchterlicher Wintersturm, die Menschen wie erstarrt waren. Sie taumelten zu ihren Arbeitsstellen, mehr getrieben als willig.

Maria war über den Sommer in der Arbeitskolonne der Torfstecher, mit Beginn des Winters wurde sie zurück zur Holzbrigade beordert. Sie führte wieder die Pferde, schleppte die gefällten Bäume zum Stapelplatz. Die Arbeit verlief wieder wie gewohnt. Sie gingen nach getaner Arbeit ins Lager. Als sie das Lager erreichten, hörten sie Schreie. Eine Frau lief über den Lagerplatz, sie hatte eine Besen in der Hand. »Lasst mich frei, lasst mich zu meinen Kindern. Sie hungern, brauchen meine Milch.« Magdalena sah, wie ein Wachsoldat sich der irrenden Frau näherte. Er nahm sein Gewehr, hob es an, zielte und schoss. Die Frau sank tödlich getroffen in den Schnee. In der Baracke angelangt, sprach Magdalena zu Maria: »Wie können wir diesen Menschen helfen, sie laufen wie die Hasen in die Gewehrfeuer. Gott, hilf uns.«

In den Baracken erstarb das Leben nach dem Abendessen. Die Häftlinge waren geschockt. In sich gekehrt löffelten sie ihre Kohlsuppe, in der nur wenige Fettaugen schwammen. Maria blickte zu Magdalena, sie nickte. Beide verließen den Speisesaal, gingen in ihre Baracke. Weinend fiel Magdalena in die Arme Marias. »Warum, warum tun sie uns das an? Warum müssen wir all diesen Schmerz ertragen?«

»Ja Magdalena, warum. Warum gibt uns Gott darauf keine Antwort, warum schweigt Gott. Du hast recht, wir Menschen fragen, wenn wir bedrängt werden, in Not geraten. Ist es nicht so wie im Buch Hiob steht: Gott, was hab ich getan, dass du mich so leiden lässt?«

»Sie werden uns töten, sie kennen keine Skrupel. Wie sollen wir all das noch länger aushalten, Maria.«

»Doch nur in unserem Glauben, Magdalena. Jesus Christus spricht: ›Meine Kraft ist in den Schwachen mächtig.‹ Ich habe früher als junges Mädchen nicht viel vom Glauben gehalten, bin mehr auf der Welle Lenins Ideologie geschwommen. Jedoch in den Jahren des Roten Terrors habe ich die Grausamkeit des Systems am eignen Leibe erfahren. Nur weil mein Mann Jude ist und ich eine Deutsche bin geriet ich in das Netz der NKWD. In dieser Zeit begann ich wieder an Gott zu glauben, es war eine innere Flucht. Um nicht seelisch kaputt, nicht vor die Hunde zu gehen. Im Matthäus Evangelium fand ich die Antwort, die Jesus verkündete: ›Ihr habt gehört, dass gesagt ist: Du sollst deinen Nächsten lieben und deinen Feind hassen. Ich sage aber euch: Liebt eure Feinde und betet für die, die euch verfolgen.‹«

»Wie können wir unsere Feinde lieben, Maria, die uns zu Tode martern, die skrupellos töten?«

»Du hast recht, es ist schwer vorstellbar. Und doch der einzige Ausweg, seelisch zumindest. Wir sind den Bewachern voll und ganz ausgeliefert. Sie haben uns in ihrer Gewalt. Und hier liegt der Kern unseres Verhaltens. Der uns zugefügte körperliche Schmerz darf nicht unsere Seele zerstören.«

»Du meinst, wir sollten aus Jesus Worten Hoffnung schöpfen.«

»Ja, so kann man es deuten, Magdalena. Noch eine andere Botschaft las ich. Im Brief an die Korinther schrieb Paulus: ›Jesus Christus spricht: Meine Kraft ist in den Schwachen mächtig.‹ Wir sollten deshalb fragen, welche Konsequenz dies für uns hat. Klar ist doch, dass wir hier im Lager doch nur einen Weg vorgezeichnet finden: Totale Vernichtung, ob heute, morgen oder übermorgen, unser Schicksal steht fest: Stalins Todesspirale.«

»Maria, es ist schrecklich dies zu wissen. Wir leben in einem Todeslager, das den Namen Gulag trägt. Mit meinen eignen Augen sah ich, wie gnadenlos Frauen erschossen wurden. Ohne jeglichen Grund. Sie haben kein Gewissen. Maria, manchmal hab ich den Eindruck, dass sie uns mit Freude leiden sehen. Je schmerzvoller unsere Gesichter unsere Gefühle zeigen, um so brutaler wenden sie Gewalt an.«

»Genauso ist es, Magdalena, und darin sollte unsere Reaktion sich ableiten lassen.«

»Wie meinst du das?«

»Indem wir unser Leben in Gottes Hand legen. Uns deutlich machen, sie mögen unsere Körper zerstören, aber unsere Seele nicht. Dies begreife ich umso mehr, hier im Lager, Magdalena. Für mich war der Glaube nicht immer wichtig, im Gegenteil, ich hielt ihn für Morphium, das Volk zu verdummen, hörig zu machen. Heute weiß ich, es war ein großer Irrtum, weil er mich auf einen falschen Weg führte, wo ich nur meine Interessen wahrnahm, mich in den Mittelpunkt des Lebens stellte. Dieses Um-sich-selbst-Drehen macht uns abhängig, fügt uns eiserne Schalen um unser Herz, da wir den Maßstab unseres Handelns irdisch setzen. Und dabei merken wir gar nicht, wie wir uns verlaufen. Geht es uns nicht oft so in unserem Leben, wie dem Eisenhans in Grimms Märchen? Unser Herz wird umspannt von ehernen Schalen, wir ersticken, die Seele erstickt fast.«

»Darüber, liebe Maria, hab ich mir bisher wenig Gedanken gemacht. Auch ich erlebe diese Verirrung erst, seit ich hier in Sibirien gefangen bin. Gleichzeitig spüre ich auch eine ganz andere Wahrnehmung. Dass wir Menschen abhängig sind, und wenig vorbereitet, wenn das Schicksal zuschlägt. Meist fallen wir in ein tiefes Loch. Wir begreifen erst dann, wie wenig es nutzt, sich ›unabhängig‹ von Gott zu machen, wenn das Unvorstellbare eintritt, wir den Boden unter den Füßen verlieren. In seiner Not ruft der Mensch nach Gott.«

»So ist es Magdalena, genauso wie du es sagst. Doch ich meine, Gott weiß das, darum hält er seine schützende Hand über uns, auch wenn wir es kaum merken. Ich kannte mal eine Geschichte von einem Mann, der am Strand entlang lief, neben sich sah er die Spur Gottes. Er lief frei und unbekümmert. Nach einer Weile bemerkte er, dass im Sand nur eine Spur, seine eigne zu sehen war. Verzweifelt blickte er um sich, geriet in Panik. Schnurstracks ging er zurück in sein Hotel.

Ganz aufgeregt legte er sich auf sein Bett, in Gedanken rief er nach Gott: ›Warum hast du mich verlassen?‹

Da hörte er eine Stimme: ›Nein, ich hab dich nicht verlassen, dort wo du nur eine Spur sahest, hab ich dich in meiner Hand getragen.‹ Erleichtert schlief er ein.«

»Das Bild, das du hier gemalt hast, Magdalena, zeigt Verzagtheit und wie gering das Vertrauen ist gegenüber Gott. Gott weiß wie wir sind, wie wir ticken. Er kennt die Nöte, die den Menschen treiben.«

»Das klingt beruhigend, doch warum lässt er dieses Leiden zu?«

»Ich kann es mir auch nicht ganz erklären. Irgend mal habe ich in einem Roman gelesen, dass wir Menschen unabhängig sein wollen von Gott, Gott respektiert dies und lässt uns gewähren. Ist es nicht so? Erst wenn das Kind in den Brunnen gefallen ist, erst dann wachen wir auf und schreien nach Hilfe. Gott will, dass alle Menschen gerettet werden. So schickt er seinen Sohn auf die Erde, er geht so weit, dass er seinen eigenen Sohn opfert um unserer Sünden Willen. Ich hab das früher nie so gesehen, Magdalena, hier im Lager geht mir immer mehr ein Licht auf, da spüre ich dieses Gefühl, nicht allein gelassen zu sein. Während meines Studiums in Moskau war ich voll überzeugt von der Lehre Marx' und Lenins. Stalin kam mir vor wie ein Halbgott. Ich hatte immer die Worte von Marx im Ohr: ›Glauben, Religion ist Opium für das Volk.‹ Zunächst hatte ich keine Zweifel daran, war felsenfest davon überzeugt, Religion wäre ein Mittel zur Aufrechterhaltung von Herrschaft und Macht. Zumal die Geschichte des Mittelalters diese Machtexplosion des Klerus in mir verstärkte. Ich hielt also die Behauptung von Marx als wahrhaftig, ohne mir Mühe zu machen, diese These zu untersuchen und zu prüfen, wie weit dies dem Wahrheitsgehalt genüge tut. So folgte ich der Propaganda der Parteiideologie. War begeistert von den gewaltigen Worten Lenins: ›Sowjetmacht = Kommunismus + Elektrifizierung.‹ Stalin erschien mir wie ein Gigant. In mir prägte sich ein Bild von ihm: Wie ein Titan schmiedete er einen neuen Menschen, heroisch begann er das Land zu industrialisieren. Erbaute Industrieanlagen, errichtete riesige Staudämme, begann die Wüste zu bezähmen, und wandelte sie um in fruchtbare

Felder. Solange ich in diesem Getriebe verankert war, war ich von seiner Richtigkeit überzeugt. Ich muss zugeben, mein Erwachen begann im Lager, nachdem man meinen Mann und mich verhaftete. Hier im Lager gingen mir die Augen auf, begann ich zu begreifen das Spiel des Teufels. Mir fiel es wie Schuppen von den Augen, warum Stalin die Kirchen niederreißen ließ, warum er Juden und Christen verfolgte, sie tausendfach tötete. Als wir mitten in der Nacht verhaftet wurden, nahm ich nur einige Sachen mit. Später bemerkte ich in der Zelle, dass ich meine Bibel mit eingepackt hatte. War es Fügung, ich weiß es nicht. Eins wurde mir aber später klar, Magdalena, es war das Kostbarste, was ich bei mir hatte.«

»Hat es dir geholfen, Maria, zu verstehen, warum man dich verhaftete?«

»Später ja, klar, ich war zunächst mehr als frustriert. Begriff lange nicht, warum das alles.«

»Das kann ich jetzt auch voll nachvollziehen. Nachdem man mich in das Verlies sperrte, ich die dunklen Wände sah, kein Stern, keine Sonne, nur kalte, klitschige Felsen. Darin zu hausen war grauenhaft. Und doch kam mir Befreiung, Maria. In der Wand eingeritzt sah ich ein Kreuz, darunter zwei gefaltete Hände wie zum Gebet. Ich folgte den Händen, es war wie ein Wunder, mich durchströmte plötzlich eine Wärme, wie weggeblasen war meine Angst, mein Bangen, Verzweiflung.«

»Darin Magdalena, widerspiegelt sich das eigentliche Geheimnis des Glaubens an Jesus Christus. Auch ich begriff die Wahrheit, die von Gott ausgeht. Endlich begriff ich Stalins Wesen. Ein Wesen des Teufels. Wer sonst flieht der Liebe Gottes, wer sonst vernichtet das Kreuz Jesu, wenn nicht der, der die Liebe fürchtet. Es ist Satans Werk, das in Stalin wirkt. Die Frage für uns ist, wie halten wir das aus, wo finden wir Schutz und Zuflucht. Tagelang begann ich mich mit der Bibel zu beschäftigen. Bis ich die Wahrheit erkannte. Es ist nicht die Religion, die die Hirne der Menschen vernebelt, es ist die Zwietracht, die Einflüsterung des Satans, die uns in die Irre führt. Dabei fällt mir besonders auf, dass es Jesus war, der der Versuchung widerstand. Als ihm Satan das gesamte Erdenreich zu Füßen legen wollte, rief er: ›Lass ab von mir.‹ Jesus widerstand der Macht. Nicht Schwert um Schwert, nicht Gewalt befreit uns, sondern nur die Liebe überwindet das Böse. Magdalena, in meiner Zelle, allein eingesperrt, fand ich Eingang zur Bergpredigt, darin verdeutlichte sich für mich die Wahrheit, die Botschaft Jesus Christus, darin das Gesetz Gottes, die Liebe wie Licht erstrahlt. Es war wie ein Licht, das in mir aufging, als ich die Worte Jesus las. Als er hinauf ging auf einen Berg und sein Mund sich auftat, war mir, als ob ich seine Worte hörte: ›Selig sind, die da Leid tragen, denn sie sollen getröstet werden. Selig sind, die da hungert und dürstet nach Gerechtigkeit, denn sie sollen satt werden. Selig seid ihr, wenn euch Menschen um meinet Willen schmähen und verfolgen und reden allerlei Übel über euch. Seid fröhlich und getrost, es wird euch im Himmel belohnt werden.‹ Liegt darin nicht eine urgewaltige Kraft?«

»Maria, das werden nur Menschen begreifen, die in Not geraten. Die in der Not das Licht im Tunnel sehen werden. Es hat etwas mit der Urangst zu tun, die einem angeboren ist. Plötzlich begreifst du, wo die Quelle der Kraft fließt. Eine weitere wichtige Aussage für uns Häftlinge verkündet Jesus im Kapitel von der Feindesliebe: ›Ihr habt gehört, Aug um Aug, Zahn um Zahn. Ich aber sage euch, dass ihr nicht widerstreben sollt dem Übel. Wenn man dir einen Streich auf die rechte Backe gibt, dann biete die andere auch dar.‹ Es mag sehr schwer vorstellbar sein, und doch nimmt diese Haltung die Munition aus der Handlung und Bedrohung. Das Gewaltpotential verpufft. Dies drückt sich auch darin aus, wenn Jesus uns auffordert: ›Liebet eure Feinde, segnet die euch fluchen, tut wohl denen die euch hassen.‹«

»Magdalena, es sind unbegreifliche Worte, fast scheint es für Menschen unmöglich zu sein. Doch wenn wir genauer hinsehen, ist es der einzige Weg, herauszukommen aus dem ewigen Kreislauf der Gewalt.«

Todesurteil per Fernschreiben

Schwarze Wolken brauten sich über dem Straflager zusammen. Es war Spätsommer geworden. Magdalena war fast drei Jahre in Sibirien. Seit dem Aufstand der Frauen gegen die Sonntagsarbeit hatte sich die Spannung im Lager gelegt. Nach sechs Tagen schwerer Arbeit konnten sich die Menschen ausruhen. Fast glaubten die Gefangenen, dass ihnen Gerechtigkeit widerfahren war. Doch es sollte anders kommen.

Es war Ende August. Wie jeden Tag mussten die Sträflinge zum Abzählrapport. Lagerkommandant Stachanow wurde abgelöst, es sprach sich herum, dass man ihn nach Wokurka strafversetzt hatte. Der stellvertretende Kommandant Viktor Wolkov hatte das Kommando übernommen. Im Lager zog ein neuer Geist ein. Magdalena spürte, dass er sehr auf äußeres Machtgehabe Wert legte. Sie hatte ihn damals während der Auseinandersetzung im Büro des Lagerleiters beobachtet. Er sprach so gut wie nichts, enthielt sich seiner Meinung, seine Augen hatten etwas Böses in sich, vernahm sie damals. Jetzt erschien er als neuer Kommandant. Anders als seine Vorgänger war er eher der Ruhige, nur kurz stellte er sich vor. Er wandte sich an die Gefangenen: »Machen Sie ihre Arbeit, dann wird man Sie auch dementsprechend behandeln.«

»Maria, ich trau diesem Mann nicht über den Weg. Er ist falsch. Seit ich ihn damals bei Stachanow sah, habe ich diesen Eindruck.«

»Du hattest Recht mit deiner Vermutung, Magdalena. Heute Morgen erfuhr ich von Irena, aus der Küche, dass ein Schreiben von Stalin persönlich an die Lagerleitung gerichtet ist. Wie jeden Monat erfolgte die Bestellung von Lebensmitteln eine Woche vor Monatsende. Es kam die Anweisung an die Küchenleitung, die letzten Vorräte zu verbrauchen und keine neuen Bestellungen aufzulisten.«

»Das bedeutet, Magdalena, unser Todesurteil ist eingetroffen!«

»Irena sprach davon, dass per Fernschreiber von Moskau die Antwort kam, das Lager sei sofort zu räumen, sämtliche Häftlinge zu töten, Vollzugsmeldung persönlich an Stalin zu richten.«

»Irgendwann habe ich damit gerechnet, Magdalena, genauso wie vor Jahren, als er Befehle zum Töten über das ganze Land verteilte.«

L. Berja – Eiskalter Vollstrecker

»Sag Maria, warum regte sich in Russland kein Widerstand gegen dieses Verbrechersyndikat. Warum nur dulden die Menschen solche Gewalt?«

»Du stellst eine Frage, die das Herz sucht, aber der Verstand nicht zulässt. Es ist und war die schleichende Unterwanderung Stalins, sein System der puren Angst, das er verbreitete. Es war ein Unglück, dass er an die Schalthebel der Macht kam. Es war im Jahr 1931. Nadeschda kam mit ihren Kindern nach Tiflis, wir trafen uns hin und wieder. Sie erzählte uns, wie unerträglich ihr das Leben in Moskau sei. Immer deutlicher sei ihr geworden, dass sie einen Teufel geheiratet hätte. Einen Menschen voller Kälte. Nichts überließ ihr Mann dem Zufall. Von Anfang an verfolgte er nur ein Ziel: Macht, Macht über Land und Menschen, diesem Ziel opferte er alles Menschliche. Sie erzählte, dass Lenin in seinem Testament vor Stalin warnte. Doch keiner hörte dessen Mahnung oder nahm sie ernst. Kamnejew, Simnojew, Bucharin oder Trotzki, sie alle unterschätzten Stalin. Trotzki war ein eitler Gockel, von sich selbst überzeugt, dass er nicht merkte, wie Stalin langsam aber sicher seine Machtpläne verwirklichte. Um seine Pläne zu verwirklichen, holte er hörige Leute an seine Seite oder bestach mit Privilegien Gebietssekretäre in den Regionen. Viele seiner Gefolgsleute kamen wie er aus niedrigen Schichten, waren in Gewalt aufgewachsen und nutzten Gewalt für ihre eigne Karriere. Einer davon war Berja, ebenfalls aus Georgien, er sollte zum radikalsten Gefolgsmann Stalins werden. Ein Schürzenjäger durch und durch, war er im Moskau verhasst und von Stalin gefördert und geschützt. Swetlana erzählte mir einmal, wir waren in Tiflis, saßen in einem kleinen Cafe, von Lawrentji Berja, den sie nicht ausstehen konnte. Ihr Mann hatte damals in Subalowo eine neue Datsche bezogen. Als sie erfuhr, dass auch irgendwann der ›Zwicker Lawrentji Berja‹ auftauchen werde. Sie hatte von ihrem Mann verlangt, dass dieser Schuft, dass die Füße dieses Mannes niemals ihr Haus betreten dürften. Stalin hatte sie damals angeschrien: ›Er ist mein Kamerad, er ist Tschekist, ich glaube und vertraue ihm. Er kommt zu uns. Wenn du bockig bist, dann scher dich hinaus.‹«

»Warum war Nadeschda so wütend auf Berja, Maria?«

»Dieser Berija war einer der bluthungrigsten Gefolgsmänner Stalins, er tat alles, um seinen Herren zu dienen. Er machte die Drecksarbeit, die ihm Stalin auftrug. Der 1899 in einer armen Bauernfamilie geborene Berja war aus dem gleichen Holz wie Stalin geschnitzt, Magdalena. Im frühen Kindheitsalter die Gewalt des Dorfes am eignen Leib erlebt, war der junge, intelligente Berja auf der Suche, aus dem dörflichen Elend herauszubrechen. Er besuchte das Gymnasium und wollte Architektur studieren. Dafür brauchte er Förderer. Die sah er in der Tscheka, so schloss er sich diesem von Felix Dzierzynski gegründeten Geheimdienst der Bolschewiki an. Er half bei der Zerschlagung der politischen Opposition in Georgien. Bald schon wurde Stalin auf diesen Eiferer aufmerksam und holte ihn nach Moskau.«

»Aber warum war Nadeschda so wütend auf Berja, sie kannte doch Stalin und seine Gesinnung, Maria.«

»Mehr als einmal ertappte sie ihren Ehemann bei seinen zahlreichen Orgien im Kreml. Oft war Berja mit Stalin unterwegs, sie erarbeiteten Pläne für großangelegte Deportationen deutscher Volksgruppen, aus dem Wolgagebiet, nach Sibirien und Kasachstan. Nadeschda musste mit ansehen, wie ihr Mann hasserfüllt die Säuberung der Sowjetunion betrieb. Er wollte das Ungeziefer, die Russlanddeutschen, Juden und Christen ausmerzen. ›Hast du kein Herz in deinem Leib‹, schrie sie ihn an, ›warum tötest du Menschen, nur weil sie Christen, weil sie Deutsche sind?‹ Sie erschrak oft, wenn ihr Mann im Schlaf nach Satan rief. ›Die Hölle will ich füllen, mit all dem Unkraut, bis sie zerberste!‹, dabei lachte er im Schlaf mit tiefer Stimme. ›Tausendfach soll Ernte sein, meine Höllenhunde werden dir reichlich Nachschub bereiten.‹«

»Es war kein Wunder, dass sie spontan von Moskau abreiste und nach Tiflis im wahrsten Sinne des Wortes floh. Sie muss schrecklich während der Ehe mit Stalin gelitten haben, Maria.«

»Ganz sicherlich, Magdalena. Wenn man bedenkt, dass Nadeschda eine lebenshungrige, junge Frau war. Stalin nahm auf niemanden

Rücksicht, er wurde immer mehr Psychopath. Zehn Jahre später holte er seinen Kumpan Berja in sein inneres Machtzentrum. Mit Berja kam ein Mann in den Kreml, der ihrem Mann sehr ähnelte. Stalin nannte ihn scherzend ›unseren Himmler und Henker‹.«

Vom Spasskiturm schlug die Uhr die achte Stunde, es nieselte. Aus einer Seitengasse des Kremls schoss ein Fahrzeug heraus, eine schwarze Limousine. »Fahren Sie zügig!«, befahl eine Stimme vom Rücksitz. Der Chauffeur beschleunigte den Wagen. Die begleitende Eskorte hatte Mühe nachzukommen. Sie fuhren durch das nächtliche Moskau, erreichten nach wenigen Minuten den Vorort Kunzow.

»Josef Wissarionowitsch, ich bin froh, dass die Fahrt nicht länger andauerte, mir wird es immer Angst, in deinem Dienstwagen durch Moskau zu rasen.«

»Scheinst immer noch der Alte zu sein. Angst um sein eignes Leben, aber tausendfach blutige Hände.« Er lachte. »War nur ein Scherz, mein lieber Jewgeni. Ich habe dich von Tiflis hier nach Moskau geholt, weil ich dich hier brauche, Jewgeni.«

»Das freut mich schon, aber du weißt, wie damals deine Frau über mich herfiel. Sie nannte mich den Zwickel-Schürzenjäger.«

»Wohl nicht ganz zu unrecht? Ach lass die alten Geschichten, es gibt wichtigere Dinge zu tun, als altes Weibergeschwätz ernst zu nehmen.« Sie erreichten Stalins Datscha.

»Verdammtes Wetter, in eurem Moskau. In Tiflis scheint die Sonne, in Moskau herrschen Nebel und Regen.«

»Komm rein, Jewgeni, lass uns erst mal im Kaminzimmer aufwärmen. Ich werde der Küche Bescheid geben, ein kräftiges Mahl zuzubereiten. Doch vorher wollen wir in der Banja uns mit Dampf und Wodka aufwärmen.«

Leicht aufgeräumt nahmen sie im Kaminzimmer Platz. Diener stellten Platten mit Wurst und Käse auf den Tisch, reichten große Schaschlik. Im Kamin flackerte das Feuer, Geruch von Birkenholz vermischte sich mit Düften des reichlichen Menüs.

»Komm, bedien dich. Erzähl, wie geht es dir. Denkst du noch an die

alten Zeiten in Tiflis, wie wir mit ihnen aufräumten, dem intellektuellen Geschwätz von Freiheit und Demokratie?«

Stalin winkte Diener zu sich. »Lasst die Tänzerinnen kommen.«

Zimpel und Flöten ertönten, Tänzerinnen glitten herein, vor Stalins Sessel schmiegten sie ihre Körper entlang, wie Schlangen, krochen hinauf zum Schoß, hauchten zarte Küsse an seine Lippen. Stalin packte eine Tänzerin, griff nach ihren Brüsten, nahm ein Stück Fleisch und schob es der Tänzerin in den Mund. »Fort mit dir, später will ich dir den Teufel in die Hölle schicken.« Lachend scheuchte er sie fort. »Später könnt ihr mich verwöhnen, jetzt will ich mich erst mal stärken.« Sie entfernten sich leicht schwingend. »Komm iss, trink mein Brüderchen, iss damit du mit den Puppen tanzen kannst«, lachte er grölend auf. »Du wirst sehen, ich habe gute Mädchen hier. Nicht solch saftlose Dinger wie in Tiflis. Du wirst sehen, meine sind scharf wie Sarazenen Schwerter.« Das Feuer im Kamin flatterte, rote Schatten huschten über das Gesicht Stalins. Er blickte hinaus, sah wie draußen heftig Schneeflocken wirbelten. Birken neigten sich, der Schnee drückte ihre Wipfel, dass sie sich bogen. Er dachte an die murrende Stimmung. Er wurde sich bewusst, mit seiner Säuberung zu weit gegangen zu sein. Ein Angstgefühl bemächtigte sich seiner, kroch wie eine Schlange in sein Bewusstsein. Die Gedanken marterten ihn immer wieder. Er erschrak, wie von fern hörte er: »Was ist Josef, du bist plötzlich so nachdenklich geworden.«

»Wir müssen heute Abend über einiges sprechen. Jetzt lass uns mit Musik und Tanz Kraft schöpfen.« Er winkte, ein Diener kam. »Lasst die Tänzerinnen kommen.« Musik von Chatschaturjan erklang, feurige Rhythmen, Tänzerinnen wiegten sich, graziös farbige Bänder schwingend.. Wie Funken sich lösend, sturmwindartig schwebten sie durch den Raum. Rot widerspiegelte sich das Licht vom Kamin. Wärme und Musik vermischten sich mit dem Feuerschein. Stalins Augen glänzten feurig. Er klatschte in die Hände. »Pass auf Jewgeni, was jetzt kommt.« Die Musik wurde leise, orientalisch. Die Lichter der Deckenbeleuchtung erloschen. Die Tänzerinnen kamen erneut in den Saal. Unter dem Rhythmus begannen sie sich die Seide vom Körper abzustreifen. Brüste wurden sichtbar, rötlich schimmernde Haut, glitzernde Flimmer. Knospen leuchteten dun-

kelrot. Eine Tänzerin löste sich, kam zu Stalin. Er fasste ihre Brüste. Sie drehte sich seitlich, ihre zarten Backen leicht bekleidet mit seidenem Slip, neigte sie sich zu Stalin. Wie eine Birke im Wind, ging es Stalin durch den Kopf. Er sah hinaus, sah wie die Birken vom Wind sanft sich bewegten. Er fuhr mit der Rechten in den Slip, mit einem Ruck löste er die zarten Bänder, sanft drehte sich die Tänzerin nach vorn. Beugte sich rücklings,ihren Venushügel vor Stalin sich zeigend. Mit seiner linken Hand fuhr er hinab, seine Finger suchten die Öffnung. Er packte sie, nahm sie auf seinen Schoss. Er winkte erneut, eine weitere Tänzerin kam heran. Sie blieb tanzend vor Berja stehend. »Nimm sie Jewgeni, nimm und spiele, sie sind einfach köstlich, köstlich sind ihre Brüste, wie goldene Äpfel.«

Sie waren mit den Tänzerinnen allein. Nur der Kamin leuchtete. »Du hast Recht Josef, sie sind zauberhaft.« Sie hatten Platz genommen auf Liegen und ergaben sich dem Genuss Aphrodites.

»Danke dir Josef, für das köstliche Mahl.«

»Lass schon, du sollst dich erfreuen, die Arbeit kommt schon früh genug.«

Die Musik war verstummt, sie waren allein. Das Feuer im Kamin erlosch.

»Komm, wir wollen in mein Arbeitszimmer gehen. Nach dem Vergnügen wartet die Arbeit auf uns. Dort können wir ungestört über verschiedene Probleme sprechen und Maßnahmen erörtern.« Stalin, drehte sich um, gab seinen Dienern Anweisung, sie seien nicht zu stören.

»Nimm Platz.« Er setzte sich an seinen Schreibtisch. »Berja«, wandte er sich an den Georgier. »Jewgeni, mich quälen seit Nächten arge Alpträume, dann wach ich auf, schweißgebadet liege ich im Bett. Der Schlaf ist hin, stundenlang liege ich wach im Bett. Nicht mal eines der Mädchen kann mich beruhigen, wie du sie heute Abend erlebt hast. Nein nicht einmal diese Früchte können mich beruhigen.« Er sah zu Berja, seine Augen blickten hilflos um sich. »Du musst mir helfen.«

»Was wünschst du von mir, oh großer Stalin, was befehlt Ihr«, sprach er ironisch.

»Lass die Scherze, einen anderen hätte dies den Kopf gekostet. Doch werd ich mich hüten, dir etwas anzutun, mein Himmler.« Er lachte. »Du

bist mein Schatten, mein eifriger Höllenhund. Oh ja, jaulen und fressen sollst du in meinem Haus. Du bist mir ein braver Kettenhund, dafür will ich dich immer verwöhnen, Berja, du bist mir ein getreuer Henker«, endete Stalin.

»Großer Stalin, was begehrt dein Herz, es soll gleich erfüllt sein. Sind wir nicht gleich Brüder des Teufels. Wie du uns in Tiflis nanntest. Nachdem der bürgerliche Widerstand in Georgien gebrochen war. Der intellektuelle Abschaum, wie du ihn genannt hast, war ausgerottet, Bougiosi und Kulaken ausgerottet«, entgegnete Jewgeni.

Stalin nahm ein Blatt, schrieb ein Wort, gab den Zettel Berja. Er las einen Namen. Jeschow.

»Was willst du mit ihm machen? Er ist mein Vorgesetzter, seit du mich aus Tiflis nach Moskau geholt hast.«

»Er war dein Vorgesetzter, Jewgeni, er war. Gestern träumte mir, der Beelzebub erschien, er bat mich ihm einige Seelen in die Hölle zu senden.«

»Warum willst du den blutrünstigen Zwerg liquidieren, Josef?«

»Auch ein Teufel hat ab und an Moral.« Stalin lachte, nahm seine Tabakspfeife, stopfte Machorka, zündete sie an. »Auch ein Teufel hat ab und an einen moralischen Furz.« Er rauchte, blaue Kringel stiegen zur Decke. »Ich muss mein Gewissen beruhigen.«

»Höre ich richtig, du sprachst von Gewissen, seit wann kennst du das Wort, lieber Josef?«

»Was?«

»Gewissen. Kennt ein Tyrann wie du überhaupt solche Worte?«

»Du redest wie ein Schakal zu einem Löwen, lieber Jewgeni. Doch lassen wir die Späßchen. Ich habe festgelegt, dass du seine Stelle einnimmst, ich werde dich als Volkskommissar berufen. Du wirst meine Säuberungsaktion zu Ende bringen.

Jeschow hat gute Arbeit geleistet. Mehr als ich erwartet hätte. Wladimir Iljitschs Clique, der Intellektuelle Club«, er lachte, »diese adligen Träumer, eitle Pfaue, Simenow, Kamenew und der stolze Trotzki, ich hab sie alle in die Hölle geschickt. Jetzt gilt es die letzte Etappe anzugehen, Jewgeni. Dabei ist mir Jeschow im Weg. Du sollst die radikale Säuberung zu Ende bringen.«

»Wie meinst du, soll das geschehen?«

»Bucharin, Rykow. Organisiere ihre Liquidierung, es darf keine Gnade gegen das verfluchte Otterngezücht geben, sie müssen zertreten werden, wie räudige Hunde erschossen.«

»Wie willst du sie verurteilen, die getreuen Weggefährden Lenins?«

Stalin nahm seine Tabakspfeife aus dem Mund, entfernte die verkohlten Reste, blies in das Mundstück. Füllte den Kopf mit Tabak. »Es gibt nur einen Weg, Todesurteil.« Er nahm ein Streichholz, zündete den Tabak an. Blauer Rauch aus dem Mund, begleitet von den Worten: »Sie werden wegen Hochverrats zum Tode verurteilt. Ihre Pläne waren auf die Zerschlagung der Sowjetunion gerichtet. Trotzki und ausländische Geheimdienste waren die Auftraggeber.« Er hatte seine Hand zur Faust geballt. »Sie werden die letzten Zeugen sein, keiner wird mir mehr in meine Pläne pfuschen, verstehst du Berja, dann kann ich endlich aufatmen.«

»Josef, es soll geschehen wie du willst, ich hätte selbst darauf kommen können. Wenn du einen Stellvertreter nominierst, bedeutet das immer ein Todesurteil. Es geschehe wie du willst. Es soll mir nicht schwer fallen, den garstigen Zwerg ins Jenseits zu befördern.«

»Ich wusste es, auf dich kann ich mich verlassen. Ach noch was, ich möchte, dass er ab sofort verhaftet wird und du morgen seine Stelle übernimmst.« Stalin beugte sich über den Schreibtisch. Er schrieb. »Hier, diese Vollmacht wird dir alle Tore öffnen. Betrachte dies als notwendiges Bauernopfer, du hast mein volles Vertrauen. Erledige diese Sache auf deine Art und Weise.« Er schaute zum Fenster hinaus. Er sah, wie eine Krähe von dem Elektromast zu den Birken flog. Er hörte ihr Krächzen. Ist die Krähe nicht ein Todesvogel, ging es ihm durch den Kopf. Möge den Zwerg der Teufel holen, er zog an seiner Tabakspfeife. Er stand auf, ging zu einem Aktenschrank, entnahm einen Ordner. Er ging zu seinem Schreibtisch und setzte sich. »Es gibt einen sehr wichtigen Plan, den ich schon seit Langem verfolge«, wandte er sich an Berja. »Du weißt, dass Nadeschda mir arg zugesetzt hat und sie mich kurz vor ihrem Selbstmord sehr beschimpft hat. Sie war eine Deutsche, hing dem christlichen Glauben nach. Immer wieder machte sie mir morali-

sche Vorbehalte, gegen ihr Volk zu handeln. Ja, ich hasse diese Russland-
deutschen, sie verseuchen die Russen mit ihrem Glauben. Gleich wie die
Juden will ich sie alle vernichten.« Berja blickte zu Stalin. Dieser stand
auf, ging zu einem anderen Aktenschrank. Er setzte sich zurück an den
Schreibtisch. »Schau her, dies ist eine Zusammenstellung der Gulags, in
die Deutsche deportiert wurden. Du erhältst den Auftrag, die Frage der
Russlanddeutschen endlich zu Ende zu führen. Sie auszuheben, sie in
die Lager zu bringen. Dort sollen sie durch harte Arbeit verrecken. Du
wirst mir wöchentlich Bericht geben. Darüber hinaus erhältst du den
Befehl, Minderheiten aus dem Kaukasus auszuheben, sie in die Arbeits-
lager zu schaffen. Damit will ich meine gigantischen Werke erbauen.«

»Sag Josef Wissarionowitsch, was hast du gegen diese Deutschen,
warum diese radikale Wut?«

Stalin schaute hinaus, Schneeflocken wirbelten heran ans Fenster.
Durch Eisblumen geschmückt verschleierte das Bild den Blick nach au-
ßen. »Seit meine erste Frau starb, erstarben in mir die letzten mensch-
lichen Regungen, mein Herz wurde zu Stein. Da begann ich alles zu has-
sen, was nach Humanismus und christlichem Glauben auch nur roch.
In meinen Augen waren es besonders die Deutschen, die Russland mit
dem Bazillus der Aufklärung, der Würde des Menschen, dem Drang
nach Freiheit und dem tiefen Glaube an Jesus Christus verseucht haben.
Nächstenliebe machte mich rasend. Ich hasse sie, weil sie meinem despo-
tischen Streben im Weg sind. Ich hab geschworen, sie alle zu vernichten.
Sie auszurotten mit Strunk und Stiel. Den Glaube an ihren Gott und Je-
sus Christus will ich ausmerzen. Meine zweite Frau hat mich immer auf
die Palme gebracht, wenn sie mich beschuldigte, ich würde das Land mit
meiner Politik ruinieren. Sie war eine kleine Laus, verträumt in deut-
scher Denkart. Um ganz ehrlich zu sein, ihr Tod kam mir wie gerufen,
nunmehr kam mir keiner mit moralischen Spinnereien. Jetzt erst konnte
ich richtig loslegen, mein lieber Jewgeni.« Er zog tief den Rauch ein, blies
blaue Kringel in die Luft. »Endlich konnte ich aufatmen, meine Pläne
der gigantischen Industrie Russlands verwirklichen. Dazu brauchte ich
Millionen von Arbeitssklaven, mein Lieber. Ich musste mir das Geplärr
meiner Frau nicht mehr anhören, wenn Tausende in meinen Gulags den

Tod fanden. Welch Freude hatte ich, dass mein Werk wuchs. Getränkt vom Blut meiner Sklaven. Gut, mag sein, Luzifer hatte große Ernte. Doch er hielt was er mir versprach. Meine Macht wuchs von Stund an. Ich, der große Stalin, Herrscher der Welt. Ja, er hat sein Versprechen gehalten, so will ich auch meins halten. Blut soll er haben, dass seine Hölle absäuft.« Er lachte, Stalins Augen glänzten voller Freude. »Mit Blut will ich mein Werk durchdrängen. Einen neuen Menschen schaffen, frei von humanistischem Denken, entledigt von Gottes Glauben, der die Menschen weichspült. Mich, den großen Stalin, werden sie anbeten, herrschen will ich mit eisernem Besen. Von mir allein wird all das Leben abhängen. Sie sollen mit Furcht und Schrecken an mich denken, keiner wird sich mehr sicher fühlen. Das Schwert soll über ihren Köpfen hängen, in Furcht sollen sie ihr Leben fristen, sauer ihr Brot essen, dienen nur mir, dem großen Stalin. Eine neue Zeit wird anbrechen, heroisch und gewaltig. Ein neuer Mensch wird geboren. Vernichten will ich ihre christliche Kultur. Kunst ist, was mir gefällt. Der Rote Stern des Mars soll als Symbol in allen Landesteilen, an allen Fabriken, Kolchosen meine Macht verkörpern. Ja, Jewgeni, du wirst mir dabei helfen, das Unkraut und Ungeziefer zu vertilgen.«

»Oh großer Stalin, gern werde ich dir dienen, mit ganzer Kraft will ich dir dienen.« Er fasste seine Nickelbrille. »Keiner wird entkommen. Gulag wird ein Ort der Hölle, meine Höllenhunde werden vertilgen, vernichten, einen Geist des Schreckens verbreiten. Doch auch sie werden enden, enden wie ihre Opfer. Oh dein System des Schreckens wird auch mein System sein. Stolz trage ich den Namen, Stalins Henker zu sein. Der Gesang des Hasses soll über dem Land schweben, überall gesungen. Überall wird mitleidlos denunziert, verurteilt, erschossen. Für Stalin zu töten wird einen heroischen Schein tragen, lieber Josef. Du bist der neue Weltgeist.«

Stalin wandte sich zu Berja: »Ja, ich vertraue dir, du enttäuschst mich nicht, wie damals in Tiflis, als wir durch dick und dünn gingen. Es ist spät geworden, du kannst schlafen gehen. Ich will noch ein paar Listen durchsehen.« Stalin nahm aus dem Schreibtisch eine Flasche Wodka und zwei Gläser, füllte sie randvoll. »Jewgeni, trinken wir auf unsern

Herrn Satan, zum Wohl mein Himmler.« Aus seinen Augen drang abgrundtiefe Kälte, ein rohes Lachen drang aus seinem Mund.

»Auf Satan, ja Josef. Trinken wir auf die Hölle!« Sie blickten nach draußen, ein Windstoß zerrte an den Dächern der Datsche, begleitet von einem pfeifenden Geräusch, als ob eine Botschaft des Schreckens sich über Russland verkünden wollte. Beide sahen wie dunkle Nacht sich über Moskau hinab senkte. Wo die Lichter allmählich verloschen.

Brief aus Sibirien

An meinen lieben Reinhard. Drei Jahre sind vergangen. So lange haben wir uns nicht gesehen, keiner von uns weiß, ob der andere noch lebt. Ich sitze vor dem Fenster, sehe dem Treiben der Schneeflocken zu, sie wirbeln, tanzen vom Himmel herunter. In wenigen Wochen ist Weihnachten. Maria hat ein kleines Bäumchen im Wald geschlagen und auf den Schlitten gelegt. Die Wachsoldaten wollten zunächst das Bäumchen vom Schlitten entfernen, doch dann ließen sie davon ab. Nächsten Sonntag wollen wir die Tanne schmücken. Es soll ein Licht sein im Tal der Finsternis. Es ist dunkel geworden, ich höre die Wachhunde kläffen, Scheinwerfer fressen sich in die Dunkelheit. Meine Gedanken entfliehen dem Ort des Schreckens. Sie gehen zurück an die Tage, als wir unsere Rinderherden draußen auf Wiesen grasen ließen, sie an den sprudelnden Quellen ihren Durst löschten. Eingetaucht in die antike Idylle. Du hast mich ausgelacht, ob meiner Fantasie, ob meiner Bilder, die ich für dich mit Worten malte. Stalingrad hat uns alle in einen schrecklichen Abgrund gestürzt. Der Kriegsgott Ares hat uns herausgerissen aus unseren Träumen, sie sind jäh zerplatzt. Was voller Hoffnung begann, wurde getrennt, in ein Inferno geworfen, eine Hölle hat sich aufgetan. Mehrere tausend Kilometer liegen zwischen uns. Es liegen Welten zwischen uns. Russland und Deutschland. Unsere vertraute europäische Welt und die unbekannte asiatische Welt. Und doch ist es eine Welt, in die Satan eindrang, seine Höllenhunde Hitler und Stalin haben die Erde verwüstet. Die Menschen in diesen Welten werden von zwei Dämonen des Bösen beherrscht. Wir leben in einem schwarzen Tunnel, im finsteren Tal der Angst. Vielleicht bist du in russische Gefangenschaft geraten, erlebst auch das tägliche Sterben, wie der Tod hier in Sibirien reiche Ernte trägt. Möge Gott dich behüten und beschützen. Die Welt, in der ich jetzt bin, ist voller Tod und Schrecken. Nun trage ich das Kainsmal einer Gefangenen, gleich denen, die jetzt für Hitlers Pläne büßen müssen. Bitter ist es schon, dass mein Vater recht behalten hat. »Der Krieg wird nach Deutschland zurückkehren und wir alle müssen die Suppe auslöffeln, die uns die Nazis eingebrockt haben.« Diese Worte vom Herbst 1941 wurden Realität. Genauso wie Wirklichkeit wurde, dass in Sibirien Tausende Unschuldige in den Lagern Stalins die Kriegsschuld mit ihrem Leben bezahlen. Es sind viele Monate vergangen, in denen ich herumirrte, um mein Leben hier im Lager in den Griff zu bekommen. Von einigen Häftlingen erfuhr ich, dass die Gefangenen einmal im Monat an ihre Angehörigen und Freunde schreiben dürfen, ich lege diese Zeilen für dich dem Brief meiner Eltern bei.

Es ist ein Ort des Grauens, Natur und Mensch sind tief versunken im eisigen Grund. Was bewegt die Menschen, die hier dahinvegetieren. Ausdruckslos ihre Gesichter, wenn sie sich früh zur Arbeit schleppen, menschliche Wracks, nichts als Wracks. Sie nennen es Gulag, die Arbeitslager Stalins. Es sind Vernichtungslager. Schwarze Wolken breiten sich aus. Ein Gerücht geht um, das Gerücht, dass Stalin die Auslöschung des Lagers angeordnet hat. Fragen lohnt sich hier nicht, es sind rohe Gewalten, die keine Skrupel oder menschliches Gefühl zulassen. Ich will dir mit diesen Zeilen ausdrücken, wie sehr es mich schmerzt, wie sehr meine Seele verwundet ist. Manchmal wünschte ich mir, ich wäre tot, erfroren, würde einfach reglos daliegen. Doch dann regt sich, regt sich mein Herz, mein Gefühl, Gott ist bei mir. Vor meinen Augen tauchen Bilder auf, Bilder von Daphne und Cloe. Dann denke ich an die Zeit frühlingshafter Impressionen. Höre das leise Sprudeln der Quellen. Sanft streicht der Wind über Wiesen und Felder. Das Korn wiegt sich leicht. Von den Wiesen herüber läuten Kuhglocken. Wir lagen im Gras, du streicheltest mein Haar, unsere Lippen berührten sich sanft. Ein Glücksgefühl durchströmte meine Seele. In mir erwachte ein großes Verlangen, mein Inneres bebte, als deine Hand mir über meine Haut zart entdeckend glitt. Ich spürte das Zelt, das sich bei dir auftat. Mein Körper rief nach dir. In mir erwuchs eine unendliche Liebe, die noch heute in mir keimt. Meine Seele ruft nach dir. Doch ist mein Körper voller Marter und Pein. Sehe ich mich im Spiegel, erschüttert mich das Gegenüber. Das Bild ist nicht das, was es einst mal zu Hause war. Mein Körper ist ruiniert, der Qual nicht mehr gewachsen.

Sie sind brutal, rauer als der Nordwind. Doch dann erfuhr ich ein Wunder. Fand in der Bibliothek eine Bibel, der Buchdeckel arg zerschlissen. Doch die Worte, die ich darin fand, brachten Licht in mein karges Leben. Ich lernte Maria kennen, uns verband vom ersten Augenblick an Gottes Liebe. Wie wuchs unsere Seele, wenn wir Gottes Lieder sangen oder Davids Psalter rezitierten, uns erschien die Sonne mitten im eiskalten Inferno des Schreckens.

In der Hoffnung, der Brief erreicht dich irgendwo in der Heimat, sende ich dir liebe Grüße. Gott allein weiß, ob wir uns wiedersehen. Seltsam, in den letzten Tagen kommt mir ein Gedicht in den Sinn, das ich im Herbst 1947 hörte. Verse von Dietrich Bonhoeffer, die er Weihnachten 1944 an seine Freundin Maria aus dem Gestapo-Gefängnis in der Prinz-Albrecht-Straße schrieb. Wohl wissend, dass seine Hinrichtung nahte:

Von guten Mächten treu und still umgeben
Behütet und getröstet wunderbar
So will ich diese Tage mit euch leben
Und mit euch gehen in ein neues Jahr.
Von guten Mächten wunderbar geborgen
Erwarten wir getrost, was kommen mag
Gott ist bei uns am Abend und Morgen
Und gewiss an jedem neuen Tag.

Es ist wunderbar, diese Zeilen zu lesen, sie im Inneren wachsen zu lassen. Licht bricht durch die dunklen Wolken. Eine Lichtgestalt dringt ein und vertreibt Furcht und Schrecken. Die Worte Bonhoeffers lassen das Böse überwinden. Möge Satan noch so sehr versuchen Gewalt über die Erde zu bringen, ich fühle bei diesen Worten, Gott wird die Finsternis vertreiben. Unser Leben auf Erden ist wie auf einer Straße irgendwann zu Ende, bis wir ankommen im Haus unseres Vaters im Himmel. Die Lage ist verzweifelt, Stille ist um uns her. Doch spüre ich, je stiller es um uns wird, desto deutlicher wird das Gefühl der Verbundenheit mit unserem Vater im Himmel, begreife ich den Sinn der

Worte Paulus an die Hebräer: »Wir haben hier keine bleibende Stadt, sondern die zukünftige suchen wir.« Nicht nur weil wir alle sterben müssen, sondern weil wir im Leben auf Erden unterwegs sind. In der Nachfolge Jesus gelangen wir zum Vater. An den Ort, an dem Gott alle Tränen uns vom Gesicht wischt. Kein Leid, kein Schmerz, kein Geschrei wird mehr sein. Im Inneren spüre ich die Liebe. Unsere Liebe wurde Opfer, Opfer eines höllischen Systems. Unsere irdische Liebe ward ausgelöscht durch satanische Mächte, doch wird sie weiter leuchten bei Gott.

Irgendwo im Himmel wünscht ich mir, dich wiederzusehen.

Leb wohl ...

Deine Magdalena

Krasnojarsk, Dezember 1948

Epilog

Svetlanas Anklage gegen ihren Vater Stalin

»Meine Mutter musste sterben, weil du sie zum Selbstmord getrieben hast!«

»Wer sagt dies?«, fauchte Stalin seine Tochter an.

»Die Wände des Kremls schreien nach Blut, Blut das du vergossen hast. Ich war damals fünf Jahre, du hast mich belogen, du sagtest meine Mutter hatte einen Unfall. Du hast sie in den Tod getrieben. Mir hast du weismachen wollen, es war das Buch Der grüne Hut, ein tragisches Schicksalsdrama, das sie von Molotows Frau erhalten hatte. Dieser Roman habe meine Mutter in den Tod getrieben. Du lügst, lügst deine eigne Tochter an. Du suchst einen Schuldigen, der deine Bluttat zahlen soll, nur um dein schlechtes Gewissen zu beruhigen. Warum schläfst du nicht in deiner Wohnung, sondern in deiner Datsche? Alle wissen es, die Wände im Kreml schreien, schreien vom Blut deiner Millionen Opfer. Meine Mutter hat es dir ins Gesicht geschrien, du ruinierst dein Volk und quälst deine Familie. Gott ist dir ein Greuel, das jüdische Volk hasst du. Meine Liebe zu Kapler kannst du nicht verhindern. Ich liebe ihn.«

»Bist du wahnsinnig geworden, wie deine Mutter, ich verbiete dir weiterzureden.«

»Du kannst mir nicht das Sprechen verbieten, wie du es deinem Volk verbietest. Die Wahrheit über dich wird die Welt erfahren. Du hast einen treuen Hund, einen Teufel von Menschen. Dein Berja, er vergewaltigt Frauen, du duldest es. Weil er genauso ist wie du.«

»Du bist ganz deiner Mutter ähnlich«, giftete Stalin.

»Damit kannst du mich nicht kränken, ich bin stolz auf meine Mutter, sie war eine sehr feine und kluge Frau. Auch du warst in meiner Kindheit ein zärtlicher Vater, ich hatte eine glückliche Kindheit, bis meine Mutter starb. Doch damals glaubte ich deine Erklärungen, ich hatte dich lieb, wie ein Kind seinen Vater liebt. Eines Tages, ich war neun oder zehn Jahre alt. Ich hab dich in deinem Büro besucht.

Du nahmst mich auf den Schoß. Der Schreibtisch war voll von Papieren und Arbeitsblättern. Du machtest Häkchen auf die Dokumente und unterschriebst sie. Wir neckten uns nebenbei. Die Fenster zum Spasskiturm standen offen. Da ging die Tür auf, Molotow trat herein. Ein Luftzug wehte sämtliche Blätter vom Tisch. Ich half dir beim Aufsammeln. Da sah ich auf den Blättern viele Namen. Listenweise waren Namen aufnotiert. Ich wusste damals nicht, was diese Schreiben bedeuteten. Heute ist mir klar geworden, auf den Blättern standen Todesurteile. Ich hatte den Eindruck, dir machte es damals sehr viel Freude, die Namen durchzusehen und abzuzeichnen. So hast du Millionen Menschen töten lassen, in die Gulags deportieren lassen oder du gabst Berja den Befehl, sie zu ermorden.«

»Du bist eine verdorbene Katze, sei endlich still. Was willst du eigentlich von mir. Mir ins Gewissen reden?«, fragte er zynisch.

»Wie kann ich dir ins Gewissen reden, wenn du kein Gewissen kennst. Das Einzige, was ich dir sagen will, du hast mein Leben zerstört. Ich bin deine Tochter, dies begleitet mich wie ein Fluch. Die Tochter eines satanischen Vaters. Ebenso verhasst geblieben ist mir, dass du mich zwingen wolltest, den von dir geschriebenen ›Kurzlehrgang der Geschichte der KPdSU‹ zu lesen, ich war damals erst zehn Jahre alt. Ich fand es sehr langweilig. Besonders schmerzlich fand ich, wie brutal du mit den Menschen umgegangen bist. Du hast Kirow, Gorki umgebracht. Deine Kampfgefährden Trotzki, Bucharin, und weitere Tausende hast du in Lublinka ermorden lassen. Immer wieder war es Berja, der all seine Aufträge von dir auf vorbildliche Weise erfüllte. Er war voller Stolz, als er mir dies alles erzählte. Weißt du was in einer Tochter vorgeht, wenn sie all diese Verbrechen mit anhören muss, weißt du was in mir vorgegangen war, zu erfahren, dass mein Vater einer der schrecklichsten Massenmörder der Welt ist?

In der Schule hörte ich immer wieder von verhafteten Vätern meiner Schulfreunde. So auch der Vater meiner Freundin Galija. Als ich dich bat, ihn zu verschonen, da wurdest du sehr zornig und schlugst auf den Tisch und schriest mich an: ›Ja, er war mein Waffengefährde, sogar mein Freund, aber er hat alles vergessen, er ist ein Konterrevolutionär und Volksfeind. Er muss vernichtet werden wie eine Laus, zerquetschen will ich das Ungeziffer wie ihn.‹ Galjas Mutter wurde ebenfalls verhaftet. Ich wurde immer hellhöriger. Ich erkannte krankhafte Züge, genährt von Misstrauen und Argwohn gegen jedermann. Ja, ich erkannte, dass du allen misstraust und selbst Angst hast. Ich weiß es nicht, was dich treibt, Menschenleben auszulöschen. Dein Freund Berja jedenfalls macht alles was du ihm aufträgst. Er ist dir bedingungslos unterworfen. Einmal erzählte er mir voller Stolz, dass er deinen Befehl, ein komplettes Gulag in nur einem Tag von den Schädlingen säubern zu lassen, ausgeführt hat. Das Lager wurde mit all den Leichen abgebrannt. Er erzählte es, als sei es die normalste Sache der Welt. Am anderen Tag schickte er einen neuen Transport und ließ das Lager von Häftlingen wieder aufbauen. ›Das Viehzeug‹, sprach er, ›muss man systematisch ausrotten, wie es dein Vater vorhat.‹ Dabei leuchteten seine Augen, dass es mich schier graute, ihm weiter zuzuhören.«

Abschied von der Mutter

Es war ein schöner Septembertag
Schon fing der Tag an mit seiner Plag
Es hieß ein Zug geht nach Hause ab
Schweigend blickt Gott auf die Trennung herab.
Ja, Kinder von Müttern mussten sich trennen
Das arme Herz kam in heißes brennen
Unsere Mutter riss man von uns los
Wie ist der Schmerz so furchtbar groß
Wenn man zum ersten Mal ohne Mutter steht
Der raueste Wind uns ins Gesicht weht.
Ich dacht es kann unmöglich sein,
dass ich bleib ohne Mütterlein
ihre letzten Worte als die Hand sie mir gab
wir sehn uns nie wieder und der Zug fuhr ab.
Wir blieben zurück in großer Not
Ein Trost war uns immer nur unser Gott.
In der Heimat litt Mutter großen Schmerz
Denn vor Heimweh brach ihr gutes Herz
Auch unser Vater ruht schon lange
Wie wird`s mir manchmal doch so bange
Wenn ich denke heute dran,
dass Gott so früh unsere Eltern rauben kann.
Nun will ich immer mich nur trösten
Mit unserem Vater den Allerhöchsten!

OLGA KNIESS, 13. SEPTEMBER 1946
KEMEROWO(SIBIRIEN)

Mit dieser Erzählung dringt der Autor in das System des Stalinismus ein und veranschaulicht mit tiefgründigen Szenen die Schrecken kommunistischer Herrschaft in der Sowjetunion. In der Person des Roten Tyrannen Stalin wird das Böse schlechthin sichtbar. Ein hervorragend geschriebener Roman, der im Detail historische Prozesse der sowjetischen Gesellschaft darstellt, in der Massenvernichtung, Sklaverei, Denunziantentum, Juden- und Christenhass einen Menschen *Neuen Typus* schufen, veranschaulicht durch das System Gulag – im Tal der Finsternis des 20. Jahrhunderts.

Prof. Dr. Bernd Brandl, IHS Bad Liebenzell

Wenn man diesen Roman gelesen hat, so wird es vielen der jüngeren Generation sicher schwer fallen, zu verstehen, wie Menschen solche Erniedrigungen, Schikanen, Hunger und Elend ausgehalten haben bzw. überhaupt aushalten konnten. Es ist für viele auch nicht vorstellbar, wie menschliche Niedertracht und menschliche Abgründe in Zeiten ideologischer Verblendung zur Richtschnur menschlichen Handels werden können. Das Buch soll, in historischem Zusammenhang, der Erlebnisgeneration eine Erinnerung, der jüngeren Generation eine Mahnung sein, bewusst und kritisch in ihrer Zeit zu leben. Es soll aber auch mahnen, nicht in selbstgefällige Lethargie zu verfallen, sondern zu verhindern, dass sich das wiederholt, was im 20. Jahrhundert die Welt in die apokalyptische Tiefe riss.

Das Buch ist deshalb nicht nur ein gelungener Beitrag gegen das Vergessen, sondern auch, und besonders, eine Mahnung. Viele historische Vorgänge im Stalinsystem, in den Gulags und die Ereignisse der Stalinzeit werden an Hand menschlicher Schicksale deutlich und beinahe nacherlebbar. Es wird auch deutlich, wie Macht dann zur menschenverachtenden Strategie wird, wenn sie nicht auf menschlicher Größe und Charakterstärke basiert. Es ist deshalb besonders für die geeignet, die mit diesem Unrechtssystem Gott lob keine eigenen Erfahrungen gemacht haben. Ich sehe in diesem Buch auch einen wertvollen Beitrag zur Aufarbeitung der stalinistischen und nazistischen Epoche.

Prof. Siegmund Ziebart, Uni Karlsruhe

Literaturquellen

Stalins Tochter. Das Leben der Swetlana Alllilujewa, Martha Schad
Verbrannte Erde, Jörg Babarowski
Verschleppt ans Ende der Welt, Freya Klier
Die Heilige Schrift
Erzählungen, Lew Tolstoi
Paulus, Günther Bornkamm
Rußland, Gerd Sticker
Heimat Blätter der Russlanddeutschen, Stuttgart
Archiv des Vereins der Bessarabien Deutschen, Stuttgart
Gulag, Anne Appelbaum